她的少年，如山涧清雪，夜下明月。
她舍不得他身上落下一丁点污秽目光。

春刀寒

2.

了解一下

老婆粉

着刀寒 著

四川文艺出版社

春刀寒 作品

他从未让粉丝失望。

他当之无愧，是她此生的王。

目录

C O N T E N T S

第十一章

演唱会

纪嘉佑转头看盛乔，那眼神仿佛在问：我们说"是"，还是"不是"啊？

盛乔：别看我，我也不知道，我又不识字。

那个小孩又朝前面一指："喜宴就摆在镇上最大的老宅院里，再不去就赶不上咯。"说完，他拍着皮球一路跑了。

纪嘉佑问："我们要跟上去吗？"

盛乔："……"

两人正迟疑着，另一边街头突然传来一阵哄闹声，紧接着就听见沈隽意的尖叫声："真的不关我的事，你们不要追我，啊啊啊……"

他从小广场对面的老街一路狂奔，看到这边有同伴，瞬间大喊："兄弟救命啊！"跑到两人跟前后，他指着身后那群人说，"这些群演也太尽职了，你看把我这衣服扯的，领口都歪了！"

他天天练舞，运动量大、身材好，肺活量也大，跑个百八十米都不带喘的，这一路狂奔过来，差点儿把后面那群追他的群演累死。

扛着机器的跟拍老师更惨，机器又重，还必须跟上沈隽意的速度，刚才一停下来，要不是盛乔的跟拍摄像师扶了他一把，估计直接跪下去了。

沈隽意一来，二货气息瞬间冲散了恐怖气氛……

群演也够尽职，还没缓过来，就拥上来继续走剧情："你惊了新郎官的马，马跑了，新郎官不能骑马迎亲，你必须负责！"

沈隽意说："不关我的事啊！我什么也没做，它自己跑的，你们怎么能赖到我身上？！"

"不赔不准走！"

"对！迎不了新娘子，谁也别想离开这里！"

"你们必须赔！"

盛乔一听这话，不对呀！咋变成你们了？她立刻拉着纪嘉佑退了一步，一脸严肃地说："我们不认识他，不关我们的事。你们找他，别找我们。"话落，她扯了扯纪嘉佑就想跑。

沈隽意一把拽住她的胳膊，愤然斥责："兄弟！你忘了我们携手畅游王者峡谷，一起经历的那些风风雨雨了吗？！"

我只记得我的粉丝跟你的粉丝掐架的那些血雨腥风。

盛乔甩了两下胳膊，没甩脱，气得想踢他。

纪嘉佑是最讲义气的年龄，当然不可能扔下沈隽意，就问他们："那我们去把马给你们找回来，可以吗？"

村民说："那你们要抓紧时间，可千万不能误了吉时。"

沈隽意立刻道："那还等什么？走吧，走吧，现在就去找。"

村民一把拉住他，又说："你们这一去，万一不回来了怎么办？必须留下一个人当人质！我看这姑娘就不错。"

盛乔："？？？"

她一个箭步躲到纪嘉佑身后。纪嘉佑虽然才十八岁，但个头儿已经有一米八，她牵着他的衣角藏在他背后，探出脑袋道："我跟他不熟，拿我当人质没用！你们要是放他走了，他肯定不会回来的！"

沈隽意一脸受伤地看着她："兄弟，你说这话就生分了。我们还不熟吗？你放心去吧，上刀山下火海我也会把你救出来的。"

听听，他说的这是人话吗？

盛乔不理他，眼巴巴地看着纪嘉佑："小嘉，你可千万不能把姐姐交出去啊。"

纪嘉佑感受到她紧紧拽着自己衣服的力道，耳根有点红，一脸冷酷地别扭道："不能把女孩子交出去，我跟你们走。"

盛乔："……"小孩，你这么善良会被欺负的。她指着沈隽意："为什么不把他交出去？祸是他闯的，人质也该他当。"

结果村民说："只有他见过那匹马，他必须去找。"

耳麦里"叮"的一声响，三个人同时听到了冷冰冰的系统声：

开启解救人质支线。请在规定时间内完成任务，否则人质将扣除相应生命值。

沈隽意这个祸害！

纪嘉佑被村民带走了，整个小广场又只剩下两个嘉宾和两个跟拍老师，沈隽意说："我们赶紧去找马吧，一定要把小嘉救出来。"

盛乔真想把他的头拧下来送给刚才的小朋友当皮球拍。

事不宜迟，两人只好出发去找马。

从小广场旁的街道穿出去后，路面开始往上，出现了一段上坡路。靠左是山壁，往上估计能到山头，靠右是一条小路，路旁稀稀疏疏地有几间瓦房。

前面又是岔路。

盛乔看到岔路就知道会出现剧情线，正拿不定主意，沈隽意指着上边说："走这边，站得高、看得远，先爬上去看看整体是个什么情况。"

盛乔不想跟他说话，默默跟过去了。

一路爬上山，视野并没有变得开阔，因为光线不好。而且山脚下不知哪里又在冒干冰，白雾飘上来，远处朦朦胧胧什么都看不清。

这座小山头不算高，稀稀疏疏地长着几棵歪脖子树，树下有一座土坟。

苍天可鉴，她这辈子最怕的就是坟墓，总是脑补坟包从中间裂开，一只惨白带血的手伸出来。

盛乔看见那个坟包腿都软了，"哇"的一声就要瘫坐在地。沈隽意眼疾手快一把扶住她，手臂从她身后环过，将她圈在怀里，安慰道："那是假的，道具。"

他刚说完，就看见那个坟包后面钻出一个人来，盛乔"哇"的一声就哭了。

沈隽意也吓了一跳，脸色都白了，壮胆似的大吼一声："是人还是鬼？！"

盛乔一边哭一边骂："你他妈问的不是废话吗？！肯定是人啊！"

钻出来的是个老人，他穿着长马褂，手上还提着一个酒壶，朝他们走过来，却不看他们，只是自言自语地说道："老伴儿，儿子终于要娶媳妇啦，我这个当爹的，得多喝几杯喜酒啊。"

他一边说着话，一边下山去了。

沈隽意这才从惊吓中缓过来，低头问："他口中的那个儿子，应该就是丢了马的新郎官吧？"

盛乔真是头一次被吓哭，又气又羞，愤然抹了把泪不想接话。

沈隽意说："兄弟，拿出你在王者峡谷手起刀落收割人头的勇气来！"他指着土坟，"要不我们过去看看？"

盛乔打死也不想去，狂摇头。沈隽意一个人也不敢过去，苦口婆心："吓都被吓了，不去看看多划不来啊，要是错过了线索怎么办？"

盛乔："……"

两个人小步挪过去，盛乔紧紧地闭着眼，问："看到什么了？有什么线索吗？"

沈隽意半闭着眼，也不敢凑近，身子往后仰，看了半天才看清墓碑上的字：亡妻之墓。他看了一圈，赶紧走了。

"看来是老头儿来祭拜过世的妻子，顺便告诉她儿子结婚的喜讯。"

山上没有什么线索，两个人掉头下山，刚走到山脚就听见方芷急吼吼的台湾腔："这个生命值怎么又在莫名其妙地掉啦？！"

看见对方，三个人都很高兴。

沈隽意：多一个人帮我找马！

盛乔：终于可以不跟这个智障单独在一起了。

方芷：终于不用单刷副本了。

盛乔和沈隽意的生命值都还是一百，方芷的却已经掉到九十三了，她着急地说："我也不知道怎么回事，就是一直掉啊！"

沈隽意问："来的路上有没有看到一匹白色的马？"

"没有欸。"她更关注自己不停下降的生命值，"这个该怎么办？我不会快死了吧？"

盛乔想了想："这种持续掉血的状态一般都是中了buff。"怕方芷听不懂，她又换了种说法，"中了毒，你刚才有没有做什么？"

方芷说："我刚才就吃了一颗房间里面的青枣，那个不能吃吗？"

"估计就是这个原因了，这里面的东西还是不要随便碰吧。"她把纪嘉佑被当人质的事说了，"我们得快点找到马，你跟我们一起去吗？"

方芷点点头。

三个人继续出发，方芷看到盛乔露在外面的十字架和握在手上的八卦镜，笑得前俯后仰。她运气好，一路过来什么剧情都没遇到，也没被吓过，还笑嘻嘻地问盛乔："小乔，你能借我一个玩吗？"

盛乔默默地从裤兜里掏出一张叠成三角形的黄符递过去。

外面的导演组："？？？"她咋还有？

从小路穿过去，是一条向下的石阶路，石阶路下面就是一个小型的集贸市场，周围的摊子上摆满了新鲜的蔬菜瓜果，还有被绑住双腿卧在地上的家禽，但四周一个人都没有。

他们正四处看，石阶上又下来一个人，奇怪道："咦，我怎么又回到这里了？"

几个人回头一看，发现是洛清。

她看到另外三个人也很激动，赶紧走下来说："终于遇到你们了。一个人都没有，吓死我了。我在这附近绕了几圈，好像迷路了。"

盛乔觉得冷飕飕的，问洛清："洛老师，你刚才来的时候这里也没人吗？"

"没有。但是我遇到了一个拍皮球的小朋友，他说镇上的人都去大宅子里喝喜酒了。我本来想去找找，结果一直在这附近转圈。"

盛乔把自己遇到小孩的事也说了，大家一致认定，节目组在把他们往那个大宅子引。

沈隽意说："那要不我们就去大宅子看看吧？"

盛乔瞪他："你不找马了？小嘉怎么办？"

沈隽意："边走边找吧，说不定小嘉和马都在宅子那边。"

也没其他办法，几个人会合只能继续往前走。刚走了几步，身后的家禽突然一阵骚动，一只公鸡不知道从哪里钻了出来，一边"咯咯咯"地打鸣，一边扑棱着翅膀。

几个人都吓了一跳，方芷和盛乔同时放声尖叫，连洛清都下意识地往沈隽意身后躲。

沈隽意："……"我也怕啊！但现场只有他一位男士，只能鼓起勇气往前走一步，还捡了块小石头扔过去，公鸡扑棱得更厉害了……

方芷都吓出哭腔了："赶紧走，赶紧走，离开这里！"

几个人离开集贸市场往下走，小路弯弯绕绕，岔路多，难怪洛清会迷路。洛清看到方芷手中的黄符和盛乔手中的八卦镜，一问知道是盛乔带的，赶紧问："还有吗？也给我一个。这节目组确实有点可怕。"

盛乔："……"

她脱下双肩包，从里面掏出一串菩提珠递过去，还说："这是开过光的，特别灵。"

导演组："？？？"她到底带了多少件辟邪物进去啊？！

穿过弯弯绕绕的小路，渐渐走到边缘，出现了一条溪流，河上架了一座木桥，曾铭从桥对面走过来，看见大家都在，高兴极了："终于找到你们了！"

他是唯一一被带到镇外的人，恐怖的事情倒是没遇到，就是被鹅追了一路……

曾铭指着桥那头，心有余悸地说："河那边有好多家鹅，真的太彪悍了。"

沈隽意问："你有看到一匹白马吗？"

本来也不抱啥希望，没想到曾铭还真看到了："就在河那边草坪上吃草呢。"

盛乔和沈隽意都是一喜，赶紧让曾铭带他们去找。几个人过了桥，顺着石子路走过去，来到曾铭说的河边草坪上，一看，哪儿还有马？空荡荡的。

曾铭奇怪道："刚才就在这儿啊。"

几个人找了一圈，纷纷道："是不是到别的地方吃草去了？"

"沿着下游找找吧。"

盛乔没动，皱着眉盯着草丛。方芷问："小乔你在看什么？"

她指着草丛："那是什么？"

曾铭看了两眼，走过去蹲下身，从草丛里扒拉出一张白色的剪纸。

那剪纸是……一匹马。

五个人你看看我，我看看你，茫然不知所措。

方芷问："总不能拿这个去救小嘉吧？这到底是什么意思啊？"

沈隽意说："既然这边没有，就先去那个大宅子里看看吧。"

几个人都点头同意，转身往回走，走了几步，发现盛乔还皱着眉站在原地，手里紧紧捏着八卦镜。

洛清喊她："小乔，走啊。"

她这才反应过来，看了眼曾铭拿在手里的剪纸，脸色发白，低声说："我有一个脑洞……"

大家都好奇地围过来。

盛乔吞了吞口水，才继续说："我们进入这个小镇之后，天空一直是红色的，所以没有时间概念，不知道是身处黑夜还是白天。假如，刚才在集贸市场听到的那声鸡鸣是打鸣的意思，就预示着天亮了，那我们现在所处的就是白天。"

她颤抖着小手指指着曾铭手里的剪纸："会不会那张剪纸其实真的就是那匹白马？白天为纸，夜晚为马。"

曾铭一个甩手，惊恐地把那剪纸扔了出去。

几个人："……"

啊啊啊……天杀的节目组居然搞这么大，快放我出去！！！

如果盛乔的脑洞成立，有很大可能，他们刚才见到的那些村民，现在也都变成了剪纸。如果去了那座举办婚礼的老宅子，说不定会看到一屋子的纸片人。

众人一想到那个场景就打寒战，虽然知道都是节目组设置的剧情，但还是忍不住害怕。

方芷也不管身边是谁，紧紧抱着对方的胳膊，颤声说："我们别去了，赶紧离开这里吧。只要找到出口，是不是录制就可以结束了？"

曾铭说："恐怕没那么简单，触发了这么多剧情，一定有任务。"

几个人一时沉默，沈隽意突然"喊"了一声，俯身把那张白马的剪纸捡了起来，两只手捏住头尾，就那么一扯。

"嗞"的一声，就给撕成了两半……

众人："？？？"

沈隽意："这不就好了？有什么好怕的？要真是纸片变的，现在真身都毁了，到了晚上也变不回去了。现在我们就去大宅子，把里面的纸片人全烧了！我看导演怎么凭空变人。"

将这一幕尽收眼底的导演组："？？？"

他是个bug吧，这种馊主意都能想得出来？

总导演拿着对讲机气急败坏地说："把他的生命值狠狠地给我扣！"

然后几个人就看见沈隽意的生命值哗哗哗地狂掉，瞬间就掉到了五十。

沈隽意："？？？"

耳麦里响起系统没有感情的声音：

破坏道具，扣除生命值五十点，请玩家好自为之。

沈隽意气得冲着镜头吼："这也算道具？你们太坑了吧！"

这么一闹，恐惧感又被冲散不少，大家从剧情里挣脱出来，也松了口气。

导演组一开始也没想到剧情会这么快就被盛乔解密，本来还想等他们去了宅子看见一屋的纸片人吓吓他们，总导演在旁边痛心疾首地说："一个bug不够，还来一对！"

识破了节目组的剧情，几个人决定还是先去大宅子看看，毕竟纪嘉佑还在他们手上呢。

沈隽意把撕成两半的纸马塞回兜里，冲镜头挑了下眉，对导演组说："到时候活马不给，也得给我匹死马，反正真身在我手上，不给就是违背你们自己设置的规则，那纸片人也不准变回去。"

导演组："……"

几个人原路返回，朝着还没去过的区域走去。道路越来越宽，他们很快就看到不远处矗立的一座大宅院。

两扇木门大开，门槛上挂满了红绸，四周寂静，透出一种诡异的阴森。

虽然早有心理准备，但几个人还是不敢进去，沈隽意朝着四周喊："小嘉，你在附近吗？"

喊声远远地飘出去，空荡荡的，没有回应。

沈隽意回头看着几个人："总得进去吧？"几个人都不说话。

他看向曾铭，曾铭马上低头假装安慰抱着自己胳膊快被吓哭的方芷。他又不敢要求洛清，只能把目光投向盛乔，沉声道："兄弟……"

盛乔"唰"的一下把手里的八卦镜递过去："兄弟只能帮你到这儿了！"

沈隽意有一瞬间其实还挺感动的。盛乔从进来就一直拿着八卦镜，可见这镜对她有多重要，可现在她连想都不想就送给了自己，不愧是在王者峡谷一起出生入死的兄弟啊！他正满眼感动，就看见盛乔掏出自己的零钱包，又从里面摸了一张穿着红线的护身符出来。

沈隽意："……"

导演组："？？？"

"盛乔·零钱包"被《逃出生天》导演组划入永久黑名单。

沈隽意痛心疾首地看着盛乔："小嘉是为了代替你才被抓走的，说不定现在就被绑在里面饱受折磨，而你，连进去找找他都不愿意。"

盛乔："沈隽意你要不要脸？马是你惊跑的，人是你引来的，我和小嘉都是被你牵连的，你还敢推卸责任？"

沈隽意："哎呀，都是一个team，分什么你我？"

两人正闹，一只黑猫突然从宅子里跑出来，那眼睛在晦暗的光线里发出幽绿的光，尾巴朝上竖起，喵了几声，跳上旁边的围墙消失不见了。

下一刻，原本寂静的四周，突然传来了此起彼伏的人声，恢复了真正婚礼现场该有的热闹。

几个人吓得立即抱团围成一圈，看着那些人从各个角落冒出来。刚才空无一人的宅子也开始人来人往，门口站着盛乔之前在坟包那里遇到的老人，进出的客人都朝他道一声"恭喜"，老人也笑吟吟地回礼。

刚才追着让沈隽意赔马的那几个人也不知道从哪里钻了出来，还牵着一匹白马，兴奋地冲老人喊："老爷，马找到了！快让少爷去迎亲吧！"

沈隽意："……"

盛乔拦住那几个人："马找回来了，我们的朋友呢？"

其中一人朝宅子一指："就关在柴房，你们去找他吧。"

冒出这么多群众演员，虽然演得挺像模像样，但都是真人，大家也都不怎么怕了。一行人走进宅子，只见里面四处挂着红绸，唢呐锣鼓吹吹打打，前院还搭了个戏台在唱曲。

盛乔拉住一个丫鬟模样的人询问柴房在哪儿，丫鬟给她指了，在后院。

后院没几个人，较之热闹的前院显得很安静。沈隽意正要喊，墙那头突然爆出一个尖细的声音："抓住他！别让他跑了！"

几个人纷纷转头去看，但隔着一堵墙，什么都看不见。正迟疑，就看见墙头猛地跃上来一个身影，手肘撑住墙垣，猛地使力，整个人从墙头翻了过来，然后稳稳地落在地面。

那人起身抬头，看见对面目瞪口呆地看着自己的五个人，有点不好意思地笑了一下，正了正帽檐。

纪嘉佑的跟拍摄像师在墙那头："……"

导演组："？？？"

这一届的嘉宾到底是怎么回事儿？

让你好好地触发下一阶段的剧情，你给我翻墙跑了？

你让扛着摄像机的跟拍摄像师怎么办？你让那群正在卖力表演剧情的群众演员怎么想？隔着一堵墙，你让他们演什么？演给谁看？

总导演捂着堵塞的心口，指着屏幕沉痛交代："让他们原地待命，谁敢动扣除五十点生命值。"然后他又安排墙那头的演员和跟拍摄像师从另一边有门的地方绕过来。

六个人的耳麦里同时响起系统的提示音，一听说要扣五十点，几个人立刻变成了木头人。直到那群群演从另一边绕过来就位，那尖细的嗓门又嚷起来："把他给我抓住！"

几个大汉立刻冲上去按住了纪嘉佑，沈隽意喊："你们抓他做什么？马已经找回来了！"

那位大婶愤怒地瞪着他们："你们这群居心不良的贼人，我家老爷、少爷好心请你们来吃酒，你们居然放跑了新娘子！不把新娘找回来，你们一个也别想好！"

啥？新娘子跑了？从找马变成找新娘子了？

这其实是"找你妹"游戏吧？

她这话刚说完，身后其他几个人又冲上去分别把三位女嘉宾扣住了。那位大婶冷哼一声："不把新娘子找回来，就绑你们三个去跟我家少爷成亲！"

盛乔说："多大脸，还想娶三个。"

那位大婶差点儿笑场，抿着唇憋住了，努力维持自己的人设，终于把节目组设置的小关卡任务说了出来："我家少爷也不是三心二意之人。这样吧，你们三人谁先作一首有关新婚宴尔的诗词祝贺我家少爷，谁便可离开。"

洛清到底年长些，本身学问也高，大婶话音一落，她立即道："桃之夭夭，灼灼其华，之子于归，宜其室家！"

那位大婶微笑："不错不错，你站到一边去。"

方芷别说有关新婚的诗，连上初中时候学过的古诗都想不起来了。不过来之前查过嘉宾的资料，她知道盛乔连初中都没上过，应该也想不出来吧？结果她却听见盛乔说："宜言饮酒，与子偕老，琴瑟在御，莫不静好。"

方芷："……"

大婶大手一挥，指着方芷："把她带到喜房。若是到了吉时，你们还没把新娘子带回来，就让她跟我家少爷成亲。"

方芷发出一声尖叫就想跑，结果耳麦里系统说：

开启寻找新娘支线任务，请在规定时间内完成任务，否则全员生命值清零。

众人："……"

沈隽意说："小芷，你放心地去吧，我们一定会回来救你的！"

方芷："……"呜……为什么大陆初中生的文化水平都这么高？

五个人也不迟疑，立刻动身去找新娘子。去的路上沈隽意把这一路过来发生的事跟纪嘉佑说了，听到"纸片人"，纪嘉佑的眼角狠狠地抖了抖。

离开宅子，几个人又是一脸茫然。新娘子是谁、长什么样，他们都不知道，这镇子占地面积大，从哪儿找起啊？

盛乔沉思着说："新娘子既然跑了，说明她不想结这个婚，有很大可能会想逃离这个镇子，我们沿着出口找找？"

"可我们也不知道出口在哪里。"

洛清想了想："沿河找吧。河流是活水，一定能通往外面。"

导演组到处挖坑吓人，几个人也不敢分开行动，一致同意洛清的话，开始沿着河流往下游找。

渐渐远离老宅，四周又变得安静起来，不见一个活物。越往下走，布景灯光越暗，那红色越来越浓，讨厌的节目组还在草丛里藏了干冰喷雾器，缭缭绕绕的白雾弥漫开来，四周都透出一股阴森森的鬼气。

盛乔心想：营造这么恐怖的气氛，导演组不会又要搞事吧？这念头才一闪，就听见旁边哗啦一声水响。几人急急忙忙看过去，只看到河面似乎有动静，但光线暗，什么都看不清。

洛清拿出自己的手电筒，光束照过去，能隐隐看到河面漂浮着一片红。

纪嘉佑往前走了两步，想看清是什么，突然又是哗啦一声水响，空无一人的河面猛地冒出来一个人。

大红的嫁衣、及腰长发，被水浸透湿漉漉地贴在身上，她从水下站起身来，面容隐在长发下，只缓缓地抬起僵硬的手，朝他们伸过来。

洛清叫了一声"妈呀"，都破音了。

穿着红色嫁衣的人开始朝岸上移动，伸出来的那只手一直朝他们招啊招啊。曾铭吓到脸色都变了，牙齿打战地说："走，走，快走！"

盛乔差点儿被吓晕过去，一个字都发不出来，全身都在抖。

沈隽意大喊一声："愣着干吗？跑啊！这女鬼想拖我们下水啊！"

几个人掉头就跑。

盛乔双腿发软，真的是憋着一口气在跑，就这么跑了一段路，她突然停下来，喊他们："不对，别跑，逻辑不对。"

几个人见鬼一样瞪着她，都什么时候了，你还考虑逻辑？

但盛乔本身就是越害怕脑袋就越清醒的人，只有在最害怕的时候保持最清醒的头脑，才能立即做出安全的自保措施。

她不敢回头看，只往身后一指："她穿着嫁衣，是不是代表她是新娘？"

几个人想了想，点点头。

"我们的任务是找新娘，现在找到了，怎么能跑？不把她带回去，怎么把方芷救出来？"

曾铭鼓起勇气回头看了一眼，发现那个新娘已经走上岸，正朝着他们缓步走来，那红色的身影在白雾中僵硬地移动着，吓得他魂飞魄散。

他急急道："那还是人吗？她刚才能在水里藏那么久，肯定早就淹死了。"

盛乔的脑子转得飞快："我们现在假设纸片人的脑洞成立，那我们刚才见到的那些就不是真正的人。那和他们对立的，就是真正的人。新娘为什么要逃婚？是不是就是因为她是人，而对方不是？她为什么会藏在水里？是不是因为纸片人怕水，她在躲避他们？"

几个人面面相觑，都不说话。

盛乔继续道："我现在从两点来证明我的推理。第一，方芷一直在下降的生命值，是因为她吃了这里的食物，中了毒。人吃了正常的食物是不可能中毒的，除非她吃的，不是属于人类的东西。第二，宅子里开始有人是在那只黑猫出现之后，按照老一辈的传说，黑猫通灵，过则起尸。鸡鸣代表天亮，猫则代表夜晚。"

几个人被她的推论惊得一愣一愣的。

盛乔虽然分析得头头是道，但还是不敢回头，毕竟那新娘的扮相实在太恐怖了，她朝后指："现在有一个很好的办法可以证明，就是问她。"

一阵沉默后，纪嘉佑说："我去问。"他大步朝后走去，很快就走到新娘面前。

半天，几个人听到他喊："新娘是个哑巴，不会说话！"

鬼还会成哑巴吗？只有人才会啊！几个人纷纷松一口气，洛清远远地说："姑娘，你把你的头发弄一下，把脸露出来，你这样太吓人了。"

那新娘果然照做，露出一张白净的小脸。她的演技还是很好的，看着几人眼露恐惧，将一个可怜无助的新娘演得活灵活现。

盛乔也没之前那么怕了，走回去之后跟新娘说："我问你，你点头或摇头就可以。"

新娘点点头。

"这个镇上的人都是纸片人吗？"

新娘点头。

"你是人吗？"

新娘点头。

"你是这个镇上的人吗？"

新娘摇头。

"你是被抓进来的？"

新娘点头又摇头。

盛乔想了想，换了措辞："你是被人送进来的？"

新娘点头。

"成亲之后，纸片人会杀了你吗？"

新娘点头。

"你知道离开镇子的路吗？"

新娘点头。

"你能带我们离开吗？"

新娘点头。

耳麦里"叮"的一声响，几个人同时听到系统的声音：

开启解救新娘终极任务，请配合你的同伴，帮助新娘逃出纸片镇。

解锁终极任务，帮助新娘逃离。遭受了一天的惊吓，走到这一步，这节目终于点题了——逃出生天。

将所有的线索串联起来，这一期"鬼嫁"的剧情也逐渐清晰。完成终极任务离开这里，全员胜利。若失败，全员死亡被关入墓地，接受惩罚。导演组没公布惩罚是什么，但绝对不会对他们手下留情。

曾铭说："得先回去救方芷。"

沈隽意问："怎么救？"

纪嘉佑："杀回去。"

盛乔："……"小孩，你的思想很危险啊。她想了想，问新娘："你是趁他们变回纸片人的时候逃出来，又在黑夜降临之后藏进水里躲避追踪的吗？"

新娘子点点头。

盛乔回头跟几个人说："我们可以等下一次鸡鸣，天亮之后趁着他们是纸片人把方芷救出来，再让新娘带路离开。"

外面看着这一幕的导演组纷纷冷笑：呵，小样儿，想得还挺美。

然后几个人的耳机里就响起系统的提示音：

距离良辰吉时还有二十分钟，规定时间内若没有完成任务，则被关押玩家代替新娘出嫁，永远变为纸片人。

沈隽意说："杀回去！跟节目组拼了！"

盛乔说："我有一个想法。"

导演组："……"你最好闭嘴。

她朝几个人招招手，大家凑到一块儿，收音组只听到盛乔说了一句："先把麦关了。"然后收音机就没音了，导演组只能通过摄像头看到他们在埋头商量着什么。

总导演："……"我的速效救心丸呢？

一分钟之后，几个人重新开麦，大家都是一副神秘莫测的表情，导演组在外面急得跺脚："他们商量了什么？他们要干吗？"

然后导演组就看见那个新娘子把嫁衣一件件地脱了下来，盛乔接过之后拧了拧水，穿在了自己身上。

总导演疑惑道："她想做什么？和新娘交换，自己去代替方芷吗？"

工作人员也都聚精会神地看着屏幕里的画面。

两人很快换装完毕，然后他们就看到，六个人分成了两组。洛清和曾铭带着新娘子往外走，沈隽意和纪嘉佑领着假扮成新娘的盛乔掉头回去。

统筹问："要跟群演那边说一声嘉宾调包新娘了吗？"

总导演摆摆手："算了，都走到这一步了，让他们自己发挥。"

嘉宾反节目组套路也算一大亮点了，现在的观众还是挺吃这一套的。

三个人不急不缓，踩着二十分钟的时间限制，在最后时刻走回了宅子。沈隽意把盛乔的头发全部拨到前面来，挡住她的脸，他和纪嘉佑一左一右架着她的胳膊，一进门就喊："新娘子找到了！"

宅子的老爷背着手站在前厅，笑呵呵道："找到了就好，找到了就好。辛苦各位小友，等喜宴开场，我们痛饮三杯！"

话落，他就招手让先前扣押方芷的大婶把新娘带回去，沈隽意往前一步挡在盛乔前面，大声道："先把我们的朋友交出来，一手交钱一手交货！"

盛乔："？？？"谁是货？

那位大婶笑吟吟地说："当然当然，快，把那位姑娘带出来。几位小兄弟辛苦了，一会儿一定要吃好喝好啊。"

方芷很快就被带过来了，看见同伴激动得不行，两三步跑过去："太好了，你们终于来救我了！"

话落，她看见沈隽意朝她狂使眼色。那位大婶吩咐身后的人："快，去把少夫人带回来，吉时已到，准备拜堂。"

这话还没说完，大婶就看见沈隽意一把拽住新娘的手腕掉头就跑，纪嘉佑也及时拽住没反应过来的方芷，紧跟在沈隽意身后。

在场的人都是一愣，给他们的剧本上没写这一幕啊！

不过大婶反应还是快，立刻尖着嗓门嚷道："拦住他们，拦住他们！快！关门！别让他们跑了！"

四个人都已经跑出了宅子，结果外面已经被收到导演组指示的群演团团围住了。

这一跑，盛乔的头发都被吹散开了，方芷惊呼："小乔！"

那位大婶也发现新娘被调包了，耳麦里导演说："继续演，不准他们走。"

收到指示，她立即戏精上身，胸膛一挺，抬手指着被围在阶梯下的几个人："好一群心怀不轨的贼人，今日你们不把新娘留下，休想离开这里！"

群演尽职，布景真实，这气氛一带，还真有那么几分穷途末路的肃杀感。

方芷着急地问："怎么办呢？"

纪嘉佑一脸冷漠地从包里拿出自己的弹弓："杀出去。"

沈隽意也不甘示弱地把自己那把折叠的铲子拿出来，盛乔一看，立即掏出自己带进来用以防身的小锤子。

方芷："……"所以你们都带工具进来，就是为了最后打群架？可是她只有一个小兔子玩偶啊！

眼见大战一触即发，盛乔突然说："等等！"

导演组："……"他们有一种不好的预感。

她大义凛然地看着四周："既然已经到了这个地步，我们不如把话挑明。这个镇子里，除了我们，应该都不是活人吧？"

群演们："……"

导演提醒群头："回应她，看她想做什么。"

大婶顿时阴森森地冷笑了两声："你既然已经知道，就别想活着离开，还是乖乖地留下来和我们做伴吧。"

四周群演也都配合着阴森森地笑起来，笑着笑着，就看见盛乔把手中的小锤子递给了方芷，然后弯腰俯身，挽起了自己的裤腿。

在她的左小腿上，好像用松紧带绑着一个什么东西。

她解开松紧带，把那东西拿在手上，冲着四周得意地笑起来："既然不是人，那都怕这个吧？"

众人凝神一看，她手上拿的那是———把桃木剑。

导演组："……"

总导演暴跳如雷地吼："从下一期开始进场前全部给我搜身！"

众人都被她的骚操作惊呆了，纷纷眼神询问——我们是该怕啊，还是不怕啊？

盛乔握着那把剑舞得虎虎生威："你们必须怕！你们是鬼啊！是鬼就得怕这个，不然不符合你们的人设！都让开啊，谁敢撞上来，一剑灰飞烟灭！"

导演组："……"千防万防，bug难防。

看到这一幕的丁简："？？？"

那把桃木剑不是被自己从行李箱拿出来了吗？她是什么时候又偷偷装回去的？

导演组还没从她的骚操作中冷静下来，另一边，洛清和曾铭已经带着新娘子从小镇的布景里逃出来了。曾铭直冲他们而来，指着新娘子喊："我们完成任务了！成功帮助新娘逃脱纸片镇，剧情结束！"说着，他双手用力拍了一下，"打板！"

总导演："？？？"心脏好疼……

原来这就是刚才盛乔背着他们偷偷商量的计划，利用了规则和文字的漏洞。系统只规定帮助新娘逃离就算任务完成，没说必须全员安全撤离。这边让新娘子先出来，那头回去拖延时间，还真是小看了这些嘉宾。

导演一边用手顺气一边说："以后……文字上给我卡死了！"

洛清笑吟吟道："任务都结束了，里面的人是不是也该安全地放出来了？"

节目组心里苦。他们还设置了好多恐怖游戏的关卡和解密阶段，让剧情更为丰满，结果现在全都没能触发。

没多会儿，盛乔几个人就出来了，她边走还边晃着那把桃木剑。

导演组看到就肝疼，面无表情地宣布玩家成功完成任务，把广告商赞助的奖励发给了他们，这才正式打板，宣布第一期拍摄任务全部结束。

六个人累了一天，东西也没怎么吃，上车之后都有气无力地瘫在座位上。盛乔把自己发出去的辟邪物都收了回来，而她的终极护身符——霍希画着爱心的签名照，一直静静地待在最里面，自始至终守护着她。

经过这一整天的互助配合，几个人的关系比早上出发的时候亲密了不知道多少倍。都是被同一只鸡、同一张剪纸、同一座宅子惊吓过的人，用沈隽意的话说，那是一起携手经历过风风雨雨的兄弟！

大家互相加了微信，还建了一个群。

到酒店的时候天已经黑了，明天一早就要回国。丁简给贝明凡打电话汇报工作情况，最后痛心疾首地说："没防住她，还是让她搞了封建迷信。等这期节目一播，这人设就再也立不住了。"

罪魁祸首犹不自知，缩在沙发上看着日历算时间。

再过几天就是霍希的第三场巡演，可千万不要跟自己的行程撞了。她把演唱会那天的日子用红圈圈起来，截图发给贝明凡，说："这一天给我空出来不要安排工作，我有很重要的事情。"

贝明凡过了一会儿才回消息："行。对了，正式通知你，那部职场剧谈妥了，女一号，你回来就签。"

这是她签约中夏后的第一部剧，也是在接受过专业表演培训后的首次尝试，她想想心里还是挺激动的。

贝明凡又说："你不知道多少小花在抢这个本子，我真是煞费苦心才给你拿到手。剧组那边已经开始筹备，一个月后开机。你可得好好准备，拿出最好的状态，让全国观众重新认识全新的你！"

盛乔"嗯嗯"地保证，又问："男一号定的谁啊？"

贝明凡兴奋地说："说出来吓死你。"

"嗯？"

"霍希！"

"谁？"

"霍希！"

"？？？"你说你，想要逃，偏偏注定要崴脚。

贝明凡见她久久没回消息，直接打了通电话过来，一接通就乐呵呵地说："而且他那边已经签了。等你明天回来，晚上我安排个饭局跟投资商见一面，当场把合同签了，省得一天到晚被人惦记。"

盛乔："……"

等了一会儿，贝明凡奇怪地问："你怎么不说话啊？"

盛乔："无话可说。"

贝明凡："哦，忘了你讨厌霍希。但是一码归一码啊，你知道'霍希'这两个字代表了什么吗？代表了收视率！"

盛乔："你知道'霍希盛乔'这四个字代表了什么吗？代表我会被搞死。"

贝明凡："……"唉，都怪星耀以前可劲儿作，没有合作关系也非要捆绑，现在真正来作品了，要炒戏内CP反倒有些棘手。

贝明凡说："都到这一步了，难道你不签，把这么好的机会拱手让人？你真这么做了，他的粉丝也不会感谢你，相反还会嘲讽你。这圈子就这么大，今后免不了还会合作的。我们拿作品说话。"

他是真怕盛乔头脑一热不肯签约。这姑娘的性格他现在也算摸了个七八分，平日里很好说话，也没什么功利心，交给她的工作她都会认真完成，但一旦涉及她所谓的原则底线，那真是十头牛都拉不回来。

他还真拿不准，讨厌霍希这件事算不算她的原则。

电话那头又没音了，贝明凡心里正七上八下的，就听见她说："为了接这个资源，你辛苦了。剩下的事情你安排吧。"

贝明凡心里的石头终于落地了。

第二天一早，坐上回国的飞机。来的时候几位嘉宾是分开的，回去的时候倒是同一航班，六个人都在头等舱。

下一期的录制在一周之后，隔不了多久就又要见面，倒没有分别的不舍，说说笑笑还挺热闹。盛乔上飞机前收到乐笑提醒她要签名照的消息，心里真是一万个不情愿。

等大家渐渐有些困了，都坐回座位上休息，她才慢腾腾地起身，走到沈隽意旁边。

他正在玩手机版的超级玛丽，一路过去不知道被乌龟撞死了多少次。这个人真的，这辈子都跟游戏无缘。

盛乔清清嗓子，低声说："我有个朋友是你的粉丝，你能送她张签名照吗？"

沈隽意又被乌龟撞死了，抬头冲她挤挤眼，神秘莫测地说："兄弟，你想要就是你想要，还扯什么朋友啊。"

盛乔："……我不想要，是我朋友，你给她写个to签吧，她叫乐笑。"

沈隽意："行吧，我现在身上也没有，你给我发个地址，我回去写了寄给你。"

乐笑最近正在外地拍戏，盛乔把自己家的地址发给了他。

下飞机之后，接机的粉丝那真是人山人海。当然还是沈隽意的粉丝占大头，四处都是红色灯牌，其他几个人的粉丝夹在红海里努力证明自己的存在。

银色其实也挺多的，看到盛乔后以她为中心从四面八方会集过来，像一颗颗小星星，最后变成了银河。

乔粉说到做到，果然准备了很多礼物，一个接一个地递给她，盛乔最后都拿不下了。丁简和周侃拖着行李箱也拿不了多少，盛乔有点遗憾地说："寄到公司吧，我每样都会带回家的。"

她旁边的沈隽意刚冲薏仁甩完飞吻，回头就把她怀里的礼物接过去，笑嘻嘻地说："我帮你们的偶像拿，来来来，都给我，我帮她拿到车上去。"

乔粉一听也不管了，都往他手上塞。

不明真相的薏仁在旁边大吼："沈隽意！不准收别人粉丝的礼物！想要什么妈妈给你买！"

场面一度混乱……

上车后，后备厢都被礼物塞满了，沈隽意从自己的口袋里摸出最后一个礼品盒子递给车里的盛乔，冲她挥手："兄弟，下周见啊。"

盛乔："……再见。"

薏仁在旁边喊："老公！不准朝别的女人笑！"

沈隽意转头说："什么女人？那是我兄弟！"

车里的盛乔："……快开车！"

司机将她送回了家。她在路上的时候就接到贝明凡的电话，告诉她今晚的饭局定了，让她稍微休息一下换身正式点的衣服，晚点方白会来接她过去。

周侃本来想留下来给她化妆，盛乔心想就是普通的饭局，自己随便化个淡妆拾掇一下就行，就放他回去休息了。

她洗了个澡，缩在床上休息了一会儿，先在霍希超话把这两天落下的榜单打了、数据做了，看到希光都在为第三场巡演的到来做准备，超话里热闹得不行。她心里也暗暗地兴奋，转瞬又想起即将和爱豆合作，就用被子捂住脑袋深深地叹了一声气。

按照她自己的想法，当然是不跟霍希有这种公开合作，特别是电视剧，无论是从收视率还是关注度来说，男女主角在播剧期间都必须有相当多的互动。双方公司以及制作方也会相应地发通稿炒绯闻来维持剧的热度，这都是圈内的常规操作。

但她不仅是一个人，她的所作所为都会影响到她身边的工作人员。她有公司、有团队，他们为了拿到这个资源付出了多少自不必说，她不能那么自私。

拿作品说话，她不能辜负每一个信任自己的人。

就是不知道，霍希会不会不愿意和自己合作呢？

她想了想，爬起来有点紧张地给霍希打了通电话，响了好半天才接通，他的声音有些浅浅的疲惫："回来了？"

"嗯！霍希，你在做什么呀？"

"录节目，中场休息。"

"哦……那个，霍希，有件事……"

"嗯？"

她咬着小手指，慢吞吞地说："就是听说，你签了一部职业剧的男一号是吗？"

"对。"

"那部职业剧，资方在接触的女一号……"她干笑一声，"好像是我欸。"

"我知道。"

"啊？"她一骨碌翻起来，眼睛都瞪大了，"你知道？"

"嗯，合同签了吗？"

"今……今晚跟投资商吃饭，吃完就签。"她还有些蒙，"你什么时候知道的？所以你愿意和我合作吗？"

好半天，盛乔听见他淡淡地说："你为什么会有我不愿意和你合作的想法？"

盛乔："……"

他淡淡地问："晚上饭局地点是哪儿？"

盛乔把地址说了，还是有点晕，犹犹豫豫的："你真的不介意跟我合作吗？万一我演不好呢？万一我拖你后腿呢？"

"制作方既然选择你，就有他们的道理。能不能演好你自己拿捏，你拖不了我的后腿，只会拖你自己的。"

霍希对于工作的态度一向都很严格，甚至有些挑剔，这也是他这几年进步飞速的原因。

盛乔原本有些迷迷糊糊的脑子，一瞬间就清醒了。她低声说："我知道了，霍希，我会努力的。"她会努力的，不是为了他，仅仅是为了自己。

很快就到了傍晚，盛乔换好衣服化了妆，方白已经开车来接她，贝明凡也在车上。饭局定在郊外的一处高档会所，贝明凡一路上交代了她不少事情，最后又说："他们要是说了什么不好听的话，你就当没听到。投资方大过天，只要没到底线那一步，口头上那些，忍忍也就过去了。"

盛乔明白他的意思，点了点头。

到会所之后，贝明凡领着她往里走，推门进去，里面烟雾缭绕，制片方和出品方的人都在，一个个夹着烟吞云吐雾。

贝明凡笑吟吟的，领着盛乔挨个儿地打招呼，对方也都笑着回应了，但都没起身，连看她的眼神都带着赤裸裸的打量。

打完招呼，盛乔正要落座，对面戴眼镜的中年男人笑呵呵地说："来，小乔，坐这里来。哎呀，制片给我们推荐你的时候，可是把你夸得天花乱坠，过来，让我好好看看。"

那是出品方的总投资人，他们称作蒋总。

盛乔看了贝明凡一眼，贝明凡示意她没事儿，点点头，盛乔只得坐过去。

她一坐下，蒋总一只手就从后面环上来，搁在她身后的椅背上，手掌搭在她的肩头，重重地拍了拍。他喝过酒，呼吸间都是酒味，侧着头看她，笑道："果然当得起那番夸奖，小乔啊，这女一号我可就交到你手上了，你可得好好演，别让大家失望啊。"

盛乔极力忍住不适，挽起一个笑："蒋总放心。"

他似乎很满意，那只手从拍改为搂，将她有些僵硬的身子往自己那边带了带，若无其事地说："吃饭，吃饭，让服务员上菜。"

他话刚落，门就被推开了。

蒋总头也不抬："服务员，来，给我们小乔……"

制片一下站起来："霍希？你怎么来了？"

门口的人摘下帽子，偏头打量屋内，笑得淡淡的："这种场合，少了男主角怎么行？"

他走进来，盛乔猛地抬头看过去，那股被她死死压在心底的愤怒，从心脏一路往上直奔，弯弯绕绕，冲出眼眶时，都化作了委屈的眼泪。

他在满屋子复杂的视线内淡然走近，落座，手指点了点身边的空位，淡淡道："盛乔，坐过来。"

盛乔猛地就要起身，蒋总牢牢地按住她的肩膀，将她按回椅子上，冷笑着问："呦，霍希，什么意思啊？"

霍希抬头看过去，扫了眼他搁在盛乔肩头的那只手，唇还挑着，嗓音里却毫无笑意："字面上的意思。"他转眼看盛乔："怎么？还要我亲自过去请你吗？"

制片赶紧去拉蒋总："蒋总，算了，算了，算了。"

盛乔趁机起身，挣脱开那只魔爪，逃也似的走到了霍希身边。她不敢抬头，死死咬住嘴唇，才能让那股屈辱的眼泪不流出来。半晌，她肩头一重，是霍希脱下自己的外套搭在了她肩上。

他端起酒杯，冲着众人若无其事地笑："我来晚了，自罚三杯。"三杯浓度不低的白酒，一杯接一杯，没有一丝犹豫，被他灌入口中。

饭局结束之后，盛乔签下了合同。

贝明凡一直悬着的心，终于稳稳落地了。看到一直沉默地坐在座位上的女孩，他头一次生出不是滋味的心疼来。

刚刚蒋总揩油的时候，他真的以为盛乔会愤然而起出手暴打，连他都差点儿没坐住。他甚至在那一刻已经做好了剧本泡汤、签约失败的心理准备，可她居然忍下来了。

贝明凡突然惊觉，她在有关自己的事情上，向来很能忍。

她会为了抄袭行为正面刚选手，为了和她萍水相逢的实习生怒掉猥琐主管，为了和她无关的粉丝得罪艺人。她就像一座随时可能爆发的活火山，让他日日担心她又会做出什么惊天举动。

可无论是受到死亡威胁，还是明明怕鬼却答应他去参加恐怖综艺，甚至今晚这种令她感到羞辱的举动，她都统统忍下来了。她不会不知道今晚这个饭局可能会面对什么，但自己在车上告诉她，忍忍就过去了的时候，她只是点头说"好"。

圈子里这种酒桌上的揩油手段，对于艺人来讲真的太常见了，常见到很多人早已对此习以为常。就像贝明凡说的，只要没到底线那一步，忍忍就都过去了。

他之前还以为她什么都不懂，吃不了一点亏，可今晚看来，她其实都懂。她的咖位本身就配不上出演这部剧的女主角，团队不知费了多少心思帮她争来这个资源，她不忍，就只能拱手让人。

在这个圈子里，爬到最顶层的那些人，哪一个没有受过这样的屈辱？如果还不够强大，就必须学会隐忍。公司给了你资源，能不能握住，只能靠自己。每一个资源，都是往上的台阶。只有踩着这些台阶，才能走上顶峰，最终傲视资本。

她既不是一线小花，也不是顶级流量，没有一部可以用实力说话的作品，连让公司为她撑腰做主的资格都没有。

在这之前谈反抗，都是笑话。

看看霍希，制片方不就只能哄着、捧着吗？

我×，对了，霍希为什么会来？还这么护着她？

贝明凡虎躯一震，偷偷摸摸地看过去，制片方和出品方的人都已经走了，盛乔急急忙忙去找服务员要了一杯热水回来，满脸都是着急和担心，蹲在霍希身边轻声问他："很难受吗？胃痛吗？要不要去厕所吐一下？"

霍希闭着眼揉了揉太阳穴，低声说："不用了，没事。"

她心疼得快哭出来了，刚才在饭桌上，所有敬酒他都来者不拒。他在圈子里待得久，对这些规矩心知肚明。白天通话的时候知道她要来跟投资商吃饭，他就预料到了。他录完节目匆匆赶来，替她挡了那些羞辱的手段，也得在酒桌上，用酒化解那些麻烦。

白酒后劲大，霍希刚才还没什么，现在渐渐上头，闭着眼都觉天旋地转，连意识都开始模糊。

盛乔看他渐渐倾向一侧，一把抱住他，心揪似的疼，抬头冲贝明凡喊：

"贝哥，先把他扶到车上去。"

贝明凡赶紧应了，过来架住霍希，盛乔又从包里摸出口罩和帽子小心翼翼地给他戴上，两人一左一右扶着他出门。

方白正在车上玩游戏，看见这一幕也很震惊："霍希哥？怎么回事？怎么醉成这样？"

几个人把他扶上车，盛乔坐在后排，让他能靠着自己的肩膀，报了个地址。

方白在导航系统输入地址，车子开上路。贝明凡转头去看，盛乔一动不动地抱着他，眼里满满的都是心疼和自责，那样小心翼翼爱护的模样，好像怀里抱的是什么易碎的珍宝。

这叫讨厌霍希？这是爱到骨子里了吧。

贝明凡在心里重重地叹了口气，抱着半分侥幸问："小乔，你和霍希，没在恋爱吧？"问这话，自己都觉得不信。这还不叫谈恋爱，什么叫谈恋爱？

结果没想到盛乔说："没有。"

贝明凡一愣，还以为她在故意否认："小乔，你可千万别瞒我。公司也没说不让你谈恋爱，但如果对方是霍希，那真得提前做好恋情曝光的准备。"

"真的没有。"

方白在旁边忍不住说："谈什么恋爱啊？她这是在追星。她是霍希哥的粉丝。"

贝明凡："？？？"失算了……

车子途经一家药房时，盛乔让方白停车，拜托贝明凡去买了点醒酒药回来，然后车子一路开到霍希住的小区。

方白和贝明凡扶着他，盛乔在前面带路，走到霍希家门口，发现门锁是密码锁。他还没有醉得不省人事，把密码说了，进屋之后，两人又把他扶到楼上的卧室。

盛乔帮他脱了鞋子、外套，盖好被子，又跑上跑下地倒了热水让他把醒酒药吃了。

贝明凡神情复杂，等她终于停下来了，迟疑着问："那我们走吧？"

盛乔杵在门口看了眼似乎已经熟睡的人，摇摇头："我不走，我得守着，不能让喝醉了的人一个人待着。"

那种因呕吐物堵住气管致死的案例不在少数，贝明凡也不好说什么，只得交代她几句，跟方白两个人离开了。

周围一下静下来了，盛乔轻手轻脚地去卫生间，用热水打湿毛巾，回到卧室后半蹲在床前，轻轻地给他擦了脸和手，擦到他手掌的时候，他手指一弯，将她的手握在了掌心。

他仍闭着眼，带着醉意的声音低低地传出来："不走吗？"

她低头看他，离得这么近，能看见他微微颤动的长睫毛、因酒气而潮红的脸颊。她替他将扫在眼角的碎发往后拨了拨，小心地问："嗯，我可以留下来吗？"

他睫毛微动，似乎想睁眼，可酒意太重，最终没睁开，只是笑了下，低声说："可以。"

她将手抽出来，握着毛巾认真地替他把双手擦干净。他没有再动，熟睡后的呼吸声渐渐地传了出来。她关了灯，轻手轻脚地走回床边，在地板上坐下来。

四周漆黑，只有窗前一缕暗淡月光。鼻尖都是酒气，她却一点也不觉得难闻。她将头枕在床边，听着他的呼吸声，黑暗中，眼泪无声无息地掉下来。

霍希醒来的时候，已经是第二天中午了。

宿醉之后脑袋又沉又痛，他坐起身看了看，盛乔已经不在房内。他拉开门出去，走到楼梯口朝下看，才发现厨房的灯亮着，能听见水流哗哗的声音。

他转身回去冲了个澡，穿好衣服下楼。

厨房里飘出淡淡的饭香，她熬了小半锅的粥，轻轻地用勺子搅着，回头看见他站在门口，欣喜道："霍希，你醒啦！"赶紧从蒸锅里把保温的醒酒汤端出来递给他，她又担心地问，"还有哪里不舒服吗？"

他喝完醒酒汤，摇摇头，看她眼眶下微微的青黑，皱了皱眉："昨晚没睡吗？"

他不知道她在床边趴了一晚上。

她笑起来："没事啦，粥已经好了，你出去等我。"她转身忙忙碌碌，拿碗盛粥，把清淡小菜端出来，等他尝了几口才问，"胃好些了吗？"

他点点头。

"锅里还有粥，你今天要吃清淡一点，养养胃。"

两个人都没再提昨晚的事。他吃饭的时候，她已经把厨房收拾干净，走出来穿好外套，对他说："霍希，那我走啦。"

他放下碗："我送你。"

她连连摆手："不用不用，大白天的送什么送？你好好在家休息。我看你脸色还是不太好，药我放在茶几上，标好了种类，你要是不舒服记得找来吃。"

他是有些晕，开车估计也不安全，于是坐回去点了点头。

她笑起来，冲他招招手，到门口换好鞋，又回头说："霍希，拜拜。"

他说："到家给我发消息。"

她"嗯嗯"地点头，戴好帽子、口罩，拉开门低着头走了。

她到家之后，接到贝明凡的电话，贝明凡得知她已经从霍希家里离开了，才默默地松了口气，又语带歉意地说："小乔，昨晚对不起你，我也没料到那个姓蒋的连场合都不顾。这部剧公司只是联合出品方之一，大头还是那边占着，让你受委屈了。"

"没事儿，也没受多大委屈。"

他就喜欢她这种大气，笑道："现在合同签了，我们也就彻底放心了。下周那边会把剧本送过来，你提前准备，我相信你，这部剧一定会爆的！到时候拿奖拿到手软，走上人生巅峰！"

盛乔说："剧都还没拍，你这未来展望得也太远了。"

贝明凡其实也是在调和气氛，两人说笑几句才挂了电话。

接下来几天，孟星沉来给她上了一次课，她把新旧知识复习巩固了一遍，又去录制了新一期的《星光少年》，她拍的卫生巾广告也已经在各大电视台播出。

这种生活类的广告最喜欢循环播放，喜欢看卫视节目的妈妈们每换一个台几乎都能看到她在卫生巾上面跳舞……

国民度就这么打出去了，以至于后来只要有她的剧播出，拿着遥控板的妈妈奶奶们看到她都会说："这不就是那个在卫生巾上面跳舞的女明星吗？"

又到了霍希演唱会的那一天。这一次在广州，盛乔又是前一天晚上偷偷摸摸地飞了过去。

第三场也是此次巡演最后一场，粉丝都挺珍惜这个机会，毕竟这一场结束，今年都没机会再看这种专属于爱豆和粉丝的演出了。

逛逛超话，她发现很多站子和应援组织都准备了各式各样的周边，什么透扇啦，立牌啦，钥匙扣啦，纪念卡啦，定制手幅啦，看得盛乔眼馋得不行。

类似这种粉丝自制的演唱会免费周边，真的是送一次绝一次版，而且数量有限，先到先得，如果自己也能每样拥有一份就好了，呜呜呜……

欸，为什么不可以呢？

自从安然混进两场演唱会没被发现，盛乔同志的胆子明显大了很多。她换好衣服，找出帽子和口罩戴好，对着镜子左看右看，觉得这样根本就不会被认出来啊！

希光又不可能一天到晚盯着她的照片视频看，虽然都知道她长什么样，但也没到光凭身段一眼就认出来的地步，而且她们绝对打死也想不到盛乔会去演唱会现场领粉丝周边……

盛乔这么一想顿时有点飘，于是背着包包，戴上金色的手环，兴奋地赶往体育馆了。

一到体育馆附近，四处都是三五成群的粉丝，每个人身上都有一件象征希光的金色物品。她们从全国各地而来，奔赴同一场约会。

盛乔下车，摸摸口罩和帽子，有种老鼠进了猫窝的紧张感。直到成功找到第一个发周边的站子，并混在粉丝中排了十分钟队领到应援小礼包，对方还冲她微笑后，盛乔同志就彻底放飞了，明目张胆地在附近闲逛起来。

抬眼看去，四周全都是扎堆的粉丝，不仅有发放免费周边的，也有专门卖应援物的。她挨个儿逛，挑挑、选选、买买，真是恨不得把前两场的全都补回来。

找到最后一个站子的时候，背包都快装满了，排到她的时候，居然就剩最后一份周边礼包。对方把金色袋子递过去，笑说："你运气太好啦，这是最后一份。"

盛乔伸手去接，抬头开心地说："谢谢！"她一看到对方的脸，帽檐下的眼睛都瞪大了。

居然是梁小棠。

梁小棠身上已经看不出那一次猥亵事件的影响，脸上的笑容明媚阳光，和当时盛乔把她从办公室救出来时恐惧怯弱的模样天差地别，这或许就是偶像能带给粉丝的勇气和力量吧。

盛乔心想，梁小棠肯定是认不出自己的，接了周边就想走，结果扯了两下，梁小棠紧紧地捏着金色袋子不放，眼睛定定地看着她，一脸不可思议。

盛乔看她这眼神就知道，她认出自己了。

完了，她可千万别喊出来。

半晌，旁边收拾东西的粉丝喊她："小棠，干吗呢？"

梁小棠一下惊醒，神情复杂地看着对面眼神躲闪的人，顿了顿，没忍住一下笑了出来。她低声说："小……姐姐，你胆子也太大了。"

盛乔冲她挤了下眼。

她松开手，低声说："姐姐，你等我一下。"然后她转身把地上的箱子和海报收起来，跟朋友说："我有点事儿，一会儿回来找你们。"说完，她起身拉着盛乔的手腕走了。

过了街，人稍微少了一些，梁小棠带着她去了一家奶茶店，点了两杯奶茶后，在她对面坐下来。

盛乔正在整理自己被应援物塞满的背包。

梁小棠看了她半天，捂着脸笑得不行："真的，太不可思议了。你居然是希光，你怎么是希光啊？"

盛乔问："我不能是吗？"

"你居然还来领周边，你这是什么操作啊？"

盛乔："……这么精致绝版的周边，试问谁不想要呢？"

梁小棠又是笑得一阵发抖。

店员端上来两杯奶茶，她收了笑意，恳切地说："小乔姐姐，我一直想对你说，谢谢。真的很谢谢你，我知道后来大学生论坛的那个帖子也是你发的，你对我的恩情，我这辈子都不会忘记。"她顿了顿，垂下眼眸，又低声道，"还有，对不起。"

盛乔知道她为什么道歉，以前，自己也曾对着镜子里的自己道歉。

她抬手摸了下梁小棠的头："都是一家人，不用这么见外。"

希光永远都是一家人。

梁小棠看着她，似乎有点想哭，却什么也没说，将奶茶递过去："我请你喝奶茶。"

盛乔说："不敢摘口罩。"

梁小棠："……"不行，真的好想笑。

冒着被认出来的危险也要来领周边，这是什么情真意切的粉丝啊！

盛乔不敢喝奶茶，捧着杯子转圈圈把玩，问她："你也是云端站的成员吗？"

梁小棠点点头："我负责视频剪辑这一块儿。"

她本身就处在传媒行业，算是本职工作，盛乔说："难怪云端站的视频每次都剪得最好看，踩点好准啊！"

梁小棠说："这你都知道？你还逛超话？"

盛乔："我还打榜投票呢。"

梁小棠快笑晕过去了，摸出手机说："可以跟你互关吗？"

盛乔报了自己的小号ID，梁小棠一听，大惊失色："'福所倚'居然是你？天啦，我们都超喜欢你的P图风格，之前站长还问你是不是个人号，想把你挖到站子里来呢！"

盛乔摆摆手："也就追个演唱会，其他的真去不了。"

梁小棠说："也是。你行程也多，而且其他场合被发现的概率太大了。"她猛然想起什么，压低声音道，"我的天，你之前不是还跟他参加同一档综艺吗？你那时候入坑了吗？"

盛乔："我几年前就入坑了。"

梁小棠："！！！"所以这是什么追星界的楷模？

现在回想她在综艺里的表现，带上希光这个身份，梁小棠好像一下就全部理解了。如果不戴有色眼镜去看她的那些行为，那真的就是希光于他的爱护啊。

"所以你才会在节目上撑抄袭狗啊！"梁小棠感动得快哭出来了，"这就是希光才会做的事啊！"

盛乔："嘘嘘嘘！小声点！"

梁小棠："……"哈哈哈哈哈哈哈……还是好想笑，怎么会有这种明星啊？我的天！

她问："我看你每次拍的图位置都好好，你每次都抢到了内场票吗？"

盛乔说："这倒没有，票是霍希给我的。"

梁小棠："？？？"呜呜呜……她羡慕嫉妒没有恨。

梁小棠捂着心口："我再问最后一个问题，他知道你是他的粉丝吗？"

"他知道。我跟你讲他超级宠粉的！他真的特别好，不只是外界看到的那样，私下里人也很善良、很温柔，他是这个世界上最好的人！"

"啊啊啊……"两个粉丝同时捂心尖叫。

真是同一个爱豆、同一种心情了。

叫完之后，梁小棠又涌上不可思议的心情，叹着气说："真的永远也想不到，有一天我会跟你坐在一起讨论他，而且你看上去比我还花痴……"

盛乔："……承让承让。"

有领周边和小姐妹一起喝饮料发花痴的演唱会，才是完整的演唱会。

快到进场时间了，梁小棠赶着去和站子成员集合拍祝福视频，只能跟盛乔道别，临走时保证："我一定不会把这件事说出去的，你放心！"

盛乔笑着冲她点头。

天渐渐暗下来，盛乔还是掐着临开场的点才进去，刚一坐下，手机振动了一下，收到一条微信。她打开一看，居然是霍希发来的。

他问她："来了吗？"

盛乔："来了！啊啊啊……你快出场！"

霍希："安静看，不准喊，别把嗓子又喊劈了。"

盛乔："我带了金嗓子喉宝！"

霍希："……"

盛乔："还有五分钟了！！啊啊啊……你快去准备，别发消息了！"

他没有再回消息。音响一震，响起开场音乐，四周尖叫四起，盛乔瞬间投入其中，疯狂应援起来。

最后不出意外又把嗓子喊劈了，不喊劈是不可能的。

最后一场，她没有再提前离场，她想留下来，和所有粉丝一起，和舞台上的他告别。

直到他随着升降台离开舞台，场馆内响起有序离场的广播，盛乔才随着粉丝起身离开。她走到外面打了车，直接奔赴机场。

刚上车，她就接到霍希的电话。一听她嗓子又临近失声，霍希冷声说："下次再这样，不准再来看演唱会。"

盛乔："……"虽然是你的演唱会，可是我也很累啊。

"今晚回北京吗？"

"嗯，已经在去机场的路上了。"

"路上小心。"

"嗯嗯！"

"好了，挂了。"霍希顿了顿，又说了句，"到家给我发消息。"

"估计很晚了，你都睡了。"

"不会。"他低声说，"我要去参加庆功宴，也很晚，要记得发。"

"好吧。"挂了电话，盛乔摸出来一颗金嗓子含片塞进嘴里，正吃着，贝明凡的电话又打过来了。她可不敢让他知道自己悄悄来看演唱会了，接起电话，那头问："小乔，在干吗啊？"

"生病了，睡觉呢，你听我嗓子都哑了。"

"啊？怎么回事？严重吗？"贝明凡都急了，"吃药了吗？"

"吃了吃了，没什么大问题！"

"唉，嗓子怎么哑成这样？明天能好吗？我跟你说，我帮你拿到了红刊的内插和专访，你明天一定得好起来啊！"

娱乐圈所谓的四大刊、五小刊都是艺人名气和咖位的代表，同一本杂志，上封面的和上内插的咖位是完全不一样的。红刊是四大刊之一，封面不是顶流就是影后，盛乔如今这咖位，能拿到一个内插和专访，贝明凡和中夏都出了不少力。

本来定的是下一期，但这一期原本拍内插的那个艺人今天早上被曝出吸毒丑闻，红刊是肯定不能再用了，于是让盛乔临时顶上来了。

结果她嗓子劈成这样，明天怎么接受采访啊？

贝明凡着急地说："要不然我现在过去一趟，接你去医院看看？"

盛乔："……不用不用。专访最后也是以文字形式呈现，我说话还是能说的，影响不大。"

贝明凡想想觉得也是，只能说："行吧，那你记得吃了药再睡，明早我让方白来接你。"

盛乔应了，到机场之后顺利登上飞机没被人发现，一路赶回了北京。

唉，追个星真是不容易。

到家已经是凌晨，她在楼下买了点消炎药，睡前吃了，又给霍希发了报平安的消息。他果然还没睡，回复她"早点休息"。

明早还有工作，盛乔没有再当晚修图发微博，洗完澡就睡觉了。

那些关注了"福所倚"的希光，眼巴巴地等了一晚上精修图……

第十二章

荒岛余生

第二天一早，方白准时来接她。

她对着镜子"啊啊"叫了两声，嗓子状况还是不太好，方白当然知道她这不是生病而是喊劈了，无奈地说："要是让贝哥知道你偷偷跑去广州看演唱会，你就死定了。"

盛乔冷冷地扫了他一眼："贝哥要是知道了，一定是你说的，我弄死你。"

方白："……"白白心里苦。

贝明凡在车上等她，还给她准备了清淡的早餐，待她一上车就问："嗓子怎么样？说两句话我听听。"

盛乔："啊，啊，啊啊。"

贝明凡："……"行了，闭嘴吧。

车子一路开到了红刊的摄影棚，到的时候，杂志社御用摄影师已经在调试设备，拍摄的服装也都准备好了。

内插的造型是由杂志社的造型师专门来做，红刊走的是时尚尖端风，给她穿的服装也是当下奢侈品牌的新款。化妆师将她的鬈发拉直，梳成中分，利用眼线拉长她的眼角，着重阴影，将她本来甜美清纯的容貌修饰出几分凌厉的骨感美来。

盛乔看着镜子里的自己有点不适应，别扭地问贝明凡："好看吗？"

贝明凡："好看！你就是这个棚里最酷的妞！"

盛乔："……"

拍摄开始，面对这种拍摄她多少还是有点不适应，动作和表情都略僵。好在摄影师也不急，一点一点地引导，渐渐将她放松自然的状态引了出来。

能遇到这种有耐心的摄影师运气真的挺好的，拍摄结束盛乔还专程去跟他道谢。那摄影师有三十多岁，笑容温和地说："应该的。对了小乔，能跟你要张签名吗？我儿子可喜欢你了。"

盛乔二话不说签了，问他："您儿子多大？我给他写一句祝语。"

摄影师说："4岁。"

盛乔"……"她本来还想写工作顺利、学习进步什么的，现在只能写个"成长快乐"。

稍作休息，专访也安排妥当了，就在摄影棚后的茶水间，摄像机都已经架好，专刊记者坐在沙发上，见他们过来，起身打招呼。

听盛乔声音哑得不行，关心道："是感冒了吗？说话会痛吗？"

盛乔在她对面坐下来，笑笑："不碍事，开始吧。"

专访的问题都是事先安排好的，给双方都看过，确认无误才会提。贝明凡也根据这些问题拟了一个回答大纲，早上在车上就让盛乔看了，采访的时候根据大纲回答，就不会出差错。

问题还是从她最近的状态谈起，从工作到生活再到感情，都在尽力去展示盛乔私下最真实的状态，这样粉丝也喜欢看。

让记者意外的是，她的语言措辞听上去很有文学修养，听她描述她平时的兴趣爱好、她对于某件事的看法，能看出她是个很有思想的人，记者已经想到这次专访的标题和前言应该怎么写了。

到最后一个问题，记者笑说："你的粉丝都说你很宠粉，会在机场接他们的礼物，他们寄的信你都会看，听说我们要给你做访谈，都留言让我们转告你，他们会爱你一辈子。你是怎么定位粉丝和你的关系的？"

贝明凡给她的答案提示是"家人"，围绕家人这点回答就不会出差错。

盛乔想了想，没有按照大纲来答，她说："我觉得是互相汲取温暖用以自身成长的关系吧。他们给了我鼓励和支持，我也给了他们光和勇气。"

记者觉得她这个回答还蛮新奇的，本来提问已经结束，要进入收尾环节了，却忍不住又问了一句："你似乎很认可粉丝和偶像之间的关系，那你是怎么看待追星这种行为的？"

贝明凡在旁边想开口提醒，盛乔挥了下手，示意没事。她冲记者笑笑："每个人都有选择自己生活方式的权利。我不赞成用'脑残'这个贬义词去定义追星。他们其实只是在还能放肆的年纪，在还可以用尽全力不管不顾的时候，在还可以做梦的时候，用自己的方式，去爱一个永远也得不到的人而已。

"总有一天，他们会不再年轻，不得不面对这个社会墨守成规的约定。他们会从梦中醒来，然后收拾好所有年少的荒唐梦想，走入现实。"

记者下意识地说了句："挺可悲的。"

"怎么会可悲？"她笑起来，"因为有了可以追逐的那个人，所以连平凡的青春也变得闪闪发光啦。"

当你老了，回忆起曾经为那个人所做的所有疯狂举动，一定是笑着的。

结束了今天的专访，贝明凡让方白把盛乔送回了家。后天又要出国录《逃出生天》，贝明凡听她声音哑得可怜，让她这两天好好养一下，不安排其他工作了。

到家休息了一会儿，盛乔才有时间把相机连上电脑，将昨晚拍的几千张美图导了出来。

"呜……生图都这么好看，完全不用修！这就是仙子本人啊！"

她嗷嗷发完花痴，还是打开PS开始修图，毕竟舞美灯光将人脸照得五彩斑斓，光影是必须调的，再加上她有自己的风格，凡是她修过的图，总能最大化地放大优点，更加精致。

这一修就修到了晚上，连晚饭都忘了吃。把五套演出服分好类之后，她才登录了"福所倚"这个账号准备传图。

一登录，私信和评论就叮叮叮地接连跳出来，私信都快上千了。

盛乔吓了一跳，还以为自己掉马了，结果点开一看，都是催她发图的：

"Po主你什么时候发图啊？呜呜呜……我等了一天一夜。"

"Po主你脱粉了吗？"

"阿福你去哪里了？快把你手上的图交出来！"

"Po主是没去三巡吗？"

她赶紧接连发了五条微博，把五套演出服都发了一套九宫格，然后解释说："工作太忙，让大家久等啦。"

终于等到精修图的希光顿时沸腾了，几分钟就把她这五条微博全部转发上了热门。

"神仙拍图终于上线了！"

"神仙拍图神仙修图，而我只会啊啊啊。"

"Po主请你传授我每场都能抢到内场前排的秘籍好吗？"

"哥哥太好看了，呜呜呜……怎么会有这么好看的人啊？呜呜呜……"

"Po主修图居然还修出了一丝禁欲风格。"

"姐妹们，我求你们品品这个喉结，我先舔为敬！"

"仙子跳舞，神仙拍图，我只能给大家表演一个原地死亡了！"

自从之前被希光质疑过粉丝属性，盛乔就基本恢复了以前追星的日常，每天都会登录账号，进行超话签到、打榜投票、反黑打卡这些基本操作。

"福所倚"这个ID总是活跃在投票打榜的前线，之前好几次熬夜爆肝的投票都名列前五，集资应援也没有落下过。霍希的粉圈有专门的集资数据君，每次都会将集资前一百的名单整理出来公布，"福所倚"每次都在榜上。她还时不时地发几组精修图，坐实忠粉属性后，很快就成了圈里的权重人物，关注都快五万了。

发完图她终于离开电脑起身活动了一下，然后点了个外卖，又打开三巡的饭拍视频，边吃边看。

呜……明明昨晚刚结束，现在看视频，却仿佛自己不在现场一样。真是怎么看都不能满足啊。

吃到一半，私信蹦出来一条消息，居然是"霍希应援组"发来的。

这种组织算半官方，带蓝V，不归霍希团队管，但管理员都是死忠粉，严格遵守粉圈规矩，以霍希的利益为唯一标准。

类似"霍希数据组""霍希反黑小组""霍希网投组"这种都属于半官方形式，在圈内很有号召力。

她放下饭盒，点开私信一看，对方说："希光你好，这里是霍希应援组，有一件事想找你商量一下。还有两个月就是希宝贝的生日啦，今年应援组打算在市中心包一块LED屏全天播放生日应援视频，目前我们正在收集做应援视频的素材。经筛选，你的图质量最好，也最能体现希宝贝的风格，所以想问你要一个图片授权，以便我们制作视频，你看方便吗？"

饭拍图注重授权，很多个人图、站子图都禁二改、禁二传、禁商用，霍希这些组织在这方面做得都还挺好的。

盛乔当然没意见，立刻答应了。那边发了一个QQ号过来，方便她传原图，她用小号加上，对方ID叫"情书"，她按照情书的要求把图打包传过去了。

情书也挺惊讶她的爽快，毕竟很多人并不愿意将自己辛辛苦苦拍的图免费贡献出来。站子的存在是跟利益挂钩的，有时候跟官方的关系并不是那么和谐。

盛乔还说："我这里还有很多，你想要什么随时找我。"

情书高兴坏了。这种修图大佬真是可遇不可求啊，立即道："我们都很喜欢你的图，大家都想膜拜大佬，拉你进群玩玩儿？"

盛乔没什么意见，加了应援组的群。

群里二十多个人，纷纷刷"欢迎大佬"，情书说："'福所倚'这三个字太拗口了，以后我们就叫你阿福啦。"

盛乔："……"

大家欢快地聊了会儿天，有个叫"霍霍"的问她："阿福，你是只追演唱会吗？没见你发过其他活动图。"

福所倚："嗯啊，工作太忙了，只能追演唱会。"

霍霍："那太可惜了，哥哥的商演造型也超好看的！"

福所倚："你们可以把你们拍的图发给我，我来修，去不了，过过眼瘾也是可以的。"

这消息发出去，QQ立即显示：

"霍霍"申请加你为好友。

"清风"申请加你为好友。

"希宝贝我最爱"申请加你为好友。

十几条好友申请消息蹦过来，盛乔一一同意了，然后又立刻收到她们发来的图包。

修图大佬，可遇不可求，必须抱紧大腿！

然后盛乔就修了一晚上图……

不修不知道，一修花痴病犯得嗷嗷叫，她去不了的那些商演活动、她没有见过的造型，都在这里了！！！

一直到后半夜她才把收到的图修完，分别发回去之后，吃了两颗消炎药，这才爬上床睡觉。

第二天盛乔还在睡懒觉，贝明凡就带着收到的剧本过来敲门了。盛乔顶着黑眼圈、鸡窝头去开门，从卧室裹了条毯子出来缩在沙发上。

贝明凡说："你昨晚干吗了？让你好好休息你还熬夜，明天就要飞雅加达录节目，我看你这样怎么录。"

盛乔指指喉咙，示意自己要保护嗓子不能说话。

贝明凡一脸无奈，将手中的剧本递过去："剧本发过来了，你有时间多看看、多背背，找人陪你对对戏，在下个月开机前背熟、摸熟。"

她和爱豆合作的第一部戏，到底是一部什么样的戏呢？盛乔接过本子，精神抖擞地一看，剧名叫《无畏》。

哇，这名字一听就很正经啊！她激动地翻开剧本，目光瞄过人设那一栏：女一号聂倾，职业：警察。男一号许陆生，职业：律师。

我×？穿着西装戴着眼镜的律师？

霍·斯文败类·希？

疯了，这是在索她的命。

出国的飞机是一早七点的。

这一次的飞行时间较长，节目组也很有人性地提前打了招呼，让艺人在飞机上尽量睡一觉休息好，落地之后立刻就要出发前往拍摄地，这一次估计会有些辛苦。

盛乔的嗓子还没完全恢复，尽量少说话。丁简还是提前一晚过来帮她收拾行李，虽然是亲眼看着她装的东西，到了半夜还是不放心，偷偷爬起来开箱检查，看她有没有又塞了桃木剑进去。

很好，没有。但为什么角落里会有一把铜钱穿成的小匕首？

丁筒面无表情地把那把匕首拿出来，藏在了客房的床底下。

第二天一早，盛乔睡眼蒙眬地赶往机场。时间太早，送机的粉丝却不少，盛乔困，粉丝也困，哈欠连天地嘱咐她要注意安全，照顾好自己。

有个粉丝还举了一块牌子，上面印了她穿着粉色蓬蓬裙翩翩起舞的照片。

我×，这不是自己在卫生巾上面跳舞的图片吗？盛乔困意都吓没了。粉丝也是牛×，把卫生巾P掉了，只留下她的舞姿，难为他们用这个来应援……

除去沈隽意和方芷出于工作原因从其他城市起飞，此刻纪嘉佑、洛清、曾铭都有些困意地坐在VIP休息室。

一周没见，几个人互相打了招呼，洛清还问她："小乔，这次又带了什么法器啊？"

盛乔说："本来带了把铜钱匕首，被我的助理扔出去了。"

正在旁边玩手机的丁筒："？？？"她咋知道？

听她嗓子还有些沙哑，洛清关心了几句她的身体，曾铭被她那句铜钱匕首震惊了，问："你哪儿来的那么多奇奇怪怪的法器？"

盛乔微微一笑："粉丝送的。"

请问你的粉丝都是搞封建迷信的吗？

几个人中盛乔跟纪嘉佑算是建立过革命友谊，自然亲切地坐到他旁边。这小孩外表酷得不行，但其实就是个性格别扭、容易害羞的男孩儿，十八岁正是喜欢装酷的年龄，盛乔也不戳穿他，笑眯眯地问："小嘉，来打把游戏呀？我还没跟你开过黑呢。"

纪嘉佑说："王者吗？卸载了。"

盛乔奇怪道："为什么？"

纪嘉佑："……隽意哥哥老找我。"

盛乔："……"OK，懂了。

这一周沈隽意也给她发了不少次游戏邀请，盛乔统统无视了。小孩估计抹不开面子，硬着头皮接受，可以想象被坑成什么样才会生无可恋地卸载了游戏。

盛乔说："那来吃个鸡吧。"

丁简："乔乔！好女孩不准说脏话！"

盛乔："？"我没有啊。

说"鸡"不说"吧"，文明你我他。

两人很快开启了荒岛求生模式，盛乔玩什么上手都快，就跟沈隽意把游戏天赋都加在了艺术上一样，她估计把艺术天赋都加在了游戏上。

纪嘉佑也是大佬，操作溜得不行，枪枪爆头，盛乔感觉自己都没怎么努力，第一把就吃到了鸡。

队里随机匹配的另外三个队友分别跪求大佬别走，问大佬还缺不缺腿部挂件。

不过也到了登机时间，两人退出游戏，纪嘉佑说："小乔姐姐，下次再一起玩。"他顿了顿，不自在地补充了一句，"别跟隽意哥哥说我们在玩吃鸡。"

盛乔："放心！他祸害王者就够了！"

登机之后，几个人聊了会儿天，猜测节目组这次又会设置什么坑人的剧情，等飞机渐渐飞行平稳，几个人也就回各自座位上开始补觉了。

盛乔只睡了不到两个小时就醒了。客舱里一片安静，她找空姐要了杯热水，然后翻开剧本。

昨天已经看过故事大纲，这部叫《无畏》的剧讲的是一位冷若冰霜、不苟言笑的女刑警和一位道貌岸然、笑里藏刀的男律师之间的爱恨情仇。

女主角聂倾出身警察世家，父亲因公殉职后，她从警校毕业，进入刑警支队，在父亲战友的培养下，成为局里最年轻的支队队长。

因为家庭背景和成长环境，聂倾的性格外硬内软，打击罪犯时毫不手软，在局里很有威信。但在受害者面前，她亦能拿出最温暖的微笑去安抚和关怀。

而男主角许陆生恰恰相反，在孤儿院长大的许陆生，从小看尽了人情冷暖，看透了人心的可怕。为了自保，他学会了假笑，表面看上去温润礼貌的谦谦公子，其实有一副谁都攻不破的冷硬心肠。

剧本的第一幕戏就是聂倾千辛万苦抓回来的罪犯，许陆生出庭为他辩护无罪。一审法院判了罪犯无罪，聂倾怒不可遏，不顾身份出手暴打许陆生，被局里停职。

嚯，开场矛盾就这么尖锐，编剧也是个人才。

盛乔正津津有味地看着，洛清也在飞机颠簸中醒来。她找空姐要了杯红酒，起身走了走，看到盛乔在看剧本，就到盛乔旁边坐下来。

"是新剧吗？"

"嗯，下个月开机。"

盛乔翻身坐起来，主动将剧本递过去，洛清看了看，笑说："这个人设还蛮有意思的，不过饰演警察的话，要剪短发哦。"

盛乔摸了摸自己及腰的鬈发，有点心疼，又打气说："为艺术献身！"她想了想，趁机向洛清取经，"洛老师，你有什么独门表演技巧传授给我吗？"

洛清虽息影多年，但当年出演的每一个角色都深入人心，双料影后不是白叫的。她倒是很喜欢盛乔，也不藏私，轻笑道："我的秘籍就是，别演你自己，演她。"

盛乔没懂。

洛清解释说："有很多人在饰演一个角色的时候，想的总是如果我遇到这种事我会怎么办，表演出来的状态，自然而然就是自己。但角色不是你，角色的背景和经历都跟你不一样。大悲大喜，大哭大笑，因为经历不一样，所以呈现的方式也不一样。"

她指着人设那一栏，女主角聂倾的背景："编剧给你的信息其实是很少的。因为剧本是现在进行时，他们不会在角色的过去上花很多心思。角色从出生、成长，到进入社会这一系列的人生阶段，编剧基本都是一笔带过。

"但你不行，你要饰演这个角色，你就是这个人，你得清楚你从小到大的所有经历。你上了什么幼儿园，遇到了什么熊孩子；你上了什么小学，又遇到了什么样的同桌；你升上了初中，开始有了青春期的烦恼；你暗恋过谁，又讨厌过谁；你考上了什么样的高中；你感受到了学习的压力，哪一门偏科，哪一门又是班上的佼佼者。"

盛乔愣住了，半晌，迟疑着说："你的意思是，我要给这个角色写一个人物小传？”

“差不多就是这个意思。围绕编剧给你的人设，和这个角色既定的性格，去把她的过去填充完整。然后你就会发现，你了解她的一切，你就是她。”

盛乔一把握住洛清的手：“洛老师！你太厉害了！我崇拜你！”

洛清笑笑，在她手上宽慰似的拍了拍：“你很有灵性，我相信你以后会有很高的成就。”

盛乔心中顿时燃起了一团充满豪情壮志的小火苗。

飞机一直飞行到下午才落地，几个人经历长途飞行都很累。节目组派了一辆大巴车来接，车子却没开往酒店，而是直接开到了海港港口。

阳光灿烂，盛乔一下车，已经到了的沈隽意笑得比阳光更灿烂。

“兄弟！你来啦！”

盛乔：“……”

方芷也从节目组的另一辆摄制车上下来，几个人热热闹闹地打了招呼，导演组在旁边说：“给你们半个小时的时间吃饭休息，半小时后出发前往螃蟹岛，开始拍摄。”

沈隽意说：“你们有没有人性？我们坐了那么久的飞机，都不让休息一晚吗？”

导演组铁面无私：“你从香港飞，只飞了三个多小时。洛老师他们从北京飞，接近八个小时，他们要求休息了吗？”

沈隽意：“我帮洛老师问的。”

导演组：“……”这个bug又来了。

节目组已经准备了餐饭，几个人在摄制组的车上吃完了饭，稍作休息，导演就在外面叫人了。

六人并排站好，总导演说：“跟上一期一样，只能带五件物品，检查一下包。”

几个人听话地把包打开，导演组一一检查，到盛乔的时候，导演说：“把你的零钱包交出来。”

盛乔："？？？"你管天管地，还管我带不带零钱包？

导演说："零钱包算一件，装在里面的东西，也要单独算。"

盛乔："怎么能这么算？我是一个人，难道我体内的五脏六腑都不属于我了吗？"

导演："……"我×，这儿还有一个bug。

总导演挥挥手，示意算了，盛乔总算保住了自己的零钱包，然后就听见他对旁边的女导演说："去搜她身。"

盛乔："……"算你们狠！

最后导演组成功地从盛乔的鞋帮子里找出了一把铜钱币穿成的小匕首。

丁简："？？？！"我×，她到底是什么时候藏进去的？

检查完背包搜完身，导演组指着身后的六条快艇说："一人上一条，准备出发。"

方芷问："台本嘞？要求嘞？现在都下午了，再过几个小时天都要黑啦，难道我们要在岛上过夜吗？"

导演组："上船再说！"

众人："……"他们有一种不祥的预感。

除了开船的驾驶员，每一条快艇坐三个人，嘉宾、跟拍摄像师、跟拍助理。不过节目组还挺用心的，六条快艇的颜色分别是六个人的应援色，连洛清都没落下。

盛乔跳上自己的银色小艇，等大家分别坐好，快艇发动，朝着不同的方向飞掠而出。

海风清爽，空气里都是海的味道。快艇速度太快，心跳随着海浪一拨又一拨加速跳动，一开始还能听到方芷的惊声尖叫，后来各自开远了，就只有风声和发动机的轰鸣声。

盛乔是不怕这些的，恨不得就这么绕着海开一天。港口在身后远去，放眼四望都是蔚蓝色的浪，不知道开了多久，她感觉屁股都坐麻了，前面渐渐出现一座海岛。

螃蟹岛到了。

取这个名字，还以为遍地是螃蟹呢。盛乔下了快艇还专门到处找了找，发现啥都没有，跟普通的海岛也没什么区别。她忍不住问正在往下搬东西的跟拍助理："为什么这座岛叫螃蟹岛啊？"

助理说："导演昨晚吃的螃蟹，随口取的。"

盛乔："？？？"

助理从快艇上搬下来一个军用的大背包，打开背包后，最先拿出来的，居然是一把冲锋枪。

盛乔还蹲在沙滩上玩小海星，转眼看到那把枪，眼睛都瞪直了，然后就看见助理又从包里面掏出了一套野战迷彩服。

咋？真人吃鸡啊？助理说："把这套激光装备换上。"

盛乔默默地接过来，趁她穿装备的时候，助理在一旁把规则说了："这套装备设有激光接收装置，中弹之后装置会根据你受伤的部位做出反应。"

"冒红烟代表死亡，直接出局；冒绿烟证明受了轻伤，可以继续游戏；冒蓝烟证明受了重伤，需要原地待命，等待队友救助。"

盛乔穿好了迷彩服，将长发绾起来，戴上军用帽，很有几分英姿飒爽的女军人的感觉。助理又把那把冲锋枪递给她。

"这是激光模拟枪，射程为10米到30米，只有10发子弹。"

盛乔掂了掂枪的重量，很轻，她抬手端枪，比了个射击的动作。

助理语气严肃："本期主题——荒岛余生。二十四小时后，海水会淹没这座小岛。二十四小时之内，会有一艘船来接应，但只能载一个人离开。祝你好运。"话落，助理转身上了游艇。

盛乔大喊："船什么时候来？还是在这个位置吗？"

助理都不带回头的，招呼驾驶员开艇，飞速消失在她的视线里。

四周又静了下来，只有海鸥声、海浪声，还有风过时树叶的沙沙声。盛乔抱着枪，转头看了眼身边唯一的活人，那个戴着骷髅口罩的跟拍摄像师。

好的，今天他的口罩上不是骷髅头，换成反恐精英的logo了。

看来今天是个人战了，到最后，只有一个人能逃出生天。期限为二十四小时，那她今晚不是得在这岛上过夜？

她四处张望一番，伸了个懒腰，取下背包搁在沙滩上当枕头，然后舒舒服服地躺了下去。

摄像："……"

导演："？？？"

耳麦里响起系统没有感情的声音：

请问玩家在做什么？

盛乔："玩家好累，想晒个沙滩浴，睡个下午觉。"

导演："……"这期的主题没有鬼，她就这么无法无天了？

系统：

请玩家立刻起身，进入丛林开始冒险，否则将被爆头，立即死亡。

盛乔："……"被威胁的盛乔同志不情不愿地爬起来，背好背包，抱着只有10发子弹的冲锋枪，转身走向身后的丛林。

节目组既然选择了这座岛，说明已经踩过点，除去必要的人工布景，肯定也清理了已知的危险。盛乔全然不害怕，慢腾腾地走着，还从背包里掏出了一盒迷你薯片。

全体工作人员静静地听着从收音组那边传来的"咔嚓""咔嚓""咔嚓"咬薯片的声音。

总导演："她以为自己是来旅游观光的吗？搜身的怎么回事？怎么让她把薯片带进去了？"

工作人员："……她的五件物品中有一把伞，刚才忘了打开检查，她把薯片藏在伞里了。"

导演组："？？？"

总导演调出分屏画面："陷阱在哪个位置？是她走的方向吗？"

"……她运气好，都避开了。"

总导演："……土著群演呢？"

"按照台本，去方芷那条线了。"

"给我叫回来！去把盛乔绑了！"

工作人员："……"

盛乔同志还不知道自己已经得罪了导演组，啃着薯片闲庭信步，左瞅瞅，右看看，吃完薯片，掸掸手，边走边摘摘花、拔拔草，没多会儿就给自己编了个花环戴在帽子上。

如果每一期的主题都这么轻松，那该多好啊！

前方草丛突然传来一阵"唰唰"声。

盛乔脚步一顿，心想：不会是遇到蛇了吧？她又转瞬否定，节目组不会让这么危险的生物存在于拍摄环境中的，应该是他们故意设计的吓人把戏。

我不往那边走不就好啦？盛乔掉头换了个方向。

这一掉头，四周瞬间响起"唰唰唰"的声音，虽然知道是节目组搞出来的，但那一刻她还是被吓到了，下意识地端起枪，朝四周瞄着。

"嗖"的一声，一支箭不知道从哪里射过来，噌的一下扎进她脚边。

我×，玩这么大？

又是"嗖嗖"两声，几支箭扎在她周围，像个圆环将她圈在了里面。

盛乔抱了抱拳："是哪位神箭手在此秀技，不如现身相见？"

四周传来低吠的声音，像某种生物发怒时，滚在喉咙里的声响。草丛被拨开，周围走出来七八个人高马大的黑人。

他们统一赤裸着上身，下身穿着兽皮裙，脸上不知道用什么颜料画得乱七八糟，有的背着箭，有的拿着长叉，弓着腰、俯着身，口里都发着她听不懂的声音，渐渐向她逼近。

盛乔早有准备还是被吓了一跳，刚开口说了句"hello"，其中一个人猛地冲过来，一把把她扛在肩上转头就跑。

其他几个土著也纷纷跟了上来，愤怒的声音化作了捕猎之后的欢呼。盛乔骤然被扛，吓得失声尖叫，那人扛着她一路飞跑，肩膀抵着她的胃，盛乔感觉自己刚才吃的午饭都要被颠出来了。

她用手拍那土著的背，断断续续地吼："快放我下来！我要吐了！"喊了两遍，又换成英文，"Let me down! I'm gonna throw up!"

扮演土著的外国友人终于听明白她的意思了，脚步一顿，迟疑着是不是要停下来，结果耳机里导演让他继续跑。

群演尽职地朝营地飞奔，然后就听见耳边"哇"一声，他裸露在空气中的后背一热，有一股暖暖的液体顺着他钢铁般坚硬的肌肉缓缓地流了下来。

外国友人："……"导演，请问加钱吗？

盛乔终于被放了下来。她扶着不知道哪位土著的肱二头肌，把异物都吐了，又赶紧从包里拿出水漱口，搞完之后，抬头一看，被她吐了一背的土著正脱下自己的兽皮裙，让同伴帮忙擦背。那同伴捏着鼻子，一脸嫌弃。

土著："……"

导演："……"

摄像师："……"

盛乔：怪我咯？

她坐在地上缓了一会儿，刚才只是被颠得难受，吐过之后已经没事了。剩下一段路没人敢再扛她，于是改为押送，一左一右扣着她的胳膊，将她带到了营地。

这个营地也是节目组提前布的景，力求真实还原，四处透出一种野蛮暴力的风格。

营地里不仅有男土著，还有女土著和小孩，摄像机都隐藏在草丛树叶间，四周乍一看一点现代化的设备都没有，还真有种被抓进土著领地的错觉。

土著们用她听不懂的语言交流着，盛乔双手在后被捆在中间的柱子上，她试图用英文交流，然而大家都不理她。

过了一会儿，中间就架起了火堆，燃起了熊熊大火。两个人抬过来一根两米长的铁棍放在盛乔脚边，然后解开捆她的绳子，似乎打算把她绑在棍子上。

我×，这是想烤了我啊？盛乔讪笑着看一边的摄像师说："摄像老师，你不会就这么眼睁睁地看着我被烤吧？"

摄像师无动于衷，眼皮都没抬一下。盛乔生无可恋地大喊："Wait! Wait! I have an idea!"

那两个黑人果然停下动作，抬头看着她。

盛乔说："How much did the director pay you? I'll triple it!"

导演："她说啥？"

翻译："导演给了你们多少钱？我出三倍。"

总导演："？？？"

那两个群演都被她这个idea惊住了，互相对视一眼，还没反应过来，眼观六路的盛乔趁机一骨碌翻起来，手脚并用拔腿就跑，跑的时候还不忘抓起地上的模拟冲锋枪……

一路狂奔扎进丛林，除了摄像老师，土著黑人终于没再跟上来。

盛乔累得不行，遇到一个斜坡，脚一软滑下去，躺在地上爬不起来了。

导演组吓了一跳，立刻在耳麦里问："没事吧？盛乔没事吧？"

摄像老师现在也不装高冷了，赶紧去查看情况。她四仰八叉地躺在那里，喘着粗气，还用手扇着风，看上去半点事都没有。

大家纷纷松了口气，又恢复高冷。

这口气还没喘完，不远处的草丛里就传来一个撕心裂肺的声音："Help! I'm in here! Can anybody see me? Can anybody help?"那人喊着喊着，居然唱起来了，"I'm in here, a prisoner of history, can anybody help?"

盛乔："……"就你会唱英文歌是吗？

盛乔从地上坐起来，对面的草丛里探出一个脑袋，脑袋上的激光感应装置冒着蓝烟……

沈隽意看到她，眼睛都亮了，顿时捧着心口大声唱："Can't you hear my call? Are you coming to get me now? I've been waiting for you to come rescue me!"

盛乔："……"

沈隽意："兄弟！这首歌就是为你我量身定做的啊！我就知道你会来救我的！"

盛乔掉头就走。

沈隽意：“兄弟！兄弟！你不能见死不救啊！”

盛乔脚步不停。

沈隽意撕心裂肺：“兄弟！曾铭和方芷联盟了！他俩刚才在我身上浪费了七发子弹，两个人加起来一共十三发，你一个人肯定干不过！兄弟你救了我，我跟你结盟，我保护你！找到船之后送你上船！”

盛乔脚步一顿，回头问：“万一你到最后在背后给我一枪自己上船怎么办？”

沈隽意：“兄弟，不瞒你说，我十发子弹全打没了。”

盛乔：“？？？”那你还口口声声说保护我？

子弹都没了，你拿头护啊？

丛林一片寂静。

两个跟拍摄像师的目光在空中交错，撞出了相同的生无可恋的火花。

盛乔问沈隽意：“你开了十枪，打中了几枪？”

沈隽意：“一枪都没打中，让他们跑了。”

盛乔：“……”

菜鸡永远是菜鸡，无论是在游戏里还是现实中。

沈隽意还在为自己的一线生机而努力：“虽然我没了子弹，但我可以当肉盾帮你挡枪啊！到时候我们携手杀出重围，我目送你上船离去，通往生的彼岸。而你只需在每年的今日，隔着海洋，敬我一杯二锅头。”

尽管很不想跟他结盟，但盛乔也担心再次遇到被土著绑架这种事，有个队友在身边终归还是要靠谱点。至于肉盾嘛，到时候再看怎么利用吧。

她终于转身走了过去。

沈隽意开心得不行，正要说什么，盛乔说：“闭嘴。再说一个字不救了。”

沈隽意眨眨眼，把嘴抿起来了。

盛乔走到他身边时，耳麦里响起里系统冰冷的声音：

玩家是否接受救助队友任务？

盛乔说："是。"

外面导演组："……真的要让两个bug结盟吗？"

总导演："……刚好这么巧就遇到了，有什么办法？算了算了，由他们去。"

系统：

岛上的椰汁具有疗伤功效，请玩家摘下椰子给队友食用，即可恢复伤势。

盛乔看了一圈，四周确实有不少椰树，但椰子都长在顶端，凭她绝对是够不到的。她看了看地形，选准一棵椰树，将背包换到胸前，两只手握住背包带，拔腿冲过去。她利用冲势大力撞在树干上，结果去势太猛，被反弹得一屁股坐在地上了。

那椰子晃晃悠悠，晃晃悠悠，就是不掉下来。

沈隽意喊："兄弟！你没事吧？你这样不行啊，你得爬上树去摘。"

盛乔怒吼："闭嘴！我又不是猴子！"她拍拍屁股站起来，继续用背包当沙包缓冲，猛一低头又撞过去。就这么来回几次，终于有一个椰子不堪冲击，哐当一声掉了下来。

盛乔抱着椰子一瘸一拐地回来，沈隽意感动得都要哭了："兄弟，你对我的这份恩情，我一辈子都不会忘的！"

盛乔："包里有啥？有开椰子的工具吗？"

沈隽意："有个锤子。"

盛乔："？？？"他真的带了把小锤子，配合盛乔从自己裤脚里拿出的一颗钉子，轻轻松松地撬开了椰子。

沈隽意："哇，兄弟，你是知道我带了锤子，所以专门带钉子配合我的吗？"

盛乔："这是锻骨钉！驱邪防身的！"

导演组："？？？"

总导演面无表情："她那颗钉子是从哪里掏出来的？"

"好像是……裤脚。她用双面胶粘在里面，然后把裤脚卷起来，搜身的时候没注意……"

导演组："……"她以为自己是哆啦A梦吗？

沈隽意抱着椰子喝了几口，总算消除了重伤状态。盛乔耳麦里"叮"的一声响：

玩家帮助队友疗伤，获得助人为乐成就，奖励防弹衣一件，可抵挡两颗子弹的攻势。

嚯，居然还有隐藏奖励！这个人救得值！

盛乔一下子开心了，看沈隽意那张脸都顺眼了不少。

他爬起来戴好帽子，将那把已经没有子弹的冲锋枪扛在肩上，端的是英姿勃发："兄弟你说，砍谁？"

盛乔："……"

远处海平面，一轮红日正缓缓西沉，晚霞笼罩海岛，像镀了一层金光。盛乔说："先找过夜的地方吧。"

她就不信节目组没提供住处，真让他们露天睡觉。

两人开始朝着深处走去。这海岛面积不算小，他俩其实都还身处边缘，夜色渐渐降下来的时候，本来可供观光旅游的地方突然就变得幽静恐怖起来。

盛乔有点发怵，迟疑说："要不别往里面走了，就找个平缓的地方将就一晚吧？"

万一节目组没有人性真的没有提供过夜的地方，里面不是更可怕？

沈隽意说："就在空地上睡？万一有狼过来把人叼走了怎么办？"

盛乔："有没有点常识？这地方能有狼吗？"

沈隽意掏出自己的手电筒，在夜色里射出一道笔直的光："再找找嘛，说不定前面就有房子。真睡外面，狼没有，蛇鼠虫蚁总有吧？"

说得也是，两人继续往前走，走着走着，远处突然隐隐传来两声狼叫，沈隽意吓得挪动一步贴到盛乔身边，拽住她的胳膊说："你听到了吗？！不是说没有狼吗？"

盛乔："假的！肯定是节目组搞出来的音效，这地方要有狼我把头拧下来送给他们当球踢。"

导演组："……"我们不要！！！我×，太可怕了！！！

盛乔估计是因为附近有其他嘉宾，节目组才会搞出动静吓人，唉，也不知道是谁，可怜见的。

也不知道走了多久，两人弯弯绕绕早就迷失方向了，前方夜色中，突然透出几缕光。

沈隽意关了手电筒，那光更明显了，他兴奋地指过去："看吧！我就说有房子！"他快步跨过去，拨开眼前的树叶叠嶂，眼前出现了一座老旧的青瓦房。

四周漆黑，唯有这房门前的檐上垂下两盏破旧的红灯笼。那红光微弱，在灯笼里一闪一暗，风吹过，摇摇晃晃。

房门窗户紧闭，隐隐有绿光透出来，门前的台阶旁还摆满了酒坛大小的罐子，不知道是什么东西。

夜晚，深林，亮着红灯笼的老房子，门前一排骨灰罐，盛乔只扫了一眼，魂都要吓飞了。

她一把拽住沈隽意，牙齿都在打战："走，走，走……"

沈隽意说："房子啊！可以过夜！"

盛乔："我就是死在外面，被狼叼走，也绝对不会进去的！"

沈隽意："你这人真奇怪，不怕真实存在的野兽，却怕虚无缥缈的鬼怪。你看这房子，出现得这么突兀，明显就是节目组准备的。他们越是把这里搞得恐怖，越是说明不想我们进去，吓的就是你这种人。"

盛乔："反正我不过去！你不走我走！"

她掉头就想跑，沈隽意拽住她的胳膊："这么晚了，你再到处走要是又遇到什么怎么办？你听我的，这房子就是外面看上去恐怖点，里面指不定还准备了满屋子的水果、面包呢。你不是有很多辟邪物吗？不用怕！"

他拖着盛乔就往里走。也确实是太累了，不想再在未知的丛林里穿来穿去，盛乔缒在后面，都要哭出来了："沈隽意你神经病啊！我不去！我不进去！你放手！"

他二话不说，手上一使力，往前一拉，盛乔就被他拽到了怀里。他用手环住她，将她脑袋往自己胸口一按："闭眼，我带你进去，真有什么我再抱你出来。"

走到台阶处，周围突然响起呜咽的声音，像恐怖片里的背景音乐，被风吹得到处都是。

盛乔一声尖叫，沈隽意手掌扣住她的后脑勺，将她按在自己胸口，飞起一脚把门踢开了。

四周俱静。

门口的人，屋内的人，互相对视，面无表情。

沈隽意松开手，拍了下盛乔的脑袋："你看这屋里都是啥。"

盛乔紧紧闭着眼，狂摇头。

沈隽意笑起来："我就说怎么搞得这么恐怖，原来是你们在这儿啊。"

导演组："……"

盛乔听他这话，终于把眼睛睁开，看到屋内的景象，目瞪口呆。

一屋子的摄像录音设备，总导演坐在机器前，生无可恋地看着他们。周围是导演组、收音组、场务，还有正在吃泡面的导演助理……

居然是导演组的拍摄中心。

刚才他们一路弯弯绕绕，居然误打误撞走了这个方向。看着摄像师传来的画面，导演组一开始还侥幸，盛乔那么怕鬼，应该不会进来吧？

任谁在夜里的丛林发现这么一间房子，都不敢进来啊！

沈隽意是bug吗？不！他是大魔王！

板凳上果然摆着几个苹果，还有几瓶酸酸乳、几块奥利奥饼干和面包。沈隽意在一屋子的复杂目光中开开心心地关上门，脱下背包，走到板凳跟前拿了几块面包和酸奶，还回头问盛乔："你是喝草莓味儿的，还是原味儿的？"

总导演："……"他的速效救心丸呢？

盛乔痛心疾首地看着屋子里的工作人员："你们对自己可真狠哪，还在屋外摆那么多骨灰罐吓人，真的不怕把脏东西引来吗？"

导演："什么骨灰罐？那是我们用来装海鲜的罐子！明天的早饭！！"

盛乔："……"哦。

总导演，捂着心口，顺气："出去。你俩立刻给我出去。"

沈隽意："那怎么行？我们找到这里，这里就是我们今晚过夜的地方。"他好像想到了什么，兴奋地凑到机器前，"让我看看我的敌人们有没有被狼叼走！"

屏幕上正从多个角度记录还在丛林里摸索的其他几位嘉宾的状况。原来刚才触发狼叫的就是方芷和曾铭，两人被导演组吓得不行，看上去别提多狼狈。

把沈隽意高兴的，重重地拍了拍总导演的肩："谢谢你帮我报仇啊！"

总导演："……"不行，心脏好疼。

沈隽意和盛乔在导演组的拍摄基地过了一夜。

这两个人骂又骂不走，打又不敢打，双bug叠加，杀伤力翻倍，总导演一晚上都在找自己的速效救心丸。

其他几位嘉宾就没他俩这么幸运了，最后还是靠导演组暗中帮忙，才找到提前准备的供他们休息的帐篷。

盛乔的猜测没错，这座岛在之前就是一个观光岛，导演组租下来布景，又里里外外清理了一番，别说野兽，小动物都没一只。

其他几个人心惊胆战地睡帐篷，他俩睡大房子，有床有睡袋，早上起来还有海鲜吃。

他俩一大早就被工作人员叫醒，用场务准备的洗漱用品洗漱之后，节目组的化妆师又给两人重新化了妆，搞完就出发去另外几位嘉宾那里了。毕竟上镜还是需要形象的。

沈隽意背好自己的包，扛起那把毫无作用的冲锋枪，雄赳赳气昂昂地推开了门："走，出发找船去！一定要送我兄弟活着离开！"

第二天的拍摄正式开始。

海岛空气好、风景好，盛乔也不急，慢悠悠地逛着。沈隽意倒还催她快点找船，催了几次盛乔都是一副不着急的样子，沈隽意突然感动地说："兄弟，我知道你其实就是想留下来陪我。我明白你的心意，不求同生，但求同死！"

然后盛乔就开始努力找船了！

其间遇到一些节目组设置的小陷阱和小关卡，都有惊无险地过了。快到午饭时间，两个人都有点饿，但是包里的食物已经所剩无几，盛乔心想，忍忍算了，反正距离录制结束只有几个小时了，然后就看见沈隽意背着摄像头，从包里掏出了两袋面包、一包饼干、一盒海鲜，偷偷摸摸地递了过来。

盛乔问："哪儿来的？"

沈隽意："早上趁导演没注意，在他们那儿顺的。"

将这一切尽收眼底的导演组："……"

我们给你提供住宿和早餐，你不仅不知感恩，还偷我们东西！

只有食物没有水，啃了两口面包都觉得有点干，盛乔看了一圈，说："我再去撞两个椰子下来。"

于是两人又开始撞椰子树，刚撞掉一个，正猛冲的沈隽意一个急刹车停步，大喊："兄弟！你冒烟了！快趴下！"

盛乔还没反应过来冒烟是什么意思，但看沈隽意一下趴倒在地，她也紧跟着照做，然后就看见自己头上的感应器在冒绿烟。被偷袭了！

沈隽意趴在地上朝她打手势，意思是匍匐前进，先会合，藏到旁边那堆草丛中去。盛乔赶紧手脚并用地往那边爬，沈隽意也在爬，爬的时候还抱着那个刚撞下来的椰子。

正努力爬着，耳麦里系统提醒：

玩家背部已中弹，防弹衣失效。

靠，要不是有防弹衣，自己现在肯定已经冒红烟了。

两人很快爬到草丛后，一人背靠一棵树躲了起来。盛乔抱着枪朝四周瞄，看见不远处的树丛里人影绰绰，但目标不清晰，她也不敢贸然开枪浪费子弹。

沈隽意抱着空壳枪在那儿愤怒地喊："方芷！你这个没良心的骗子！说好了跟我结盟，转头就给我一枪，我以后再也不会相信你的鬼话了！"

不远处传来方芷的台湾腔："不关我的事啦！是曾铭打你的！而且我是先跟他结了盟，你后面才出现！你没听过一句话叫，后来的都是错误吗？"

沈隽意：“我只是来迟了两步，我就成了个错误？你说的是人话吗？！”

方芷：“这一次是我对不起你，那下一次我一定补偿你！”

沈隽意低着头，悄悄地说：“兄弟，快，我吸引他们的注意力，你找机会开枪！”然后他又抬头大喊：“没有下一次了！你在我这里被永远划入了黑名单！以后我只相信我兄弟！”

曾铭的声音从远处飘来：“小乔，过来跟我们结盟啊。你跟着隽意没用啊，他子弹都没了，就是个人肉靶子。”

沈隽意愤怒地大喊：“不准撬我墙脚！我兄弟是我的！我一个人的！”

盛乔以前没玩过真人CS，也不知道自己枪法准不准，趁着他们打嘴仗期间，端着枪一直在瞄，最后心神一凝，终于开出了第一枪。

沈隽意紧张地问：“打中了吗？”

盛乔茫然：“我也不知道啊。”然后她就听见方芷大喊：“天啦曾铭，你死啦，你冒红烟啦！”

沈隽意眼睛都瞪大了，狂喜道：“我×，兄弟，你枪法太准了！一颗子弹消灭一个敌人！”

盛乔自己都不敢相信，直到耳麦里系统宣布曾铭死亡，淘汰出局。她也有点惊喜，没想到自己还有这种天赋。还没高兴完，她又听见方芷一声尖叫：“啊啊啊……我怎么也冒烟了？我怎么死啦？小乔，你太狠了！”

盛乔：“？？？”我没开枪啊！

耳麦里提醒，方芷死亡，淘汰出局。

半晌，一道冷静的声音从旁边传来：“小乔姐姐，隽意哥哥，出来吧。”

居然是纪嘉佑！他不知道什么时候摸了过来，军帽斜垮垮地戴在头上，嚼着口香糖，举着冲锋枪，痞帅痞帅要人命。

盛乔：“所以刚才不是我打中的？”

系统：

玩家的第一颗子弹打中了椰子树。

盛乔：好的。她从地上爬起来跑过去给了纪嘉佑一个熊抱："小嘉！你超棒！"

要不怎么说是游戏大佬呢？线上线下都好牛×，枪法贼准了！

纪嘉佑被她抱了一下，还有点害羞，抬手扶了扶帽子。沈隽意也从地上爬起来，怀里还抱着那个椰子。

三个人决定先吃顿午饭。

又撞了一个椰子下来，用锤子和钉子撬开，一人抱着一个椰子边喝边啃面包，过得跟来这儿春游似的。

沈隽意说："接下来只剩下洛老师了，唉，怎么好意思朝前辈开枪呢？"

盛乔："你又没子弹，你操心啥？"

纪嘉佑："游戏里没有前辈，只有队友和敌人。"

沈隽意说："那我和兄弟怎么办？你不会吃完我们的饭就一人一枪把我们干掉吧？"

纪嘉佑："我们可以公平决斗。"

沈隽意："我子弹都没了！"

纪嘉佑："……"

他叹了声气，又摆摆手："算了算了，你俩决斗吧，决斗完了再补我一枪。我不想被海水淹死。"

吃完午饭，三个人踏上了找船的路。纪嘉佑经常玩真人CS，从昨天到现在已经基本把这岛上的情况摸清了，除了还有两座山崖没翻过去看看。

他说："昨晚本来想爬上去看看，结果听到有老虎的声音。"虽然知道大概是节目组搞出来的，但黑灯瞎火他还是有点发怵，最后放弃了。

盛乔说："那一会儿我们去看看吧。"

几个人在丛林里穿梭，没睡好、没吃好，阳光也烈，都累得不行。沈隽意把冲锋枪往地上一扔："我不走了，休息会儿。"

纪嘉佑看看时间："还有一个多小时就到二十四小时的期限了。"

沈隽意："淹死我算了。"然后他往地上一坐。

盛乔说："走，不管他。"

沈隽意却"欸欸"地叫起来："什么东西？怎么这么硬？"

他揉着屁股爬起来，蹲在地上把身下的枯叶杂草拨开，下面竟然渐渐露出一块石碑。几个人好奇地凑过去，一看，居然是块墓碑，上面还刻着生卒年。

盛乔被吓了一跳，她看到跟坟墓有关的东西就怕，连着后退了好几步："你惨了，你居然用屁股坐了人家的墓碑。"

沈隽意赶紧双手合十，连连拜："对不起，对不起，对不起，我不是故意的，打扰了，打扰了。"

纪嘉佑有点奇怪："这岛上怎么会有墓碑？"

沈隽意说："可能是以前的岛民吧，或者是在这岛上遇难的人？走了走了，别打扰逝者安息。"

几个人转身要走，盛乔抱着枪，越想越觉得奇怪，她顿了顿脚步，喊那两人："等等。"

两人都转身，她指了指身后："再去看看。"

沈隽意说："你不是最怕这些，还看什么？别打扰人家。"

盛乔说："我有个想法，得再确认一下。"

导演组："……"又来了，又来了，她又有想法了。

她虽这么说，但还是有点怕，跟纪嘉佑说："小嘉，你再看看，那上面刻的生卒年是多少到多少？"

纪嘉佑点点头，走回去拨开枯叶，墓碑露出来了，他说："是1634—1704年。"

"名字呢？"

纪嘉佑又仔细看："嗯……是英文名，叫T……TCST。"

盛乔看向镜头："导演组能走点心吗？17世纪的人能取这种名字吗？"

沈隽意说："这名字怎么了？"

盛乔："'逃出生天'首字母。"

节目组："……"

沈隽意："……"

纪嘉佑："……"

确定这是假墓碑，她终于走过去，手指拂过石碑上那一串数字，开口道："1634—1704年，代表的不是生卒年，是船来的时间吧？16:34至17:04，下午四点三十四分到五点零四分之间，半个小时，船会来接人是吗？"

她看看时间，现在已经四点了。想了想，她又问纪嘉佑："你昨晚在那座山脚下听到了虎叫是吗？"

纪嘉佑点头。

她说："不是狼叫，不是狮吼，不是其他动物，偏偏是老虎，为什么呢？是因为中国有句俗语，叫明知山有虎，偏向虎山行？"

她指了指那座山："所以，是不是可以推测，四点半到五点钟，船会出现在那座虎山的背后？"

导演组："……"一个行动上的bug，一个智商上的bug，叫他们这个节目怎么做下去？

沈隽意兴奋地抱起冲锋枪："走走走，还等什么呢！"

时间不多了，三个人立刻出发，来到山脚的时候，果然虎鸣阵阵，别提有多逼真了。越是这样，几人越肯定山上有问题，二话不说就往上爬。

等他们精疲力竭地翻过山头，站在崖边朝下看，果然有一艘船停在海湾，就等他们下山了。

沈隽意兴奋得不行，扶着盛乔的肩狂摇："兄弟！你太牛×了！快，你快和小嘉决斗，赢了的去坐船！"

盛乔和纪嘉佑对视一眼，这怎么决斗啊？互相拿枪爆头吗？

沈隽意突然说："要不然把枪扔了，换个和平点的方法吧。你俩对视，谁先笑算谁输，怎么样？"

纪嘉佑说："可以。"

盛乔："……"然后两个人就开始面对面互瞪。

盛乔本来想，自己先笑，直接让纪嘉佑赢了算了。但又想到他对规则的坚持和少年骄傲的求胜心，要是自己故意输，他应该也赢得不开心。

于是她努力维持冷脸，认真比赛。

沈隽意在旁边左看右看，然后走到盛乔身后，突然做了个斗鸡眼。

纪嘉佑没忍住，扑哧一声笑出来了。

盛乔："……"

沈隽意满脸歉意地说："小嘉，对不起啊，我承诺过一定要送我兄弟上船。"

纪嘉佑说："没事，时间和地点都是小乔姐姐推测出来的，也应该让她走。"

话落，他把枪口对准自己，在心口开了一枪，帽子顿时冒出红烟，系统宣布纪嘉佑死亡淘汰。

沈隽意一脸凝重地拍了拍盛乔的肩："走吧，兄弟，我送你最后一程。"

两人找到下山的路，一路走到了海湾停船处。船头站了个人，挥舞着小红旗，喊道："距离开船还有五分钟，只有一人能上船。"

沈隽意张开双手："来吧兄弟！朝我开枪！踩着我的尸骨，走向生的彼岸吧！"

盛乔："……我觉得你还是淹死比较好。"话落，她转身就往船上走。

沈隽意朝她挥手："兄弟，别忘了，每年的今日，敬我一杯酒！"

盛乔头也不回地朝后招了招手。

他叹了叹气，看了眼自己怀里的冲锋枪说："我们一起给兄弟送行吧。"他端着枪朝前开了一枪，还自己配音，"啪，啪啪啪。"

盛乔的帽子冒起了红烟。

系统冷冰冰地提醒：

盛乔死亡，淘汰出局。

盛乔："？？？"

沈隽意："……"

"你这个阴险小人！！！"

"不是，兄弟你听我解释啊！！我也不知道我还有一颗子弹啊！！！"

工作人员："距离开船还有最后两分钟。"

盛乔把枪往地上一扔，愤怒地指着船："给我滚上船！"

沈隽意："呜呜呜……兄弟，我不去，我陪你死在这儿以证清白。"

盛乔："你去不去？你不去老子打死你！"

她气得不行，捡起枪砸过来，沈隽意往后一跳躲开了，工作人员已经开始开船倒计时了。盛乔气得跺脚："快点上船！不能全军覆没让导演组赢！"

沈隽意：嘤嘤……他一边委屈一边爬上船了。

船缓缓开动，他站在船头，愤慨地朝她挥手："兄弟！每年的今日，我必不忘为你敬一杯酒，你喜欢喝什么酒？我必为你寻来！"

盛乔怒吼："老子喜欢喝鹤顶红！"

千算万算，没算到是落地成盒的沈隽意逃出生天，成为最后的赢家。

除了洛清体力不支选择直接等待时间过去被海水淹死，其他四个人都是中弹而亡。这一期录制结束，导演派船来接岛上的五个人。

看到盛乔居然死了，几个人都惊讶得不行，方芷说："他扮猪吃老虎！他肯定是故意开的枪！"

管他是真开枪还是失手，结局已定。上岸之后，早已等在那儿的沈隽意一个箭步冲过来，拉着盛乔的胳膊说："兄弟，你信我，我真的不知道我还有一颗子弹！"

盛乔："我信你有鬼。"

几个人都冲过来暴捶他。

累了一天，节目组终于把他们送到了酒店，休息一晚明天飞回国。盛乔洗完澡虚脱般地往床上一躺，让丁简帮她捶捶腿，自己拿着手机在玩。

自从自己行程繁忙起来，盛乔就把后援会的账号交给了茶茶和方白两人管理，官方行程活动都由他俩发布。但早安微博、晚安微博还是她在写，时不时上去看看乔粉的留言，看看他们有什么好的建议、新的诉求。

她先去后援群里溜了一圈，又切换到福所倚的账号上，发现霍希应援组的群消息都"999+"了，点开一看，大家都在兴奋地讨论明晚潮音盛典的活动。

潮音盛典是一年一度的大型音乐盛典，每一年都会邀请顶流明星参加。各大歌手、创作者、唱片发行公司会统统到场，很多歌手都会选择在这个舞台上打歌，每一年都会爆红几首小众歌曲。

盛乔在群里打了个招呼，大家发现她来了，都热情地问："阿福，你明晚去吗？"

福所倚："暴哭，去不了。"

情书："心疼你。明晚哥哥新歌首唱首跳啊！黄牛票都涨到五千了。"

霍霍："新歌的编舞团队是国内顶尖的街舞工作室DG，不敢想，我怕是要原地死亡。"

福所倚："你们都要去吗？"

清风："那必须啊，新歌舞台首秀啊！腿断了爬也要爬去现场啊！"

福所倚："啊啊啊……好羡慕！那你们一定记得拍视频给我啊！"

情书："拍拍拍，必须拍，还要拍图呢，一起给你修。"

霍霍："@全体成员，大家都带上灯牌，给宝贝最好的应援，让金海亮遍全场！"

希宝贝我最爱："有对家，不能输。"

情书："大家今晚早点睡吧，把嗓子准备好。"

……

盛乔又哭唧唧地刷了好几遍羡慕嫉妒恨，又去超话逛逛，看到首页一片雀跃，大家都在准备出发，好像全世界只有她一个人去不了现场。

呜呜呜……她心痛得无以复加。

等丁简走了，她钻进被窝，哭唧唧地点开微信，给霍希发消息："专辑什么时候上架呀？想听新歌，想看新舞。"

过了会儿霍希回她："一个月左右。"

盛乔："那明晚首秀加油呀。"

霍希："你是不是想看首秀？"

盛乔："……"

霍希："我帮你找张票。"

盛乔：啊啊啊……超级想去！！！呜呜呜……可是被发现了怎么办？

盛乔忍痛拒绝，还要装作若无其事："我明天有工作去不了，我会看直播的，加油呀！"

霍希没回复她，她发了条"早点休息，晚安"也就准备睡觉了。关了灯，在床上躺下来，正在酝酿睡意，手机振动了一下，她拿起来一看，霍希发了条视频过来。

她半睁着一只眼点开，视频画面是偌大的练舞室，霍希穿着休闲衣服、戴着棒球帽，等音乐响起的时候，对着镜子开始跳舞。

盛乔尖叫一声一骨碌从床上坐起来。

新歌新舞练习版！！！这是什么绝版视频！这是什么神仙跳舞！！

她简直要疯掉了，翻来覆去看了十几遍，连消息都没回，一会儿捂心口，一会儿捂嘴巴，一会儿"呜呜呜"，一会儿"啊啊啊"。

半个小时后，霍希发来消息："别看了，睡觉。"

不。宝贝！我还可以看一万遍！！！

呜呜呜……连练习版都这么好看、这么酷，等上了舞台该有多炸啊。就算不能去现场，她也要在家对着直播应援！！！

这一晚上盛乔不知道看了多少次视频，最后连新歌都会唱了，第二天起床困得不行，一路打着哈欠去机场，登上了回国的飞机。

到国内已经是下午，接机的粉丝还是人山人海，盛乔又被红色大军包围了，周围的薏仁们纷纷大喊：

"宝贝，晚上见！"

"崽崽，儿子，晚上吃多一点才有力气跳舞！"

"老公，晚上见啊，我们等你！"

方芷问："你晚上还有工作呀？"

沈隽意："嗯，要参加一个晚会，两首歌。"

难怪他今天在飞机上那么安静，一直在养精蓄锐。

几个人分别上了车，盛乔靠在后座刷微博，看到希光都已经在场馆外集合了，羡慕得不行，又赶紧点开视频，以慰心痛。

微博"叮"的一声响，提示她收到一条私信。

点开一看，是梁小棠发来的："小乔姐姐，在干吗？今晚潮音去吗？"

盛乔："我倒是想去/暴哭。"

梁小棠："去啊！我被小姐妹放鸽子了，她临时有事去不了，我手上现在有两张票！去不去？去不去？"

盛乔："！！！"

梁小棠："我家后面才出场，我们可以等晚一点再进去，人那么多你不可能被发现的！"

盛乔："你不要再诱惑我了！"

梁小棠："真的不去吗？那我就要把票转出去了哦。"

盛乔："……"

梁小棠："今晚商演之后他就要拍戏了，估计很久都没有舞台看了。昨晚有人看了彩排，听说舞台超炸的！"

盛乔："！！！"

梁小棠："我准备出门了，那我把票挂超话转出去啦。"

盛乔："别别别，我去我去我去！"

梁小棠："哈哈哈……好，那我们八点半在场馆外面集合，七点的红毯，那时候应该都进场了，我们趁黑摸进去。"

盛乔："OK!"

最终没能禁受住诱惑的盛乔同志，到家后迅速洗了个澡，换了身不惹眼的衣服，等时间一到，戴好帽子和口罩，迫不及待地出门了。

到场馆外的时候，里面已经有音乐声隐隐飘出，盛乔给梁小棠打电话，两人在街边的报亭处会合了。

看到她一身熟悉的打扮，梁小棠说："放心！绝对不会被认出来的！"她又问，"你带灯牌了吗？今晚要battle应援。"

盛乔从包包里摸出一个金色的"希"字软灯牌，梁小棠笑得不行："天啦，你连灯牌都有，服气服气，我还以为你没有，还帮你多带了一个。"

两个人开始安检进场。

这个时候不管艺人还是粉丝几乎都已经入内了，安检员无所事事地聊天，没有过多注意她。盛乔长松一口气，按照票上的入口，跟梁小棠走进场馆了。

一进去，她们差点儿被满场金色和红色的灯牌闪瞎眼。

盛乔说："我×，沈隽意今晚也在？"

梁小棠："是啊！所以才要battle应援啊！"

盛乔看看手中的票，又看看金海和红海的分布位置，有一种不好的预感："我们的位置不会在红海中间吧？"

梁小棠："……找黄牛买的票，位置都是随机分配的。"

台上正唱歌的是台湾的一个情歌歌手，两个人一路找过去，在一片闪闪发光的红色灯牌中，空着两个位置。

盛乔和梁小棠坐下来，放眼一看，前后左右，全是薏仁。最近的金色灯牌，也隔着三排座位的距离。

她俩还没把灯牌拿出来，旁边的薏仁小姐姐热情地问："你们也是我家的吗？"

盛乔默不作声地把自己的灯牌掏出来，一打开，金光四溢。

周围的薏仁们："……"万红丛中一点金。

梁小棠也把灯牌拿出来，她做的大灯牌，"霍希"两个字又亮又闪，在红海中熠熠发着金色光芒。

直播的摄像机时而扫过观众席，正在家观看直播的希光们，看到一片红海里倔强地闪烁着两点金光，差点儿笑晕过去。

希光纷纷发超话问："是哪两位小姐妹这么惨，被薏仁包围了？"

福所倚转发说："是我，想哭。"

希光快笑死了。

应援群里情书@她："阿福，你不是说没时间来吗？"

福所倚："没忍住！！！你们在哪儿啊？周围都是薏仁，瑟瑟发抖。"

情书："哈哈哈……我们在你斜对面，最大一片金海那里。我们是小官统一找黄牛买的票啊，位置比较集中，希光几乎都在这边。"

霍霍："阿福！这是你的使命！就算你只有一个人，你也绝不能认输！让她们的红海不再纯粹！冲啊！"

福所倚："……"

正主没出场，两家都安静无比，各自抱着灯牌玩手机。

梁小棠偷偷地凑到她耳边问："你不是跟沈隽意在录同一档综艺吗？没打起来吗？"

盛乔咬牙切齿："恨不得打爆他的狗头。"

等啊等啊，快到九点半的时候，旁边的薏仁全部惊声尖叫起来，盛乔被吓得一抖，知道是沈隽意要出场了。

一瞬间，全场薏仁都开始大喊"沈隽意"，应援声差点儿炸了整个场子，连前面嘉宾席的明星们都纷纷忍不住回头看。

梁小棠在尖叫声中凑近她的耳朵："我们一会儿肯定比她们声音更大！"

主持人过流程期间，应援声就没停过，等舞台的灯光暗下去，一片黑暗中，中间骤然出现一束红光，光线中人影出现。

尖叫声此起彼伏。

盛乔看向大屏幕，昨天一身迷彩服犹如地主家傻儿子的沈隽意，此刻站在舞台中央，穿了件红色的纱衣，又透又薄，腹肌若隐若现，要多骚有多骚。他勾了下唇角，伴着音乐开始唱跳表演。台风是真的稳，他又唱又跳大气都不喘一下，每一个舞蹈动作都爆发力十足，吸引眼球。他跳到后面顶了下胯，盛乔听到身边的薏仁姐妹们嗓子瞬间就破音了。

跳完一首，第二首是慢歌，他喘了喘，调整了一下呼吸，站在台子上，双手握着麦架在那儿扭来扭去，身边的薏仁大吼："沈隽意！不要玩麦架了！玩我吧！"

两首歌表演结束，薏仁又开始整齐划一地大喊他的名字，沈隽意朝观众席甩了个飞吻，笑得一脸飞扬，退下舞台了。

中间主持人过场，梁小棠兴奋地说："来了来了来了！"

刚才被"沈隽意"盖住的场子，瞬间变成了"霍希"。所有希光都拿出拼命的劲儿，举着灯牌声嘶力竭地呼喊霍希的名字，非要把刚才沈隽意的应援比下去。

盛乔和梁小棠当然也紧跟大部队，在一群希光中喊得无比放肆。

前面嘉宾席的明星又纷纷回头。

舞台光暗下去，第一个音符响起的时候，希光们说收就收，应援声顿时没了。大家都想认真地听新歌，盛乔听到这熟悉的旋律，激动得原地踩脚。

舞台骤亮，戴着帽子的霍希已经站在升降台上，伴着节奏开始表演。

正式舞台和练习室真的差别好大，无论是舞美还是音响效果，炸得盛乔头皮发麻。

随着升降台缓缓落下，霍希摘下帽子随意往身后一扔，拽着自己的领口抖了两下，舞台妆修饰的脸孔帅到没有朋友！

旋律越来越激烈，台风也越来越炸，很快带动全场，仅仅一首歌，盛乔就把嗓子喊劈了。

呜呜呜……还好她来了，不然错过今晚这绝佳的首秀现场怕是要遗憾终身。

他今晚好酷！！！超帅老公在线索命！！！

霍希只表演了这一首歌，结束之后朝观众席挥了挥手，转身走下了舞台。

应援声久久不散。

盛乔捂着狂跳的心口，扯了扯梁小棠，两人猫着身子离场。下楼梯的时候，周围都是离场的希光，大家激烈地讨论着刚才的舞台秀，都快被帅疯了。

盛乔全程低着头，被梁小棠一路拉着加快步伐，楼梯还没下完，手机就响了。

她低着头也没怎么看，下意识滑开，接通之后"喂"了一声。

身边有个希光激动地喊："霍希是这个世界上最帅的人！"

电话那头的霍希："……"

电话这头的盛乔："……"

半响，他说："所以，你还是来了？"

盛乔："……嗯。"

他像是笑了一下，语声还是淡淡的："在外面等我。"

盛乔："？？？"

啊啊啊……超帅老公要当面索命了！！！

第十三章

妖妃

下完楼梯，走到场馆外面，梁小棠用手机叫了车，又问盛乔："小乔姐，你怎么回去？叫车了吗？"

盛乔说："我等人来接我。"

梁小棠下意识地以为是助理，也没多问，盛乔还在纠结该不该告诉她，一辆保姆车突然在两人面前停了下来。

盛乔："！！！"怎么来得这么快？！

她赶紧说："小棠，你接下来要淡定，千万不要叫，我……"

话没说完，车窗摇下来，沈隽意欠揍的脑袋探出来，兴奋地喊她："兄弟！你怎么在这儿？你是专门来看我表演的吗？"

梁小棠："？？？"

盛乔："……"自己戴着口罩、帽子，这他都能认出来？

沈隽意见梁小棠定定地盯着自己，瞳孔都放大了，歪头一笑说："要签名吗？"

梁小棠："不要。"

盛乔："……赶紧走，这里不让停车。"

沈隽意："上车啊，我送你回去。"想到什么，他又回头从包里掏了半天，然后递了一张照片过来，"上次你要的签名照，忘了给你。"

梁小棠："？？？？？！！！！"

盛乔："……"不是我，我没有，姐妹你听我解释。

盛乔一把夺过签名照，咬牙切齿："你赶紧给我走！"

他这位置不能久停，后面车子开始按喇叭，沈隽意撇了撇嘴，又朝她挥手："那下周见啊兄弟。"

车子终于开走了。

盛乔赶紧解释："这是帮我朋友要的。"

梁小棠了然地点点头："吓死我了，还以为你爬墙对家了。"

盛乔："爬墙是不可能的，一辈子都不可能的！"

梁小棠："嗯！要当一辈子坑底躺平小姐妹！"

梁小棠叫的专车很快就来了，两人道了别，盛乔目送车子离开，将帽檐往下压了压，低头玩手机。应援组里情书正在问她在哪儿，要不要和大家一起去吃个夜宵。

她撒谎说自己已经走了，情书遗憾地说"那有机会再约"。

正聊着天，一辆黑色的商务车停在她面前，车门从里拉开，霍希坐在后排，抬头喊她："上来。"

盛乔手机一收，麻溜地爬上去了。

车里只有他和司机，他还穿着舞台服，妆也没卸，大地色眼影、银色耳钉、手臂线条坚硬，满身都是属于男性荷尔蒙的气息。

盛乔只看了一眼："……"我×，不行了，血槽空了，我要死了，我喘不上气要原地去世了，谁来救救我，我×，这绝美颜值是人间真实存在吗？！命给你啊！！！

霍希看了看紧贴车门而坐的人，皱了皱眉，刚动了下身子，盛乔猛地伸手挡在身前："别过来！"

霍希："？？？"

她喉咙里发出一丝极度忍耐的呜咽："别过来，我怕控制不住我自己。"

霍希："……"

他抬手在她帽檐上敲了一下："肚子饿吗？"

"不……不饿……"你的美色就是天下最可口的美食！！！

他笑了下："我有点饿。"

她立刻紧张地问："那你想吃什么？"

"炸酱面。"

盛乔："！！！"立刻做！马上做！老公你想吃多少都有！我愿意给你做一辈子！她立即跟司机报了自家地址。

霍希的目光被她那塞得鼓鼓的背包吸引，他拎了下："装的什么？"

盛乔："你的应援物。"好像想起了什么，她有点兴奋，"你在舞台上的时候有看到我吗？我就坐在一片红海中！一直举着金色的希！"

她把背包拉开，把那个单字"希"的软灯牌拿出来，霍希接过来左右看了下："太多了，没注意。"

她噘了下嘴，霍希说："下次你举个不一样的，我就能看见了。"

"那我下次就举一个'霍希大宝贝'，字多又亮！"

他眸色闪了一下，要笑不笑地重复："宝贝？"

盛乔："……"如果你没意见，我叫"老公"也是可以的。

他的目光被另一件东西吸引："这是什么？"

然后盛乔就看见沈隽意那张签名照被他拿了出来。

霍希："？"

盛乔："……"

她手忙脚乱地指着上面的名字："to签to签，给笑笑的，你看你看！"她痛心疾首地说，"她的眼光实在太不济了，比我差远了。"

霍希："……"

她两三下把东西塞回包里，还嫌不够，又把包塞到脚下，还往后踢了踢。做完了，她扭头傻乎乎地冲他笑了一下。

霍希看了她半天，好笑似的摇了下头。

车子一路开到她家。

进屋之后，她把包包一扔就跑进厨房开始准备做炸酱面，怕他饿着。其间她还洗了水果，削了皮、切了块装盘端出来。

霍希正在卫生间卸妆，擦掉魅惑值加倍的舞台妆，终于又恢复了清清爽爽的模样。他低头用清水洗了把脸，没有毛巾，顺手用手背揩了揩水，水珠顺着脸颊一路滑落，经过喉结，滴入衣衫下。

恰好看到这一幕的盛乔："……"她要被撩疯了。

如果说她面对他时的抵御力是一百点，那今日份的霍希已经发出了"三百+"的美颜暴击。这是在要她的命。

盛乔把水果盘放在茶几上，忙不迭地转身跑进厨房去冷静了。

炸酱面很快上桌。

霍希吃了几口，察觉这味道跟之前不一样，酱似乎有些焦了，面也黏糊糊的，不够筋道，他抬头看了眼对面一动不动盯着自己的女孩，又若无其事地低下头去。

盛乔问："好吃吗？"

他点了下头："好吃。"

她甜甜地笑起来，感觉心都要化了。

趁着霍希吃饭期间，她回卧室去把相机连上电脑，把今晚的照片导了出来。今晚的位置有点远，霍希出场时间也短，她光顾着尖叫应援，也没拍多少照片。

把拍糊了的照片删掉，勉强能留下十几张，够发两组九宫格。

她打开PS，津津有味地开始修图。呜呜呜……今晚的造型和妆容都太硬核了，看着这套帅破天际的图，谁还喊得出来"宝贝""崽崽""儿子"这种话？怕是妈妈粉都要变老婆粉了。

又帅又酷，呜呜呜……想……不！不能想！好好修你的图！

霍希走过来的时候，看到的就是她坐在电脑前，一会儿花痴、一会儿羞耻、一会儿懊恼的复杂神情。

将目光移向电脑屏幕，他的五官被放大了好几倍，她拖着鼠标一点点地把瑕疵遮掩，一会儿调光，一会儿调色度，修完了，恢复正常尺寸看了半天，左手捂着心口道："呜……眼睛好好看，鼻子好好看，嘴巴也好好看，想亲亲。"

霍希："亲哪儿？"

盛乔："？？？"

回头太猛，鼠标都摔到地上了，她一脸惊恐地看着身后不知道什么时候走近的人，满眼都是做坏事被撞破的羞耻和慌张，结结巴巴地说："不……

不……不……你听错了！"

她抬手想关电脑。

霍希两步走近，按住她慌乱的小手说："保存了吗？"

盛乔："……"

他捡起鼠标，按了保存，又点开其他几张图看了看："修得不错，一会儿发给我，工作室正需要活动图。"

盛乔完全不敢看他，小鸡啄米似的点头。

霍希撑着椅背，低头看她。

这姿势像被他半抱在怀里，四周都是他的味道，盛乔感觉自己快窒息了。她艰难地抬头，从齿缝中挤出几个音节："霍希……"

对上他打量的目光，她半仰着头，一动不动地看着他，离得这么近，连他的喉结都近在咫尺。

一个念头在脑子里疯狂叫嚣。她死死捏着拳头，吞了吞口水，拼命克制，在心里一遍又一遍地告诫自己一定不要冲动！

霍希将头更低地压下来一些，勾了下唇角，低声问："你刚刚说，想亲哪儿？"

脑子里轰的一声，像有一根弦断了。她用小拳头撑住椅子，将身子抬起来一些，闭着眼，吻上他的喉结。

冰凉的触感从嘴唇一路麻到心脏，又从心脏直冲大脑，让她完全失去了理智。

直到头顶响起他喑哑又缓慢的声音："你，在做什么？"

我在做什么？我×，我在做什么？我×，我疯了吗？

我×，我这是在亵渎仙子，要遭天谴的！！！

盛乔瞬间恢复了清醒，脑子不响了，弦也接上了，理智回归，脸噌的一下红了，她猛地一掌把霍希推开，起身就跑。跑到洗手间，反锁上门，拧开水龙头往脸上掬了一捧冷水，她看着镜中的自己，捂着嘴无声地尖叫起来。

完了，她完了，她彻底完了。她的爱不纯粹了，她竟然非礼了爱豆。往小了说是非礼，往大了说那叫猥亵！

霍希以后怎么看她？她还有何颜面面对群里的小姐妹？她犯了大错，呜呜呜……她有罪。

洗手间的门被敲响，盛乔吓了一大跳，身子都绷紧了，门外传来霍希低沉的声音："你躲在里面做什么？出来。"

呜呜呜……爱豆要收拾她了，他不会报警告自己性骚扰吧？妈啊我错了。

她捂着嘴一动也不敢动，又是几声门响，霍希咬牙切齿地说："盛乔，给我滚出来！"

呜呜呜……

她僵硬着身子小步移到门口，还是不敢开门，贴着玻璃呜咽："霍希对不起，我不是故意的，我撞鬼了！我丧失了理智！你就当被蚊子咬了一下行不？我以后再也不敢了！"

门外半天没声音。

她吸吸鼻子："我以后一定提高对你魅力的抵御值，一定不会再犯今天这种错误了，我有罪，我错了，求你原谅我吧，就当什么事都没发生行吗？呜……"

霍希："……"

半晌，她听到他说："算了。"

算了？意思是不跟她计较了？盛乔："霍希，你真好，真大度！"

霍希："可以出来了吗？"

她一脸讪笑地打开门，看着门外脸色还有些沉的人，缩了下肩，又抬头朝他嘿嘿笑了两声，目光扫过刚才被自己亲过的喉结，脸上顿时又涌上羞红，埋头朝厨房冲去。

"吃完了吧？我把碗洗了。"

结果霍希已经收拾干净了。呜……都怪图片太迷人，她竟然一点动静都没听到，最后才犯下如此大错。

她站在厨房里磨磨叽叽，不敢出来，霍希给小蛋发了消息让他来接自己，又走到厨房门口，面无表情地说："过两天要拍定妆照，剧组那边准备官宣了，你准备一下。"

"哦哦哦，好的！"她不敢回头，假装在那里擦灶台。

霍希盯着她的背影，简直又气又好笑，摇了下头，转身坐回客厅，随手打开电视。盛乔听到电视声响，才终于松了口气。

一直到小蛋过来，霍希准备走了，她才慢腾腾地从厨房走出来，站在玄关小声说："路上小心呀，霍希。"

他穿好鞋，回头看了她一眼，想说什么，最终什么也没说，只是点了下头："知道了，你早点睡觉。"

他拉开门走了出去，房门缓缓合上，"砰"的一声轻响，五秒之后，盛乔一屁股坐在地上，捶地尖叫起来。

还在等电梯的霍希："……"这小傻子。

夜深人静，她洗漱完了又坐回电脑前，把剩下的几张图都修完了，然后选了最精致的几张发给霍希工作室的官微，剩下的上传了福所倚的账号。

希光们纷纷说：

"阿福出品，必属精品！"

"没想到坐在一片红海中的阿福发挥得依旧如此稳定！不愧是王的女人！"

"想想阿福在红海中孤苦无依、瑟瑟发抖，还要努力应援拍图的样子就好想笑……哈哈哈哈……"

"因为有了阿福，因为万红丛中一点金，今晚的应援，是我们赢了！"

"舔图啊姐妹们，我×，今晚帅爆了好吗！"

"我已经原地来回死亡好几次了。"

晚一点，霍希工作室官微也上传了今晚的活动图，带文案做了总结。希光们一看，咦，这图有点眼熟啊？

福所倚修图的个人风格太强烈，一看就知道出自她手。

希光一开始怀疑是工作室盗图，一边质问工作室一边去私信福所倚，然后福所倚又发了条微博解释，是授权给工作室的图，大家才安心地转发舔屏起来。

饭圈小姐妹的版权意识还真是强烈哪。

情书还在应援群里@她："阿福，你好牛×啊！连工作室都找你要图！"

自己是走了什么狗屎运傍上这么个修图大佬？

盛乔带着愧疚跟大家闲聊了几句，终于爬上床睡觉，结果一闭眼全是自己亲上霍希喉结的画面。她就像个旁观者，痛心疾首地旁观那个自己恬不知耻地做错事，就这么羞愧地翻来覆去，直到后半夜才睡着，第二天一早就被贝明凡的电话吵醒了。

贝明凡说明天下午拍定妆照，要先带她去剪头发。

贝明凡知道很多女艺人都护长发，特别是盛乔这种一头鬒发又黑又亮，给她的颜值都加分："戴假发终归不好看，剪短发自然，女警察还是短发潇洒嘛，你放心，很快就能长长了！"

盛乔表示自己没什么意见。

方白开车来接她，将她带到了周侃投资的私人造型室。剪发还是由周侃负责，他是妆、发一体造型师，又跟着盛乔这么久，对她的脸型和气质都很熟悉。

往镜子前一坐，周侃握着她的长发，先从中间一刀剪断。盛乔说是不介意，嘴角还是抖了一下，在内心为自己的头发默默哀悼了一番。

长发落地，周侃开始一点点修饰，盛乔看着镜中的自己，都觉得有点陌生了。

两个小时后，周侃终于站直身子，招呼贝明凡和方白过来看。

剪成短发的盛乔，少了一些甜美，多了一丝俊俏，没有了长发遮掩，越发显得削肩细腰，短发衬托下的瓜子脸精致俏丽，见之忘俗。

贝明凡满意得不行，果然人好看，什么发型都hold得住，他拿出自己的手机拍了几张，鼓励似的拍拍盛乔的肩："再换上一身刑警制服，绝对美翻全场！"

第二天一行人到达拍定妆照的地方。

《无畏》剧组早已组建完毕，导演是国内享有"金牌情感戏导演"名号的王鑫，除此之外还有擅长刑侦剧的副导，编剧也是业内的知名编剧。总而言之，这是一部大制作剧，用贝明凡的话说，是要上星的。

盛乔跟工作人员一一打了招呼，服装老师看见她的短发，还比了个大拇指："不错。"

工作人员先领着她去换了一套刑警制服，从换衣间出来，大家都"哇"了一声。要不怎么有"制服诱惑"这个词，气质一下就出来了。

化妆老师又开始化妆，将她的眉峰拉高拉长，鼻影立体，着重下颌骨，依次来突出整张脸的英气。

正化着，霍希一行人也来了。他只带了一个助理、一个造型师，服装也是自带的。他推门进来的时候，一屋子的工作人员都站起身跟他打招呼。他笑着一一回应了，性格很nice，然后目光转向化妆台前的盛乔，透过镜子，看到她清爽的短发，英气的眉眼，还有制服修饰下笔直的身段。

他眸色深了一下，察觉她有些闪躲，笑笑，进试衣间去换自己的衣服了。

盛乔自从他进来就有些心猿意马，不敢直视他的目光，更不敢去看他的喉结。她吞了好几次口水，化妆师停下来问："小乔，你口渴了吗？要不要喝点水？"

"不……不用了……"

刚说完，换好衣服的霍希就过来了。

盛乔只看了一眼："……"血槽又空了，要死了要死了要死了。

一身深色西装，肩宽腰窄，鼻梁上架着一副金边眼镜，边走边扣手腕处的袖子。头发还没梳，偏头时掠在眼角，眼眸又深又沉，浑身上下连头发丝儿都透着禁欲气息。

我×，她心脏狂跳，小鹿已经撞得粉身碎骨，马上就要被索命了！

化妆师拿着粉扑奇怪地往她脸颊上打粉："小乔，你脸怎么这么红？来，我再遮一下。"

听到这话的霍希，偏头看了她一眼，透过镜子，两人目光对视，他勾唇冲她笑笑。

盛乔："……"谁来救救她？她快不行了。

霍希开始化妆，化妆师也是他自己带来的，他饰演的角色不需要制服，之前就跟剧组说好一律用自己的私服。

盛乔这边已经处理好了，先去棚里拍，她余光都不敢往霍希那边扫，忙不迭地跟着工作人员走了。

先拍了几张她端着警帽敬礼的照片，剧组还请了真正的警察来帮忙，教她正规的敬礼手势，拍完之后道具组又给了她一把手枪，拍了一组英姿飒爽的射击照。

摄影师抱着相机说："欸，对，动作对了，眼神，眼神再冷漠一点，凌厉一点，想象你对面是穷凶极恶的罪犯，你要干掉他。对，对，手再抬高一点，头往左偏一点，对。"

霍希已经走到门口，顿住了脚步。

小蛋问："不进去啊？"

他低头挽袖口："再等等。"怕自己进去了，某个人又要缴械投降了。

直到盛乔拍完整组定妆照，霍希才进去。

她不敢看他，又忍不住偷瞄，一边瞄一边努力提高自己的抵御值。看多了就习惯了！她今后一定能抵抗住他的魅力暴击！

然后霍希斜挑唇角，冲镜头偏头一笑。

命给你命给你，拿走拿走。

她还要换便服拍另一组，回到试衣间，剧组准备的便服是一件灰色的露肩背心外配黑色皮衣，再绑上腋下枪套，雪白的脖颈和精致的锁骨一览无余。

导演看了会儿，跟她说："有点瘦，这段时间请个健身教练锻炼下身材。"

她点头应了。

那边霍希也已经拍完第一套，换上第二套黑色的西装，整个人的气质看上去深沉冷冽，像一眼望不见底的深潭。

盛乔进去的时候，他正在机器前看刚才的定妆照，抬头看见她黑皮衣、高帮靴的穿着，视线扫过那对锁骨，目光微不可察地深了一下。

第二组定妆照，导演要求两人出境，盛乔单手持枪，侧身而站，枪口距离霍希的额头只有三公分。

两人在导演的要求下调整好各自的位置，盛乔的手指紧了紧，深吸一口气，抬手举枪。对面的霍希挑着一边唇角，静静地看她，像不屑，像讥讽，又像压抑着深深的痛苦。

她握不住那把枪了。

摄影师说："小乔，你别抖！眼睛别瞟，看着霍希！"

试了几次，她手臂泄气地垂了下去。

"是不是手举酸了？她那个助理，给她揉揉手，放松一下。"

丁简赶紧去了。

盛乔垂头丧气地坐在椅子上，心里快要懊恼死了。眼前递过来一瓶水，她抬头一看，霍希站在她面前。

她眼神又开始躲闪。

霍希拧开瓶盖，在她面前蹲下来："看着我。"

盛乔："……"她慢腾腾地把视线收回来，一寸寸上移，缓缓看向他的眼睛。

"看着我，不许躲，握紧你的枪，坚持五秒钟，嗯？"

她抿了抿嘴唇，轻轻点点头。他把水塞到她手上说："喝点水，放松点。"

喝完水，走到镜头前，调整好位置，她努力深吸一口气，抬枪瞄准。摘下眼镜的那双眼睛，深得像海，一眼就能将她溺毙。

她不忍将枪口对准他，可她不得不这么做。

导演在旁边说："小乔眼神对了，就要这种挣扎感。"

定妆照拍摄终于结束。

盛乔长松一口气，一一对工作人员说"辛苦了"，回到试衣间换衣服。一路离开摄影棚到停车场，她正慢腾腾地走着，丁简说："欸，那不是霍希吗？"

盛乔一个箭步冲上车，喊方白："快开车！"

丁简："……"

方白："……"

怎么？脱粉啦？霍希在后面当然也看到了，小蛋现在对盛乔已经没有当初那种厌恶感，只是还有些别扭，问："她好像在躲我们，她为什么要躲我们？"

霍希淡淡地说："可能做了亏心事吧。"

将盛乔送回家，贝明凡就去联系健身教练了。她随便吃了点东西，继续写聂倾这个角色的人物小传。自从上次洛清传授给她这个技巧，她钻研起角色性格来果然更加容易。

贝明凡办事效率高，快到晚饭时间就打来电话，说教练搞定了。是圈内的明星教练，给许多艺人都做过体能训练，明天开始就要盛乔去他的私人健身房接受锻炼，并且提醒她从今天开始就要控制饮食，严格按照教练食谱来吃，吓得盛乔赶紧给自己点了整只炸鸡压压惊。

第二天一早，贝明凡接她去了私人健身房，教练是个年轻爽朗的青年，一身充满力量的肌肉，一看就很靠谱！

先给她做了体测，贝明凡又把导演的要求说了，教练根据要求制订了健身计划，盛乔看着单子上那一长串有氧运动、无氧器材，露出了生无可恋的微笑。

她本身就不爱运动，一上午的初步训练，直接累了个半死。教练给她做了个肌肉放松，又发给她一份食谱，叮嘱她千万不要乱吃，然后当着她的面卸载了她手机上的外卖App。

盛乔："……"是个狠人。

今晚要录《星光少年》，她在教练的监督中吃下了第一顿营养餐，然后才被方白接走。一上车，她迫不及待："我想吃碗馄饨！"

方白说："贝哥交代了，除了教练食谱上的东西，别的什么都不准吃。以后你的一日三餐我每天送来，丁筒已经去你家把零食都拿走了。"

盛乔："？？？"我是要增肥，不是减肥啊！你们干什么啊！

方白从她的表情里读懂了她的意思："你是要长肌肉，不是长肉。"

盛乔："……"

到了《星光少年》的录制现场，周侃已经在了，他把今晚她要穿的衣服拿了过来，等盛乔在后台换上，才开始给她化妆。

这是她剪了短发后第一次在公共平台亮相，贝明凡交代必须给人眼前一亮的感觉。周侃给她配了件白色的"V"领衬衫，领口错落系扣，下半身黑色喇叭裤，银色高跟鞋。简单大气，干练十足。

妆容自然就偏冷艳系，眉尾锋利，眼线拉长，口红却用了张扬的烈焰红。

周侃做完造型，自己在那儿高兴地夸了一句："性感死了。"

方白又给她拍了几张照，打算今晚发官方微博。

到休息室和三位导师集合准备上场的时候，几个人看到她都是一副震惊的模样，还是叶桐最先反应过来，惊呼道："天啦小乔，你把头发剪啦？你要转型了吗？"

从甜美小仙女到冷性感大美人的跨度也太大了吧！

盛乔说："接了个剧，要剪短发，没办法。"

卫鹤冬用他直男的眼光评价："我觉得还是长发好看，现在这样太具有攻击性了。"说完，他又赶紧补充一句，"不过拍剧嘛，也没办法，为艺术献身，好样的。"

戴好设备，导演通知上场，乔粉看见打头的黎尧走出来，就开始举着银色灯牌大喊盛乔的名字，接着是卫鹤冬，接着是叶桐，接着是……

咦？那个短头发的性感美女是谁？

乔粉："？？？"

啊啊啊……那竟然是我的爱豆啊！！！

兴致勃勃等直播的网友们："？？？"

我×？？？

那利索的短发、勾人的眼线、性感的红唇是真实存在的吗？！

性感小乔在线索命？？？

盛乔从出道开始一直都是长发造型，走的是清纯甜美路线，她颜值够打，人气大增后在大众眼中也已经被贴上了甜美小仙女的标签。

今晚这造型简直就是颠覆性的改变。

不到半个小时，"盛乔短发造型"就上了热搜。贝明凡趁机发通稿维持热度，方白也登录官方微博发了已经精修好的后台图。

营销号跟风，盘点了一拨短发女艺人，这拨热度持续了两天。

最后大家都问，好好的，她怎么突然把长发剪了呢？难道真的要转型吗？

两天后，《无畏》剧组官宣两位主演，公布三组定妆照。

什么？男主角霍希？

什么？女主角盛乔？

一个律师、一个刑警，一个斯文败类、一个冷艳孤僻。穿西装的霍希好撩啊！穿制服的盛乔好正点啊！

网友们吃瓜吃疯了。

希光："……"

乔粉："……"

不想说话，不想转发。

没多会儿，霍希转发了官宣微博，还@了盛乔，写了句"期待合作"。盛乔只能硬着头皮转发，写上一句"合作愉快"。

这样公事公办的态度，反倒让两家粉丝没那么剑拔弩张了。

都官宣了，再闹再骂有什么意思？白白让路人看了笑话。

盛乔自从解约，的确没有再捆绑过霍希，再加上上次抄袭事件，再怎么不喜欢，也算是承了她的情。

大部分希光还是明事理的，只要你不恶意捆绑，正常合作我们就不骂了。何况之前两人已经合作过一档同居综艺，直播期间盛乔没有任何出格的行为，希光已经有相应的承受力了。支持爱豆的所有决定，一切以他的事业为重。

只不过还是有一部分爱憎分明的粉丝无法接受两人同框，何况那可是拍戏啊！拍戏就有吻戏，让他们看着爱豆和最讨厌的人接吻吗？对不起，做不到！

有人脱粉，有人转古墓，有人卸载微博眼不见为净，闹了好几天。

乔粉这边倒还好，有盛乔坐镇指挥，大家都将重点放在签约后的第一部剧上。不撕不骂不拉踩，只关注新剧和宣传，一派爱豆事业蒸蒸日上的欣喜。

霍希家的几个大粉暗暗地监视了好几天盛乔的粉圈，发现完全没有引战内涵，人家都在专注宣传做数据，至于合作对象是霍希还是赵希、钱希、孙希、李希，完全不care，于是转头回自家，带领希光专心致志地搞宣传，不要被黑子带节奏，忽略了重点！

梁·奸细·小棠，给不敢上微博的盛乔发来战况汇报："稳了稳了，没人骂了，那些还在引战的都被反黑组标黑了，放心吧！"

盛乔总算松了口气，切换到应援组那个号上看了看，群里也没人再聊这个话题。虽然还是有粉丝心有不满，但整体风向趋于世界和平，这口气也只能憋在心里。

稳了稳了，她不用担心挨骂了。

梁小棠比她还激动："小乔姐，你是人生赢家！以后我就是你和儿子的CP粉了！"

盛乔："CP狗天理难容！"

梁小棠："？？？"

粉你和他的CP都不行？？？你这个毒唯！！！

继《无畏》官宣之后，《逃出生天》也要准备首播预热了。这一期的录制竟然不用出国，就在国内某个著名的影视基地。

下飞机的时候是上午，先去拍摄棚拍宣传照。盛乔第一个到，一边等一边看剧本，看丁简在旁边无所事事的样子，跟她说："来陪我对戏。"

丁简当了这么多年的助理，最干不来的就是对戏，就像朗诵一样把台词读出来她都要结巴。读了两句，舌头都卷成麻花了，盛乔无奈地把剧本收回来："算了算了。"

丁简说："一会儿找曾铭老师或者洛清老师陪你对嘛，他们还能带戏。"

盛乔台词功底本来就弱，要再被自己带偏，对戏反倒对出反效果。

正说着话，门被推开，沈隽意风风火火地走了进来。他今天穿了件黑色的皮夹克，戴着帽子、墨镜，要是不说话，还真有那么几分撩人的赏心悦目。

然后盛乔就听到他说："哇，兄弟，你这么早就到啦？"

盛乔："……"

沈隽意一眼就看到她手上的剧本，走过来瞅了几眼，问她："这就是你要跟霍希拍的那部剧？"他痛心疾首地看着她，"兄弟，你怎么能跟我对家拍戏呢？你这是塑料兄弟情。"

丁简趁机说："沈老师，你陪小乔对对戏吧。"

盛乔："？？？"

沈隽意："好啊好啊。"他看着盛乔翻的那一页，清清嗓子说，"我来了哈。许陆生，你最好把你的狼尾巴藏好了，哪天要是露了个尖儿，我一定连根给你拔出来！"

他殷切地看着盛乔，期待她接台词。

盛乔面无表情。

等了会儿，他急了："你怎么不接啊？"

盛乔："你念的是我的台词。"

没多会儿，其他几个嘉宾都到了，还是女生比较关注造型方面，方芷一进来就说："哇，小乔，你短发好好看呀！"

洛清也说："很适合演警察。"

沈隽意在旁边说："我就说兄弟今天哪里不一样，原来是头发变短了。"

几个人闲聊了一会儿就开始拍宣传照，换好衣服后在绿布上拍，先拍个人再拍团体。导演说："这期录完，会放一个十分钟的先导片，正片下周五晚上八点正式上线，到时候会通知你们提前转发宣传。"

拍完宣传照，节目组又开车送他们去当地的一家特色餐厅吃午饭，沈隽意说："对我们这么好，一看就没安好心。"

导演在旁边听见了，气得指着他："你别吃！别吃！"

出去的时候，停车场周围站着十几个粉丝，扛着大炮蹲点，看那架势就知道是薏仁。流量的粉丝真是无孔不入，都跟到这个地步了，是薏仁还是私生还不好说。

上车之后，盛乔正跟纪嘉佑在联网玩贪吃蛇，就看见导演助理一脸无奈地过来跟沈隽意说："沈老师，你的粉丝在跟车。"

沈隽意把帽檐拔高一点，还是平时那副笑嘻嘻的样子："要我下车出面吗？"

助理一愣，赶紧说："不用不用，我们会处理。"

他还是笑着："辛苦你们了。"

导演助理回前面拿着对讲机去联系了，沈隽意脸上的笑意消失，将帽檐压得更低，几乎遮住整张脸。

到影视城的时候，车子停下来，几人下车，盛乔看到沈隽意在朝后看，也回头去看。节目组的几个工作人员站在一辆面包车前，像正在交涉。

曾铭在旁边问："是私生吗？"

沈隽意垂了下眼眸，抬步走过去。车里的几个粉丝看见他过来，又紧张又激动，他摘下帽子，冲她们露出一个大大的微笑："来吧，拍照，拍完了就乖乖回去好不好？"

几个粉丝都立即点头。

没多会儿，那辆面包车就载着粉丝走了。

他转身回来，曾铭说："你这样会纵容私生的。"

他笑了下没说话。

集合之后，导演组领着一行人进入影视基地。大概是包了场，整个场地空无一人，又大又安静，满地的黄叶桃花，风过时凄凄凉凉地飘在空中。

洛清还有些奇怪："这个季节哪儿来的桃花？"

走到一座小院前，导演组拿了六把弓箭过来，对面五十米的地方也摆好了箭靶。

导演宣布规则："射箭抽身份，身份有高有低，射箭成绩最好的拿最高身份。"

方芷问："最高身份是什么？皇帝吗？"

"射完再说。"

于是几个人开始射箭。

盛乔最近被健身折磨得全身肌肉都疼，试了半天，弓箭都没拉开。

洛清息影后倒是对君子六艺比较感兴趣，研究了一段时间，她那豪门老公还专门给她包了个打靶场，她最先射，居然射了个九环。

众人一阵惊叹，曾铭也不甘落后，拿下一个八环。方芷作为唱跳歌手，手臂力量也很强，在那儿瞄了半天，嘴上说着不行不行，居然也射了个六环。

盛乔还没拉开弓……

她看了眼身边的纪嘉佑，心想他肯定能正中红心了，结果纪嘉佑一箭放出去，居然射了个一环。看到盛乔惊讶的目光，他不好意思地摸了下帽檐说："没有枪顺手。"

大神都一环了，自己还有什么怕的？盛乔一鼓作气，"唰"的一下射出箭，半天，导演说："盛乔脱靶。"

盛乔："？？？"

纪嘉佑："……"

最后一个是沈隽意，看他拿弓那姿势，倒像是受过专业训练的一样，他凝神瞄了半天，弓铮铮而鸣，箭头直中红心。

"沈隽意十环。"

盛乔："……"丢人，太丢人了。

把沈隽意得意的："上次拍戏在剧组练过，还没忘。"

导演组按照射箭成绩分发身份卡，沈隽意最高，拿到了"太子"的身份，接着是洛清的"王爷"，曾铭是"公主"，方芷是"妃子"，纪嘉佑拿到"宫女"。

脱靶盛乔：太监。

导演组说："现在拿着你们的身份卡，依次到里面的屋子去换衣服。"说完这话，导演组还故意看了盛乔一眼。看你这次怎么在身上藏东西。

盛乔："？？？"

你们设置这个剧情就是故意针对我的吧？

几个人依次换好衣服出来，连跟拍摄像师都换上了侍卫的衣服。导演组又给他们一人发了一个古色古香的挂包，每个人还是只能带五件物品。

检查到盛乔的时候，真是恨不得把她的东西全都拆开看一遍。

检查完了，戴好设备，导演组冷漠地宣布本期规则："本期主题'妖妃'，请各位玩家遵从各自的身份，在宫内小心行事，一旦有逾越身份之举，将被收押内廷司受罚。"

导演组话落，来了六个带刀侍卫，押着他们就往里走。

方芷大喊："喂！都下午嘞，不会又要在里面过夜吧？这期的任务是什么啊？"

当然没人理她。

进宫之后，眼前雕梁画栋，宫殿阁楼比比皆是，六个人因为身份不同，被押往了不同的地方。

到达剧情开始点，原本冷冷清清的宫内突然就变得热闹起来了。盛乔被带到了太监下榻之所，带刀侍卫刚离开，她还在观察环境，就有个年轻的小太监跑进来，看着她说："小乔子，你怎么还在这儿？娘娘要的天竺香你送去了吗？"

啥玩意儿？小乔子？

盛乔说："敢问这位小公公，娘娘是哪位？天竺香又在哪儿？"

那个群演入戏地说："小乔子你这是睡傻了吗？娘娘当然是婉嫔娘娘，天竺香当然是去内务府领。你快些去吧，要是晚了，娘娘又得发脾气了。"

她又问："内务府在哪儿？"

小公公跺脚："你怎么什么都不知道？出门右转，往前走二百米再左转，有棵大榕树的地方就是了。"

盛乔决定按照剧情先去内务府看看，出门之后右转，再不似刚才那么冷清，群演尽职地扮演自己的角色，倒真有几分穿越到古代宫廷的奇幻感。

盛乔边走边看，迎面走来一队人马，抬着舆轿，前头的侍卫喊："太子出行，闲人避让。"

盛乔："……"

她往旁边退了两步，入戏地埋下了头。

然后她就听见沈隽意欠揍的声音："那是何人，见到本太子为何不下跪？"

盛乔："？？？"

侍卫顿时大喊："大胆奴才，还不速速跪下，向太子殿下以死谢罪！"

盛乔："？？？"

沈隽意从舆轿探出头来，笑眯眯地看着她："死就不用了。本太子觉得这个小太监长得眉清目秀，怪讨喜的，今后就跟在本太子身边服侍本太子吧。"

那狗腿子侍卫立刻又大喊："还不快谢太子殿下恩赏！"

盛乔："我是婉嫔娘娘宫里的，太子想要我，得去向婉嫔娘娘讨。"

太子还没说话呢，那狗腿子侍卫又大喊一声："大胆奴才！我什么我？还不掌嘴！"

盛乔："？？？"

沈隽意被他吓了一跳，气得吼他："你闭嘴！没我允许你不准再说话了！"

侍卫群演："……"这是人家的人设嘛，嘤嘤……

沈隽意大手一挥："本宫是太子，本宫想要的就是本宫的，那个谁，小桌子，你跑一趟，去跟那什么婉嫔说一声，就说她的人本宫要了！"

盛乔面无表情："太子殿下知道自己这话传到皇上耳朵里有什么后果吗？"搁真正的宫里，得算谋逆。

沈隽意："我管他什么后果，我又不认识他。"

盛乔："……"

导演组："……"完了完了，这俩bug咋又凑一起了啊？！

小桌子领命去了，太子殿下一脸和蔼可亲地问："你叫什么名字呀？"

盛乔："……我……奴婢……奴才……小乔子……"

太子殿下："哈哈哈……哈哈哈哈哈哈哈哈！！！"

盛乔："……"好气哦。

以后一定好好射箭，再也不要当太监。

盛乔的剧情线直接被沈隽意强行掐断。

去不了内务府，拿不了天竺香，见不到婉嫔娘娘，就没法开启下一段剧情。耳麦里系统冷冰冰地警告：

请玩家遵循各自人设，不要干涉其他玩家行为！

沈隽意："我身为太子，我想干涉谁就干涉谁，这就是我的人设。"

导演组："？？？"

总导演："是谁想出来的射箭抽身份？！"

导演组："……谁知道他射箭射得那么好啊！"

太子殿下指挥舆轿起驾，没地位、没人权的小乔子只能随驾侍奉。沈隽意坐在轿子里摇摇晃晃别提多舒服了，盛乔问："你的剧情线是什么？接下来去干啥？"

沈隽意："管剧情做什么？我是太子，我说了算。"

导演组："？？？"

合着我们刚才搞了半天的前置剧情你都无视了？

太子殿下兴致勃勃地吩咐侍卫："去御花园逛逛！"

于是一行人转道去御花园。这个季节御花园还没有到百花斗艳的地步，但早春的一些花木都已经绽放了，穿过一个拱门时，他们远远就看见摄像老师站在一旁，一群宫女挎着木篮语笑嫣然地采花。

纪嘉佑穿着一套粉蓝色的宫装，生无可恋地站在中间。

漂亮的小哥哥穿女装不叫变态，叫女装大佬。

沈隽意笑得无比放肆，纪嘉佑远远听见他的笑声，转身就想跑，太子殿下立刻说："来人哪，把这个明眸皓齿的漂亮小宫女给我逮住！"

盛乔："……"

纪嘉佑："……"你还没登基呢，就敢这么白日宣淫了？

那狗腿子侍卫领着两个小太监立刻就把纪嘉佑扣住了。

太子殿下终于舍得下轿了，以一种六亲不认的步伐走到漂亮的小宫女面前，食指挑起他的下巴，色眯眯地端详半天，满意道："好一个闭月羞花、沉鱼落雁的美人儿，以后你就跟着本太子吧！"

纪嘉佑："？？？"

太子殿下："美人儿，给本太子跳个舞来看看。"

纪嘉佑："你王者还想上段吗？"

太子殿下："小嘉！累了吗？喝水不？要不要体验一下我那个轿子？"

盛乔："……"

看不下去的导演组终于派来了刚才那个给盛乔指路的小太监，他气喘吁吁地跑过来，捐着兰花指说："小乔子！你怎么还在这里？婉嫔娘娘没拿到天竺香正在殿中发脾气呢，你还不快去领罪！"

盛乔掉头就跑，想摆脱这个很有当暴君潜质的太子，结果太子说："本宫倒要去看看是哪个娘娘脾气这么大，前面带路！"

那小太监赶紧拦住他："太子殿下！你怎可入嫔妃后宫？这不合规矩！"

那头采花的宫女也喊："小嘉，贵妃娘娘等着用这新鲜花瓣，快走吧。"

纪嘉佑赶紧跑了，盛乔也拔腿就跑。

沈隽意在原地狠狠甩袖："本宫这个太子不当也罢！"

系统立即问：

玩家是否自愿放弃身份？

沈隽意："本宫一日不死，尔等休想！"

导演组："……"

盛乔跟着小太监一路跑到婉嫔的寝宫，里面那扮演婉嫔的演员长得还挺好看，柳叶眉、鹅蛋脸，穿一身粉白宫装坐在高位上，一见她进来立刻道："让你去取天竺香，你却取到太子殿下身上去了。本宫这琴苑居装不下你了是吗？"

盛乔立刻说："奴才有罪，请娘娘恕罪。奴才对娘娘的忠心上可表日月，下可鉴天地，都是那太子顽劣不堪、性情残暴，早晚有一天奴才会弄死他，把他的人头献给娘娘！"

婉嫔："？？？"

导演："？？？"

婉嫔："你……你这满嘴胡言乱语、出言不逊的奴才，你这是要害死本宫！你居心不良！来人！把她押到内廷司受罚！"

然后盛乔就被关到内廷司了，必须做满二十个俯卧撑才能出来……

做到一半方芷也被关了进来，说她被一个贵妃娘娘叫过去劈头盖脸一顿教训，她反驳了几句，被冠了个"以下犯上"的罪名，丢进来了。

方芷忧心忡忡地说："到现在还不知道剧情是什么，我们要做什么，这地方要是天黑了，阴森森的，好可怕呀。"

盛乔想了想："主题叫'妖妃'，是不是跟妃子有关？现在出现了两个妃子，你口中那个贵妃和我这边的婉嫔，估计线索在她们身上。一会儿出去了看能不能触发接下来的剧情吧。"

两人正说着话，身后的窗户突然砰砰两声响。两个人吓得同时回头，只见那两扇窗户猛地大开，一股狂风灌了进来，风中卷着桃花瓣，飘得满屋都是。

风过之后，桃花瓣飘飘洒洒落了一地。

方芷和盛乔对视一眼，一脸茫然，再回头时，发现刚才对她们"用刑"的三个人都不在了。

屋子内外都静悄悄的，只有地上的桃花瓣时而被风带起，微微飘荡。盛乔和方芷走了出去，刚才人来人往的宫殿里一个人都没有。只有桃花，漫空满地都是桃花。

也不知道导演组是从哪里搞来的这么多桃花。

方芷有点害怕地朝盛乔靠得更近了一些："这什么情况？"

盛乔从零钱包里摸出本来以为用不上的八卦镜，吞了口水说："到处看看？"

此刻时间也不早了，天色渐渐暗下来，空无一人的宫墙内连风都变得阴森森的。方芷看着路面的桃花不敢下脚："这到底是什么意思啊？"

盛乔迟疑着："送我们……走花路？"

导演组："？？？"

风中突然传来一个幽幽的女声，她低低地笑着，像是呢喃："吃掉了呢。"

虽然知道是导演组用广播搞出来的声响，两人还是被吓得尖叫，紧接着耳麦里就传来系统冷冰冰的声音：

曾铭死亡。

方芷都要哭出来了："曾铭怎么死啦？她刚才说的是'吃掉了'，她把曾铭吃掉啦？"

盛乔也一脸蒙，正蒙着，身后突然有人说："你俩俯卧撑做完了吗，就跑出来？"

两人回头一看，刚才监督她们受罚的侍卫不知道什么时候又出现了。紧接着宫女、太监也都走了出来，像刚才什么事也没发生一样。

两个人被拎回去继续做俯卧撑，做完出来，方芷死活也不要一个人走。盛乔决定先回婉嫔那儿看看，一路走到琴苑居，里面的宫女正在忙碌，婉嫔也坐在里屋的梳妆镜前化妆。

那婉嫔看到方芷，顿时说："贤嫔怎么过来了？"

方芷："我？"

婉嫔娇羞地笑笑："陛下一会儿就要过来了，贤嫔还是速速离去吧，否则叫陛下看见，又该不高兴了。"

方芷说："看见我就不高兴？为什么不高兴嘞？因为他是没头脑吗？"

婉嫔："……"

旁边宫女为了迎接陛下的到来正在换瓶内的花枝，婉嫔见她拿了一枝桃花进来，顿时变了脸色，厉声道："谁让你们拿这东西进来？！"

那宫女扑通一声跪在地上，另一个宫女急急地跑进来下跪道："娘娘恕罪，她是新来的，不懂规矩，奴婢这就把那腌臜东西拿出去扔了！"话落，宫女磕了几下头，抱着那枝桃花跑了出去。

盛乔扯了方芷一下，转身追上去。

那宫女已经跑到殿门外，盛乔叫住她，和善地问："宫女姐姐，为什么娘娘很讨厌桃花呀？"

剧情触发，宫女立刻按照剧本开演："你也是新来的？那同你讲讲也好，省得你也犯了忌讳。宫中人人都知道，贵妃娘娘是最喜桃花的，而我家娘娘跟贵妃娘娘最不对付，自然是很厌恶了。"

盛乔问方芷："你不是见过那个贵妃娘娘吗？咋样？"

"超凶的！我就说了几句，她就让人把我拖下去乱棍打死！乱棍打死欸！太凶残了，还好另一个妃子帮我求情，才从轻发落去做俯卧撑了，哼。"

盛乔询问了那个贵妃娘娘的寝宫所在，决定过去看看。

两人刚走到宫门外，就听见里面一声盛气凌人的呵斥："把她给本宫拖下去乱棍打死！"

方芷："……"

盛乔："……"

这次要被乱棍打死的人是纪嘉佑。他拿到的身份是贵妃宫中的宫女，刚才也不知道怎么冒犯了贵妃，盛乔进去的时候，他已经被三个侍卫按在条凳上了。

盛乔赶紧喊："娘娘饶命啊！"

爱好把人乱棍打死的贵妃娘娘施施然从殿中踱步而出，扬着下巴，一脸不可一世的高傲："你是哪里来的奴才，有何资格在此喊饶命？来人哪，给本宫一起乱棍打死！"

盛乔："？？？"

那个贵妃看到方芷，不屑地笑笑："贤嫔也来了，还想再领一次罚吗？"

方芷掉头就跑了。

盛乔看着还被压在条凳上的纪嘉佑，硬着头皮喊："敢问娘娘，小嘉哪里顶撞了娘娘？奴才定全力补救！"

贵妃冷笑一声，头上的金步摇都散发着寒光："凭你？他打翻了本宫哥哥从塞外收来的白玉膏，你如何补救？"

盛乔说："奴才有一家传药膏，名为白玉断续膏！效果比白玉膏高了一个档次！娘娘若是不嫌弃，奴才这就去为你取来！"

贵妃："……你不要欺负我没看过《倚天屠龙记》。"

盛乔："你不要欺负本宫没看过《甄嬛传》，娘娘姓年吧？"

导演组："……"

场面一度很尴尬。导演赶紧让宫女上场，开启下一段剧情。

只见一个宫女急急忙忙地从外面跑进来，跑到贵妃身边，又怕又急道："娘娘，陛下又往琴苑居去了。"

贵妃迅速调整状态，将头上的步摇一把扯下砸在地上，又将立在门口的瓷瓶一掌挥翻摔得粉碎，四周下人全部瑟瑟发抖地跪了下来。

贵妃又气又怒，发过脾气之后，高傲的脸上又涌上一股难言的悲伤。她背过身去，冷声道："你不是求一个饶恕吗？只要你能将陛下请来本宫这里，本宫就饶了你们。"

"奴才这就去请！请娘娘少安毋躁！"

她拉着纪嘉佑就想跑，贵妃又一指："他留下！半个时辰请不来陛下，本宫便将他乱棍打死！"

纪嘉佑："……"为什么每次都是我当人质？

盛乔朝纪嘉佑投去一个鼓励的眼神，转身跑出去了。她已经基本梳理出了剧情。贵妃倚靠家族势力，拥有一切却拥有不了帝王爱。婉嫔却恰得帝王宠爱，两人在宫中斗得你死我活，各有倚仗。

只是不知道，妖妃到底是二者其中的谁呢？

天色已经完全暗了下来，四周也亮起一盏盏宫灯，盛乔打算直接去琴苑居外面堵人。正走着，身后突然起了一阵狂风，她一惊，猛地回头，只见墙角的鼓风机正大力运作，而身后幽静的道路上半个人影都没有。

桃花从四面八方飘了起来。

四周除了身边的跟拍摄像师，一个活人都没有，宫墙深深，风过凄凄。

盛乔被吓得不行，这地方又大，跑都不知道该往哪儿，她干脆原地不动，紧紧贴着墙壁，小心翼翼地观察四周。

大概过了五分钟，风中又传来那个低笑的声音："吃掉了呢。"

随即系统宣布洛清死亡。

盛乔：啊啊啊……这个地方真的会吃人啊！！！

鼓风机停止，桃花落地，各个角色又从拱门角落里走出来，四周又恢复了人气。

盛乔不敢耽搁，立刻朝琴苑居跑去。快到门口时，道路尽头走来一行辇队，明黄幡巾在空中飘荡。

盛乔二话不说冲过去，拦在辇车前，大喊："陛下，贵妃娘娘重病不治，即将身亡！请陛下去见娘娘最后一面吧！"

陛下："……"

导演组："……"她怎么就这么会找理由呢？

接到导演组绝对不能移驾的交代，陛下正襟危坐，厉声道："哪里来的奴才在这里信口雌黄？！御医方才才向朕汇报，贵妃身体无恙，怎容你在这里胡言乱语？给朕拖下去斩了！"

你们宫里的人都这么一言不合就要人命的吗？

眼见侍卫就要来抓她，旁边小道突然传来一声痛呼："父皇！父皇不可啊！"

盛乔："……"她眼睁睁地看着沈隽意戏精上身扑到了辇车跟前，声泪俱下："父皇若是杀了她，就是在掏儿臣的心！挖儿臣的肝！拿儿臣的命啊！请父皇开恩啊！"

陛下："……"

导演组："……"

盛乔："……"

陛下忍住心塞，努力维持人设："胡闹！你堂堂太子，怎可为了一个小太监说出如此不顾江山社稷的话来？来人，把太子给朕带下去！禁足东宫！"

欸？

沈隽意："父皇对不起，儿臣刚刚失了心志，您随意斩，儿臣告退！"

盛乔："？？？"

他说走就走。

陛下："……"

他小声询问导演："那是斩还是不斩啊？"

导演组还没回答，偷听到的盛乔立刻大声道："不劳陛下出手！奴才这就去午门领死！"话落，她转头就跑。

陛下和导演组："……"算了算了，跟bug较什么劲呢？

盛乔跑了几步，见没人追，松了口气，又开始苦恼贵妃那边任务没完成该怎么办，总不能把陛下打晕了绑过去吧？正纠结，沈隽意从路旁的竹林里跳出来："兄弟！又到我们联手的时候了！"

盛乔："……"

"我刚才去过贵妃的宫殿了，她是不是也让你把皇帝带过去，才放了小嘉？"

盛乔没想到两人触发了同一段剧情，挑了下眉。

沈隽意勾勾唇角："像你那样去拦圣驾怎么可能成功？必须智取！"

盛乔："请问怎么个智取法？"

沈隽意冲她挤挤眼，二话不说就开始脱衣服。

盛乔："……"

他两三下把外面的深色外套脱了，露出里面明黄色的龙纹长袍。

盛乔眼睛都瞪大了："你怎么偷穿皇帝的衣服？被发现了是要被砍头的！"

沈隽意："我刚去皇帝的寝宫里偷的，跟我来。"

他领着盛乔一路小跑去了贵妃寝宫，到门口的时候，自己掐着嗓子在那儿喊："陛下驾到！"

里面传来一阵动静，很快贵妃就领着宫女太监迎到门口了，一抬头，看见沈隽意穿着一身龙袍昂首挺胸地站在那里，半天没反应过来。

她左看右看问："陛下呢？"

沈隽意："朕不是在这儿吗？还不快把小嘉放了！"

贵妃一脸蒙地看着他，剧本里没这一幕啊！

她迟疑着问："可您，不是太子殿下吗？"

沈隽意："我篡位了。"

导演组："？？？"

第十四章

初吻

太子殿下大逆不道地说出自己篡位的话，愣是镇住了在场的一众群演。盛乔趁机摸进去，看到纪嘉佑被绑在柱子上，赶紧把绳子解了。

正往外溜的时候，贵妃那边也收到了导演的通知，重振气势对侍卫道："太子胡言乱语，定是受了小人教唆，先把他押送东宫，再把那小人……"

咦，小人呢？一看，小人翻墙跑了。

那墙脚放着一个大水缸，盛乔和纪嘉佑一人踩着一边水缸，双手扒拉着墙垣，脚上一蹬就翻过去了。

墙内的摄影老师生无可恋地对视一眼，扛着机器从门口追过去。

沈隽意大叫："你们这群混账！竟敢对朕动手！看朕不砍了你们的脑袋，送去给父皇陪葬！"

场面一度很混乱……

纪嘉佑边跑边问："隽意哥哥怎么办？"

盛乔说："他再怎么说也是东宫里的傻太子，没人敢动他。"

话音刚落，一股冷风从小腿卷上，四周顿时狂风大作。在宫灯映照下，桃花在夜色里飘得张牙舞爪，似要将人吞掉。

盛乔哆嗦着扯住纪嘉佑的袖子："又要吃人了，现在还不知道她是用什么办法吃人的，这次吃的不会是我吧？"

两个人都站在原地不敢动，风声呼啸，没多会儿，风声中就传来了那个幽幽低笑的女声："吃掉了呢。"

下一刻，系统宣布沈隽意死亡。

盛乔和纪嘉佑对视一眼，拔腿就往贵妃宫殿跑。路上有宫女正在清扫桃花，盛乔之前一直没注意路上的桃花，只觉得是飘在空中落在地面，可此处的桃花未免太多了，被宫女扫在一起，都堆成了几厘米高的桃花堆。

一路过去，看到了好几处桃花堆。

到贵妃宫殿时，里面一派祥和，贵妃正半倚在躺椅上，神色倦倦，旁边有个宫女正打着扇。盛乔拉住想直接往里冲的纪嘉佑，先假模假样地请了个安，让宫女通报，得了准许才进去。

贵妃像懒得看他们似的，懒洋洋地问："什么事儿啊？"

盛乔说："敢问贵妃娘娘，太子殿下去哪儿了？"

"什么太子？"贵妃转头凌厉地扫了她一眼，"陛下自登基以来从未立过太子，本宫看你是嫌命长了！来人哪，给本宫拖下去乱棍打死！"

盛乔："……"好嘛，死就死了，连痕迹都被抹去了。

侍卫正要上手把盛乔往外拖，剧情线又开启了。一个宫女急急忙忙跑进来，扑在贵妃脚下，低低喊道："娘娘，刚刚传来消息，琴苑居那位有孕了。"

贵妃猛地起身，将案几上的茶具掀了一地，气得手指发抖："那个贱婢！那个贱婢，有何资格诞下皇子！"

盛乔："说得对！只有像娘娘这样身份尊贵的人才有资格！"

贵妃："……"

她努力维持人设，苦笑一声："本宫自十四岁入府，陪在陛下身边二十载有余，要风得风、要雨得雨，唯一想要的，就是一个孩子，老天却始终不愿施舍。"

那宫女叹气道："娘娘不可为此伤身，陛下知道又该心疼了。奴婢再去将陛下送来的药煎一碗来，娘娘身子调理好了，皇子自然就有了。"说罢她就下去了。

看遍宫斗剧的盛乔能不知道这里面的玄机？她立刻道："且慢！"

一屋子人都看着她。

盛乔："娘娘每日所服的药是陛下专程送来的？"

宫女："是啊，陛下心疼娘娘无子，专程派了御医调养娘娘的身子。"

盛乔："喝多久了？"

宫女："已五年有余。"

盛乔叹气："娘娘就从未怀疑过这药有问题吗？就这么坚信陛下会希望你诞下他的血脉吗？"

导演组："她没少看宫斗剧吧？行吧，开启下一段剧情线。"

贵妃脸色一白，踉跄两步，瘫坐在床榻上，哆嗦着嘴唇说："你的意思是……不！本宫不信！本宫不信！"

"信不信，将药渣子拿出去让娘家人找大夫看看不就知道了？"

贵妃以手掩面，哭泣的声音断断续续地传来："不信……本宫不信……陛下不会如此待本宫，他怎会如此待本宫？"

她这一哭，卸下了平日里的盛气凌人，声音里都充满了幽怨，纪嘉佑一向对声音很敏感，立刻拉着盛乔小声说："好像是那个吃人的声音。"

盛乔难以置信地看了贵妃一眼，顿时打了个哆嗦。

贵妃哭了半晌，支起身子，用手绢一点点抹去眼角的泪，一字一句地说："去，把这药渣子送出宫去，交给哥哥。"

宫女领命去了。

贵妃又吩咐宫女梳妆，抹上胭脂，插上步摇，冷笑道："她不是有孕了吗？本宫这就瞧瞧她去。"

一行人摆驾琴苑居。

纪嘉佑问："我们去不去啊？"

盛乔说："我×，3D宫斗剧，不看白不看。"

两人跟在队伍后面，一路去了琴苑居。贵妃伸手止住通报，独自走了进去。盛乔见宫女都守在外面，想着必是有剧情，向纪嘉佑招招手，两人猫着腰往里走，竟也无人阻拦。

一行人进到琴苑居，却见贵妃侧身立于窗前。

屋内一派鸾凤和鸣，婉嫔躺在榻上，脑袋枕着皇帝的腿，皇帝捧着一本书，摸摸她的小腹，温声道："等皇儿出生，朕亲自教他读书，可不许像你，连自己的名字都要朕教。"

"等陛下教会了皇儿，臣妾再让皇儿来教臣妾。"

"你呀。"他伸手宠溺地刮了一下她的鼻尖，女子娇笑着钻进他怀里。

贵妃就站在窗前，一动不动地看着这一幕。半晌，她慢慢回过身来。盛乔本来以为她又要让人把自己拖下去乱棍打死，却见她微微皱着眉，并没有哭，只是眼眶有些红，不知在问谁："他到底喜欢她什么呢？"

贵妃像是真的疑惑："她连字都不识，琴棋书画样样不会，可这些落在他眼里，竟成了怜爱吗？"

爱她时，连她的缺点都成了优点。贵妃抬头看着盛乔问："那我呢？"

盛乔："……"

贵妃轻轻笑起来，最后回头看了一眼："她总是同我斗。她嫉妒我的美貌、嫉妒我的家世、嫉妒我的地位。可她不知道，我嫉妒，被陛下爱着的她啊。"

贵妃离开了琴苑居。

盛乔和纪嘉佑一时之间不知道该去哪儿。

六位嘉宾已经被吃了三位，还剩下一个方芷不知道跑哪儿去了。两人决定先去找到方芷会合，再商量接下来怎么办。

方芷的身份牌是妃子贤嫔，盛乔拉住一个宫女询问了贤嫔的宫殿所在，一路找了过去。方芷却不在这儿，宫里的宫女说："娘娘说去找什么桃花树了。"

盛乔问："你知道这宫里哪里有桃花树吗？"

"贵妃娘娘宫中就有。"

他俩在贵妃宫里来回好几次都没看见桃花树，是忽略了什么吗？

两人转道去贵妃宫。

走到半路，狂风又拔地而起，四面宫墙腾起桃花，盛乔这次倒没光顾着害怕了，仔细去看路面的桃花堆。起初她只以为是随意撒下的，此刻认真去看，倒真发现了玄机。

路面不规则地分布着几个桃花堆成的圆形，藏在满地桃花瓣中，不仔细看，根本不会注意到。

盛乔正打算走近看看，方芷从拐角跑出来，惊喜道："终于找到你们啦！小乔，我找到桃花树了！就在贵妃宫的前庭，黑焦焦的那棵树就是！只有落桃花雨的时候才会开花！"

她边说边跑，一脚踩进那圆形的桃花堆里。墙角的鼓风机猛地发动，那堆桃花瞬间拔地而起，飘在半空，从远处看，就像那团桃花将她包围。

风里传来幽幽的低笑："吃掉了呢。"

几个穿着漆黑衣服的人从旁边冒出来，绑了方芷就走。

耳麦里系统提示：

方芷死亡。

风停花落，宫女又走出来开始打扫桃花。

半晌，盛乔说："我知道了。"

导演组："……"她这就知道了？她又知道什么了？

盛乔指着路面被宫女扫成一堆的桃花："方芷刚才是踩到那个才被吃掉的，对不对？我们假设它是桃花阵，踩到的人会被吃掉，之前死掉的人应该也是没注意踩了阵。"

纪嘉佑问："为什么桃花能吃人？"

"不是桃花能吃人，而是妖妃通过桃花阵吃人。你注意她每次说的话，是'吃掉了'。为什么不是杀掉呢？是不是说明，她必须吃人？"

盛乔看向四周："我有一个大胆的猜测。我觉得我们现在身处一场幻境中，周围的一切其实都是假的。你想想看，每次桃花雨落下的时候，NPC都会消失，妖妃就要吃人。吃完了人，一切又恢复正常。那是不是说明，下桃花雨的时候，就是妖妃维持不住幻境的时候？因为维持不住，所以幻境里的一切假象都会消失，所以她必须吃人维持幻境。"

纪嘉佑越想越觉得她说得对，一脸佩服地问："那现在我们该怎么办？"

"破除幻境就可以离开了吧？欸，你让我想想。"

导演组："……"求你别想了。

她蹲在地上，捡了个小树枝随手划拉："根据一般的故事套路，下桃花雨的时候就是妖妃力量最弱的时候，只有在那个时候才能杀掉她。方芷刚才说，她在贵妃殿中找到了桃花树是吗？我们假设桃花树就是妖妃的真身，所以在幻境中她用焦木来掩饰，不让我们发现。说明那棵桃花树对她很重要，是不是只要砍掉那棵树就可以了？"

纪嘉佑："那还等什么？现在就去！"

盛乔："等下一次桃花雨，应该只有那个时候才能砍掉。"

导演组："……"给大佬递烟。

两人悄悄地潜到贵妃宫外，打算等下一次桃花雨就冲进去砍树，却见里面灯火通明，正在走剧情。秉承着3D宫斗不看白不看的理念，两人扒着门缝偷看。

殿内，皇帝一脚将贵妃踹到地上，怒道："你这蛇蝎毒妇，竟给婉儿灌药，你害死了朕的骨肉，你杀的是皇家血脉！"

贵妃手肘撑着地面坐起来，仰着头看眼前的男子，看着看着，突然就笑了出来："灌到她肚子里的药，不及臣妾喝的千分之一，陛下在心疼些什么呢？"

皇帝一愣，半晌没说话。

他那一脚踢重了，贵妃捂着胸口低低咳嗽，边咳边笑："臣妾想不通啊，陛下。饶是你不爱臣妾，又何必夺走臣妾当母亲的资格？你已经不在了，难道连个孩子都不愿留给臣妾吗？"

皇帝在她面前蹲下来，看着眼前这张倾城容貌，曾几何时，他亦为此动心。手指拂上她的半侧脸颊，他摩擦着，低声道："念儿，要怪，只能怪你们荣家，怪你哥哥。"

一股狂风拔地而起，殿内的宫灯全然熄灭了。

盛乔吓得一抖，哆哆嗦嗦地喊纪嘉佑："快，快，准备砍树了！"

桃花随风而舞，空气中都是淡淡桃花香。

宫灯一盏接一盏地亮起，空旷的大殿内，一棵桃花树开得肆意妖娆，夜空却落下雪来。四下不见旁人，宫门大开，只有妖妃，一次又一次，重演她死前的场景。

那个男子端着一杯毒酒，捏住她的下巴，亲手灌入口中。

腹中犹如刀剐，她痛倒在地，强撑着力气抬眼，只能看见他离去的步伐。她轻声喊："陛下。"

那脚步顿了一下。

"陛下，可愿许臣妾最后一个心愿？"

他背对着她，连回头看她一眼都不愿，她犹独自说着："待臣妾死后，不葬家冢，不入皇陵，只愿一卷草席，葬于庭前桃树下。"她看着窗外漫天的雪，低低地笑出来，"臣妾没死在一个好时候，看不见来年的桃花，便让臣妾在死后，闻闻那桃花香吧。"

他没有回头，连嗓音都像施舍："朕便依你。"他抬步离去，背影在白雪中越来越远。她趴在地上，朝着他的背影伸出手，想要抓住什么，可最终，什么也没抓住。

芳华一去二十载，昔日少年已不在。他早已忘记，庭前那棵桃树，是他亲手为她种下的。

她闭上眼，一滴泪从眼角滑落，都不重要了。

空中桃花伴着白雪随风而飘。

纪嘉佑说："她挺可怜的。"

盛乔叹气，指着庭内那棵桃花树："把它砍掉就可以破除幻境了。"

结果两人找了半天，发现没有可以砍树的工具。

导演组得意极了，你猜到了剧情又怎么样？没有工具砍树，你也……

欸？她在做什么？她拿出这次带来的小工具——一把伸缩铲子，蹲在树下松土："导演组准备道具的时间太短，这树是现栽的，肯定埋得不深，来来来，松了土我们把它拔出来！"

导演组："？？？"你以为你鲁智深啊？

纪嘉佑扎好马步，双手抱树，在盛乔的配合下，轻轻松松就把桃花树拔了出来。道具组细节还是做得挺好的，树下还埋着一卷破烂的草席，依稀可见白骨。

虽然知道是假的，但盛乔还是赶紧双手合十拜了拜。纪嘉佑蹲在地上把那棵桃树的枝丫全掰断了，只留下一根光秃秃的树干，摸出自己的军用小刀，从中间一点点锯。

导演组："……"算了算了，这小孩太实诚了。

系统直接宣布游戏结束。

饰演贵妃的女演员从里面走出来，盛乔冲她打招呼："你演技很好啊。"

"贵妃"不好意思地笑了笑。

走出去之后，被吃掉的几个人也终于被放了出来，沈隽意还穿着那身龙袍，边走边说："你们竟敢这么对朕，朕要砍你们脑袋！"

盛乔："醒醒，大清亡了。"

录完节目已经是凌晨，大家在酒店休息了一晚，第二天根据各自的行程安排离开了。盛乔暂时没有新工作，回去之后基本都窝在家研究剧本，时而跟群里的小姐妹插科打诨发发花痴。

梁小棠发消息来问她："我粉的CP今天见面了吗？"

盛乔："你粉的CP已经被正主亲手拆了。"

梁小棠发了几个大哭的表情："我已经很伤心了，我粉的CP还不发糖，这日子没法过了。"

前段时间霍希的一个大站子出了个巡演纪念PB（photo book，类似写真册），一百多张未公布高清图，精美装订还附赠霍希人形小玩偶和钥匙扣。那站子出的周边一直都很精良，而且是限量出售，每次预售基本都是秒空。

梁小棠托了好几个朋友一起抢，好不容易抢到了，终于等到站子发货，很快就能到手美滋滋舔图了，结果快递出了问题，周边给丢了。

虽然快递公司愿意原价赔偿，已经把钱赔给了她，再想买，却永远也买不到了。

梁小棠为这事儿难过好几天了，在微博上每天都要哭一次，一哭就骂快递公司，一骂快递公司，客服就来回访，一回访得知已经赔款了，还特别不满意地说："那您还想怎么样呢？"快把梁小棠气死了。

"这种具有纪念意义的周边，是能用钱来衡量的吗？！"

盛乔敷着面膜躺床上安慰她："就一个巡演PB嘛，多大点事，我送你一本。"

梁小棠："？？？"

盛乔："刚好我也想要一本做纪念，我明天就去联系制作商，用我的图出一本PB。都是未公开的高清精修图哟，到时候送你。"

梁小棠："！！！"

盛乔说做就做，第二天就去联系制作商了。她以前就喜欢用自己的图印制PB，对这方面的行情可谓摸得透熟，一个上午时间就联系好了制作商，下午挑选了一百张图打包发过去，又跟制作商确定了格式、大小、封面，就开始印刷制作了。

这种PB制作一般都要求大数量，但盛乔只订了两本，价钱自然就高了不少，没过两天新鲜出炉的精良PB就到手了。

她用同城快递给梁小棠发过去，梁小棠当天就收到了。

对比之前那个站子发出来的买家图，盛乔这本PB明显质量更好。首先原图就更清晰、更好看。其次因为是单独定制，内页纸张质量也更好。

梁小棠兴奋得不行，当即就拍照发了微博。

她本身就是云端站的成员，关注量不低。希光们一看到那图，立刻认出来是出自福所倚。大佬的图就是比别家好看啊！于是一窝蜂地跑到福所倚的微博下面去跪求预售。

粉圈的站子之间也是存在利益竞争的，有些站子之间抱团严重，很排斥外人，于是嘲讽福所倚仅仅追了个演唱会就开始圈钱，暴露脂粉属性。

结果福所倚发微博："@福所倚：不售周边，只是自己印来做纪念的。"

站子被打脸，立刻删内涵微博，但已经有希光截图，发在超话挂出来："到底是谁圈钱心里没点数吗？生怕别人吃了你的小蛋糕，这恶心嘴脸是脂粉无疑了。光拿应援集资数据来比，你们几个站子加起来有人家福所倚一个人多吗？应援打榜没见你们，一发周边倒是存在感十足。提醒人傻钱多的希光，擦亮眼睛，别随便什么站子都买。"

站子周边在粉圈里一直都是灰色地带，有的粉丝想买周边收藏，有的粉丝认为侵犯了爱豆的权益，很难两全。

一般来讲，站子盈利的百分之七十要用于爱豆的应援，但很多站子只是为了圈钱而存在，毕竟粉丝的钱最好赚。卖周边的时候活跃得不行，一到集资应援就不见人影，每次都会引起整个粉圈手撕站子的动荡。

这条微博一发，希光们果然又开始撕站子，新账旧账一起算，谁赚了粉丝的钱没集资打榜，直接拉黑踢出。这么一闹，倒是让圈里干净了不少。

这都是福所倚的功劳呀！

大佬你真的不卖PB吗？我们绝对不撕你！

天天都有人在微博求PB、求周边，盛乔最后干脆搞了个有奖转发："@福所倚：永不售周边。但是看你们都很想要，我抽五百个人每人免费送一本吧。要求真粉，需要提供打榜记录。宝贝生日当天开奖，就当我的应援礼物。"

我×，五百本PB，免费送，还不要我们出邮费？！

大佬你这么"壕"吗？你还缺腿部挂件不？！

那些嘲讽福所倚的站子彻底没话说了。行呗，你有钱你厉害。

盛乔又联系了之前的制作商，他们那里还有底稿，又印刷了五百本出来，没几天就给她拉过来了。

工人只给送到电梯口，盛乔给方白和丁简打电话，叫他俩来帮忙搬，两人看着电梯口堆成小山高的箱子目瞪口呆。

盛乔在客厅角落腾了个位置出来，等他们搬进来之后摆好，正撅着屁股使劲，身后传来一个疑惑的声音："你买了什么？"

盛乔差点儿一屁股坐下去。

霍希眼疾手快从身后扶住她，她身子失重，拖鞋都滑飞了。

他把她扶好站直，又去捡拖鞋，盛乔吓得单脚直跳说："我自己来我自己来！"她蹦到拖鞋前穿好，眨巴眨巴眼睛，看着眼前日思夜想的脸，嘿嘿地笑，"霍希，你怎么来啦？"

"来找你对对戏。"

"哦哦。"

他再次把目光投向箱子："买的什么？这么多？"

盛乔："就……一些东西。"

霍希："？"

方白和丁简抬着最后一个箱子进来，大喊："乔乔，这个箱子底部坏了，快快，我们扶着的，后面还掉了一本，你到底买的什么啊？"

霍希朝门口走去。三个人刚才坐电梯错过了，两人看见他惊讶地打了个招呼，霍希点了下头，俯身把掉在门口的那本PB捡了起来。

漆黑的亚麻封面，左下角用烫金字体刻了"HX"两个字母。他随意翻开，看见了自己的高清图。

盛乔已经跑过来，见他站在门口翻PB，真是想死的心都有了。

方白和丁简放下最后一个箱子，打了个招呼就走了。关上门，霍希还站在那里翻，盛乔小步蹭过去，小声说："是拿来抽奖的。"

霍希："你抽奖送我？"

盛乔："……"嘤嘤……

他终于翻完了，合上封面，盛乔伸手就想去拿，结果霍希不松手。

盛乔："？"

霍希："这本我要了。"

盛乔："要有打榜记录才有资格参与抽奖。"她问，"你给自己打过榜吗？"

霍希："……"所以正主还没资格呗？

霍希松开手，拿出手机。

拿回PB的盛乔还没反应过来，就听见自己的手机一下又一下地振动起来。一种不好的预感袭遍全身，她赶紧摸出手机打开一看。

追星App提醒她：

"你的小宝贝微博上线啦。"

"你的小宝贝空降超话啦。"

盛乔："？？？"

粉丝群和超话都沸腾了，大家都在猜测爱豆上线是干吗的，是发自拍还是发广告呢？然后他们就看见，爱豆给自己投了票。

呜呜呜……宝贝对不起，是妈妈/老婆还不够努力，才让崽崽/老公亲自上线投票！姐妹们，你们还要古墓吗？你们还要继续佛下去吗？宝贝光是经营美貌就已经很辛苦了，难道连数据也要亲力亲为吗？！

那个不太重要的，本来排名靠后的投票，五分钟就飙到了第一。

"霍希给自己投票"的词条半小时占据了热搜榜第一。

而罪魁祸首，投完票，淡定下线，问她："现在有资格了吗？还需要我转发抽奖微博吗？"

"不不不……不用了！送你送你！都给你！"

盛乔一把把PB塞到了他怀里。爱豆狠起来，就没粉丝什么事儿了。

盛乔哭唧唧地去煮咖啡了。

搁在茶几上的手机突然响了，一条又一条消息接连蹦过来，手机振个不停，可想象对面发消息的人的心情之激烈。

霍希随意瞟了两眼。

梁小棠："我有一种强烈的预感！！！"

梁小棠："儿子上线投票是不是跟你有关！！！"

梁小棠："啊啊啊……我嗑的CP今天发糖了！！！"

梁小棠："快告诉我是不是，是不是，是不是！"

梁小棠："啊啊啊……我搞到真的了！！！"

霍希："……"CP粉？看来形势并不如自己预想的那么糟糕？

梁小棠又发了一条："请正主不要再亲手拆CP了！"

嗯？某人还想拆CP？霍希低低地冷笑一声。

盛乔煮好咖啡端过来，拿起手机一看，赶紧退出账号关了声音，朝对面淡淡打量她的人嘿嘿一笑。

霍希配合着笑了一下："不回消息吗？"

盛乔："……不……不用。"她赶紧转移话题，忙不迭地把剧本拿出来，"不是要对戏吗？来！对戏！"

霍希看了两眼剧本，决定暂时放过她，淡淡地问："看到哪里了？"

"第五十七幕！"

他眸色微凝，微不可察地笑了一下："那就对这一场。"

盛乔为难地说："可是这一场我还没看完。"

霍希："边对边看。"

她"哦"了一声，清清嗓子，又后退两步站好，拿着剧本酝酿了半天情绪，才开口："我……我……我……你……你……你……"

霍希："？？？"

盛乔："……"呜……面对爱豆完全没法进入状态啊。

霍希从沙发扶手上跳下来，站直身子，他长得高，挡在她面前时光都暗淡了，他低着头看她，薄唇绷成一条线，眼睛和声音里都是压抑的冷意："你刚才，从谁的车上下来的？"

盛乔被他这突如其来的入戏惊住了，吞了口口水，努力跟上他的节奏："关你什么事？"

他上下打量她一番，讥讽似的笑："聂队，今天穿得很漂亮啊，是去约会了吗？"

她被他嗓音里的讽刺搞得恼怒，咬牙道："许陆生！"

他却转瞬又恢复了云淡风轻的模样："聂队不是说局里案子多，走不开吗？怎么？拒绝了我，却和别的男人约会？"

"我要回家了，你让开！"

"让开？聂倾，我在这里等了你一晚上，你这么对我，是不是有点过分了？"

"许陆生，你到底想做什么？"

"我想做什么，"他低低笑了一声，逼近两步，"还不够明显吗？"

接下来是什么来着？盛乔赶紧低头去看剧本，却见眼前的人一步一步逼近。她下意识地连连后退，退到了墙角，后背抵住了墙。

他俯身过来。暗影倾投，四周都是他的味道，盛乔头脑犹如充血，喘息都困难。在这逼仄的环境里，她终于看到了剧本的下一步。

许陆生强吻聂倾。

我×？？？这一幕有吻戏？？？

啊啊啊……救命啊！！！！

感受到他近在咫尺的呼吸，她话都快说不出来了："霍……霍希……这个……"

他嗓音喑哑："哪个？"

她快哭出来了："这个就算了吧……"

"算了？"他笑了一下，身子却俯得更近，那双她觊觎过无数次的薄唇，只要她轻轻踮脚，就能吻上去。

不！可！以！她猛地抿紧嘴唇，身子朝下缩。

他垂着眼，眸色深得像海，低笑着问："怎么能算了？总是要拍的。"

"不……不行……我还没做好……心理……"

他吻了上来，盛乔大脑轰的一声，宕机了，什么也感觉不到，像陷入了真空世界，声音、触感、光线、呼吸，全部消失。

她还睁着眼睛，可什么也看不到了。

她还活着，可连自己的心跳都听不到了。

不知道过了多久，一秒、两秒、一分钟？

他离开了她的嘴唇，暗哑的嗓音低低响在她耳边："聂倾，我什么意思，现在明白了吗？"

呜……

半天，她听见霍希像含笑又低沉的声音："你再憋着气，就要休克了。"

盛乔猛地捂住嘴，顺着墙壁一溜儿地滑坐在地。她埋着头，大口喘气，脑子里像在放烟花一样，噼里啪啦，嘴唇后知后觉地开始有反应。欸？刚才接吻的时候是什么感觉来着？我×，她居然不记得了！！！

她和爱豆接了个假吻吗？！

她刚才在干吗？她放空了、走神了、失志了，对这个吻居然毫无印象了！

啊啊啊……好心痛啊！

霍希在她面前蹲下来："如果你在现场也这样，会被导演骂的。"

呜呜呜……爱豆都亲我了，我还管他骂不骂。

他在她头顶揉了一把："好了，快起来，地上凉。"

盛乔蹭着墙壁一寸寸挪动，总算站起来了。她都不敢抬头看他，拿着剧本看到下一幕，恼羞成怒的聂倾一个擒拿扣住许陆生的胳膊反手将他按在了墙上。

她蚊子似的哼哼："继续对吗？"

霍希粲然一笑："不对了，吃饭吧。"

盛乔："……"总感觉哪里不对。

盛乔上的第一本四大刊的内插专访终于发售了。

虽然只是内插，但对于之前时尚资源一直很差的她来说已经是一个里程碑式的进步了！

《红刊》官方微博发了预售微博之后，乔粉就一直把这次的销售数据当作重点抓，很多商家会根据销售量来衡量艺人的人气和价值，这对她今后的时尚资源也至关重要。

人手三本，一本舔、一本收藏、一本送人。

这期的封面是一位维密超模，格调很高但人气相对于国内的流量来讲很一般，发售之后销售量几乎都可以算到盛乔身上。

乔粉硬是铆足了劲儿冲销量，后援群那几个管理员都是两位数起买的，纷纷在群里晒订单。茶茶还专门@她："会长，你给乔乔贡献了多少？"

一本没买的盛乔，默不作声地打开手机，下单五十本，截图购买记录发到群里，引起了一片欢腾……

有了乔粉的重视，这一期的《红刊》销量一路飙高，之前还在观望的几大刊，终于确定，重新签约之后的盛乔已经飞升了。

只要她现在再拿出一部代表作，跃居一线也就指日可待了。

拿到杂志的乔粉们本来只是想舔图，毕竟酷酷的乔乔不常见，但没想到翻到专访那一页，看到了她那一段关于追星的定义。

如今的社会，黑追星girl算政治正确。也的确，追星一族里女性占超高比例，大概是因为女性更感性，更渴望追逐美好温柔的一面。

很多时候，很多场合，人们说起追星少女，总是语含不屑的。因为不被理解，所以那些在自己眼中只是为爱努力的行为，就成了脑残和疯狂。

更有甚者，如果追的那个偶像路人观感不好，当别人问起时，甚至不敢说：我喜欢×××，我是他/她的粉丝。

什么时候，连喜欢都成了一种卑微呢？

父母不理解，认为自己不懂事，把所有生活里的麻烦阻碍都归到追星上。朋友不理解，认为自己花痴，不谈恋爱、不结婚都是追星惹的祸。同事不理解，认为自己老大不小还在做梦，私底下不知议论嘲笑了多少次。

连你认为配不上自己的相亲对象，都会义正词严地拒绝你：我才不和追星的人处对象。

都是喜欢一个人而已，就因为我喜欢的那个人闪闪发光，所以我的感情就可以不被认可、被肆意讥讽吗？

怎么会不委屈呢？能看见追逐的那个人朝自己微笑，所有委屈，也就化作了糖啊。

原来不只是一起追星的小姐妹才懂我们，原来我们追逐的那个人，她也明白啊。

她说不能用"脑残"这个贬义词去定义追星。

她知道我们在追一场遥不可及的梦，而梦总会有醒来的时候。

她不认同这是一趟可悲的旅途，那些闪闪发光的岁月，只有自己能体会到。

她到底是什么神仙爱豆？？？？

每一个看到这篇专访的乔粉，都不约而同地泪目了。你爱的那个人她理解你的所有想法，没有比这更让人感动的了。

一场在乔粉内部开启的狂欢。

本来已经到销量"瓶颈"的《红刊》，一夜之间再创新高。有这么懂你爱你的爱豆，为她花点钱算什么？！一本《红刊》加上邮费才十六块钱，买个十本也才一百六，还不够我吃顿火锅的！！！

买买买！为了乔乔！冲呀！

《红刊》销售部看着猛然暴增的销售线：……什么情况？金主下场了？

一直关注时尚刊的营销号也察觉不对，也以为这情况是金主下场，暗暗地进销售榜单去看，想要趁机扒一下盛乔背后的大腿，结果发现，购买量太平均了。

基本都是每个粉丝购买二三十本，也有买一两百本的，那都是"壕"，但绝对算不上金主。

什么情况？

营销号憋不住，也下单一本，拿回来看看是不是内藏玄机。

直到看到专访最后那一段话，他们终于明白全体乔粉为啥打鸡血了。

百万大V将这一段"追星语录"摘选发微博，贝明凡趁机联系手下营销号纷纷跟风转发，这场只存在于乔粉内部的狂欢，终于出圈了。

这是什么神仙爱豆？！

怎么能如此真情实感地说出我们的心声？！

当她的粉丝也太幸福了吧？！

呜呜呜……突然觉得被理解了，好想哭啊！

追星怎么会可悲呢？因为有了可以追逐的那个人，所以连平凡的青春也变得闪闪发光呀！

因为想配得上喜欢他，所以再苦再累也能坚持下来，只为变得更加优秀啊！此刻不管是不是盛乔的粉丝，都不约而同地对她这番话感同身受。也不要分什么你家、我家、对家了，此时此刻，我们只有一个共同的名字——追星少女！！！

各家各粉都在引用这一段话向爱豆表白，给自己打气，写追星总结的、发追星感言的，声情并茂、声泪俱下的追星小作文如雨后春笋冒得遍地都是。"追星不是脑残"的话题高居话题榜第一，三天不散。

这是一场有关追星的狂欢，而它的"发起人"盛乔，被全网戏称为"追星代表"。于是大家不约而同地想到一个问题：为什么你如此真情实感、感同身受？你也追星吗？追的谁？

然后"盛乔追的哪个明星"就上热搜了。

贝明凡吓得赶紧花钱撤热搜、删营销微博。

我的妈，可不能暴露了，要是被扒出来她追霍希追到那份儿上，她这独立女性、倔强小花、重生玫瑰的路线还怎么走！

追星狂欢闹了好几天，盛乔的人气又涨了不少，在形势一片大好的情况下，《逃出生天》第一期终于开播了。

前几天放上平台的十分钟先导片点击量已经过亿，节目组为了留悬念，没有在先导片中加入任何剧情元素，着重展现了六位嘉宾被吓到失声尖叫的场面。

六家粉丝人数众多，对这种恐怖主题感兴趣的路人也多，话题度自然高，而且挺多人想看看超级怕鬼的盛乔在里面到底是个什么表现。

她和沈隽意两人在山头遇到坟包的场景也被剪了进去，没有前因后果，只有沈隽意搂着她的画面。

给薏仁气的，正片还没播，就已经撕了一拨盛乔软骨病，站不直还要人抱，节目组炒CP，倒贴婊不要脸。

乔粉想反驳，又不知从何下手，最后只能怪到节目组剪辑故意招黑上，两家已经隐隐有长期干仗、互相diss的趋势。

希光：我们就吃瓜，嘿嘿。

在各方掐架热度不降的氛围中，《逃出生天》第一期，《鬼嫁·上》，终于开播了。

节目一开场，就是导演组宣布规则，检查六位嘉宾各自只能带进去的五件物品。

几位嘉宾带的物件都中规中矩，弹幕也在热情参与讨论，到盛乔的时候，就出现了她要用零钱包替换食物的画面。

后期还专门在此做了个字幕，一个箭头指着那个零钱包，写着："请注意这个零钱包"。

观众心想，难不成进入之后还有需要花钱的地方吗？

紧接着六位嘉宾就被蒙上眼睛，分别带进了小镇。

后期配上了恐怖片专用的BGM，画面里一片血红，红月亮、破旧的街道、废弃的房屋，吓得那些怕鬼的观众连连发护体弹幕。

有观众发："盛乔为什么还不喊出我的弹幕！打字好累啊！"

下面一片"哈哈哈哈哈哈哈哈哈哈"。

因为六个人不在一处，所以节目组是先后剪辑的，每个人取下眼罩的第一反应都剪了进去，其他几个人更多的是茫然、震惊、好奇。到盛乔的画面时，清晰可见她因恐惧而发抖的双腿。

弹幕说："她马上要喊了！"

结果她没喊，她颤颤巍巍地掏出零钱包，又从零钱包里，摸出了一个八卦镜，一只手八卦镜，另一只手十字架，哆嗦着迈出了第一步。

观众：？？？

此时，一个弹幕冒了出来："啊啊啊……那是我送给乔乔的八卦镜！"

另一个："啊啊啊……那是我送给乔乔的十字架！她竟然都带上了！"

"我送的护身符还有出镜的机会吗？"

"我送的桃木剑应该没有机会了……"

"我送的蒜……呃……"

网友：你们和你们的爱豆都有毒。

各位嘉宾动身，剧情开始启动，画面里没有工作人员，只有寂静无声的镇子和探秘摸索的嘉宾，恐怖氛围就格外真实，真不愧是要给观众身临其境之感的大制作恐怖综艺。

大家瑟瑟发抖又目不转睛，镜头在各个嘉宾身上切换来、切换去，但后期强大，也不觉得违和，让观众跟着嘉宾一起深入剧情。

很快就到了盛乔触发迎亲队伍那一段，看着白雾中走出一支抬着红轿子、吹着唢呐的队伍，无数观众失声尖叫，结果只看见她以一种迅雷不及掩耳之势掉头就跑，因为转身太急还绊摔了一下，硬是一点声音都没喊出来。

弹幕一阵心有余悸：

"真的太可怕了，光是看着就这么怕，更别提亲身经历了。"

"盛乔被吓到一个字都没喊出来，哈哈哈哈……又心疼又好笑。"

"她跑得好快啊，画面好抖，摄像老师估计累死了。"

"要是我肯定吓腿软，根本没有力气跑。"

这个时候画面又切换到了沈隽意惊了新郎官的马那里，他被一群村民追着狂奔，画面也是抖个不停。其他几位嘉宾跑步的画面都被剪在一起，后期拼合出来六个分画面，全是狂奔的背影。

有网友说："这个节目不如改名叫马拉松惊魂。"

"哈哈哈哈哈……神一样的马拉松惊魂。"

"没点体能素质还真不敢去参加这个节目。"

……

狂奔之后，盛乔终于和纪嘉佑会合了。这是节目里第一组相遇的嘉宾，纪嘉佑镇定冷静的形象让网友大发花痴，纷纷感叹小孩虽小但安全感十足啊！

再看他旁边战战兢兢的盛乔，真是形成了鲜明的对比。不知道是职黑还是纪嘉佑的女友粉，此刻纷纷冒出来，又是对盛乔一番嘲讽，弹幕掐架掐得风生水起，热闹极了。

这对姐弟CP开始组队探秘，画面一路跟进，到了他们遇到拍皮球的小男孩那里。

后期存心吓人，消了现场环境音，配了个皮球一下一下撞地的声响，伴着几声小孩幽幽的笑声，配上画面里盛乔惊恐到瞳孔都放大的神情，活脱脱就是一部恐怖片。

做足了恐怖气氛，镜头才终于落到那个拍皮球的小男孩身上。他歪着头阴森森地一笑，视线看着镜头，问："你们也是来参加婚礼的吗？"

观众简直要被吓死了，再也不骂盛乔做作了，我×，真的太可怕了。

就在这个最恐怖的时候，沈隽意出现了。他以一种狂奔的姿态闯入镜头，帅还是帅，但不知道为什么，仿佛帅出了一股二货气质。

紧接着就上演了找马那一段的剧情。

之前薏仁和乔粉已经明里暗里地撕过，反正就是说盛乔在节目里倒贴沈隽意蹭热度、蹭镜头，此时两人终于同框，大家都目不转睛。

然后大家就发现，不对呀，盛乔这浑身上下、话里话外掩饰不住的嫌弃是怎么回事？沈隽意一口一个兄弟，盛乔一听一个白眼，真是仿佛连头发丝都在说：你滚远点。

薏仁：？？？

乔粉：哈哈哈哈哈哈哈哈……爽！

其他观众虽然不知道两家粉丝之间的掐架，但都感受到了盛乔由内而外对于沈隽意的嫌弃，以前只知道他人气很高、跳舞厉害，咋没发现他还这么搞笑？携手畅游王者峡谷是什么鬼？

还"一起经历的风风雨雨"……

哈哈哈哈……兄弟你这话歧义很大啊！不就是一起打了个游戏开了个黑吗？至于吗？

反正不管沈隽意怎么侃，盛乔就是不理他，白眼一个接一个，浑身上下那股嫌弃味儿简直要溢出屏幕了。

最后看到纪嘉佑被押走当人质，盛乔不得已跟沈隽意组队找马，观众都要笑疯了。

说好的恐怖综艺呢？怎么这么搞笑啊！

画面随着几个嘉宾的摸索持续推进，到盛乔和沈隽意的镜头时，两人已经在上山了。之前先导片剪辑过这一段，两家也是因为这一段才掐架的。

此刻随着镜头推进，看到空荡荡的山头、孤零零的坟包，恐怖气氛渲染之下，别说在场的盛乔，观众的魂都要吓飞了。

就在大家随着盛乔一起瑟瑟发抖的时候，那个坟头后突地冒出一个人来，不仅盛乔"哇"的一声哭出来，观众也都放声尖叫。

然后就听见沈隽意大吼："是人还是鬼？！"

盛乔哭着骂他："你**问的不是废话吗？！肯定是人啊！"

观众：

"哈哈哈哈……盛乔被吓到骂脏话被消音了。"

"那些内涵我乔软骨病的人，这种场景你不要人扶我服你。"

"如果不是沈隽意引来那群村民，我乔也不会逼不得已跟他组队找马！"

"隽隽男友力max！"

"这种情况下还记得保护女嘉宾，真的很man了。"

好的，不愧是顶级流量粉，见风使舵、转移重点的本领可以说很高超了。那个坟后的人走了出来，原来是个老头儿，观众再次被剧情吸引，纷纷从他的台词里猜测剧情。画面随着嘉宾一路推进，下山之后，两人遇到了方芷。

她的生命值一直在掉，之前观众就猜测是她吃了那颗青枣的原因，遇到盛乔后，盛乔用中了buff持续掉血来形容，倒是跟观众想到一起了。

然后就看到方芷找盛乔要辟邪物，观众都想，她是要送出那面八卦镜呢，还是送出那串十字架呢？

想不到，她竟然又从零钱包里掏出了一张黄符……

一路推进，三人组又遇到了洛清，洛清也找盛乔借辟邪物，盛乔又从包里掏出了一串菩提珠，还恳切地说："这是开过光的。"

观众要被她的骚操作笑疯了：

"哈哈哈哈哈哈哈哈哈……终于知道节目组为什么在开头提醒注意这个零钱包了。"

"她是哆啦A梦吗？"

"她为什么自备道具哈哈哈哈哈……"

"节目组是崩溃的。"

"啊啊啊……那是我送乔乔的菩提手串！真的开过光，不骗你们！"

"这种会把粉丝送的礼物认真带在身上的艺人真的很有好感。"

"宠粉乔了解一下。"

好好一档恐怖综艺，愣是因为沈隽意和盛乔的存在充满了搞笑元素，观众一会儿被剧情吓得大叫，一会儿被他俩惹得大笑，简直看得停不下来。

遇到曾铭之后，白马终于有了下落，就在观众以为纪嘉佑终于有救了的时候，随着众人一起来到河边，画面里的草坪空无一马。

哼，就知道节目组不会让他们这么顺利，观众跟嘉宾想的一样，估计要去到办喜宴的那座宅子，才能有线索吧。

没想到盛乔发现了草丛中的剪纸，观众和嘉宾一起瞪着那张剪纸发蒙，后期配上了幽幽的恐怖音乐，观众看那剪纸越看越害怕，都打着寒战，然后就听见盛乔说："我有一个脑洞。"

本期节目到此结束，请下周五晚八点同一时间收看《鬼嫁·下》。

观众：？？？？

啊啊啊……到底是什么脑洞你倒是播出来啊！悬念留一周你们是魔鬼吗？！

《逃出生天》第一期上线之后，点播量持续上涨，节目宣发组适时加热，微博热搜前十占了六个。各位嘉宾的团队也分别利用热度推送自家艺人，话题度达到十亿。

其中以沈隽意和盛乔的话题度最高，毕竟两人在里面的表现最为出彩。

大家发现，原来顶级流量舞台王者沈隽意，是个这么有笑点的逗比。原来怕鬼的盛乔，还会想方设法地偷带辟邪物。而且他俩同框的画面实在太搞笑了，简直承包了节目全部的笑点。盛乔哪儿有捆绑沈隽意，她那不加掩饰的嫌弃都快溢出屏幕了好吗！

薏仁说：我家儿子是舞台上的王者，生活里的"沙雕"，让大家见笑了。

乔粉说：我家乔乔以后也可以当神棍！

看热闹不嫌事大的网友还把两人的同框专门剪了个视频，沈隽意满口的兄弟，盛乔满屏的白眼，简直不要太搞笑。

然后两人莫名其妙，就有了一群CP粉。

丁简打电话告诉盛乔这件事的时候，听不出她是激动还是愤怒："他们居然还给你们取了个CP名！"

盛乔生无可恋地问："什么CP名？"

"找马CP！！！"你说气不气人？

薏仁和乔粉实力拒绝找马CP。

薏仁：倒贴不约，CP死绝！

乔粉：没看我们乔乔有多嫌弃你家吗？心里没点数？

但两家粉丝挡不住看热闹不嫌事大的吃瓜网友，"找马CP"在节目组众多热搜中一骑绝尘、稳坐第一，很多不明所以的路人点进来一看，哈哈大笑的同时跟风一波，热度怎么都降不下去。

生无可恋的盛乔首先收到了全网唯一嗑冷门CP的CP狗梁小棠的电话，她在电话里义愤填膺地大骂："拆我CP皆狗带！什么找马CP？明明就是找骂！我获胜党第一个不服！"

盛乔："等等，……什么获胜党？"

"获胜CP！霍希、盛乔！获胜CP无往不胜！"

盛乔："？？？"你啥时候还暗暗地取了个CP名？？？

梁小棠："不行，我要去开个小号，必须把获胜党坐大坐实！让他们看看什么才是正主亲手发糖的王道CP！"

盛乔："你有本事用你云端站的账号发。"

梁小棠："……那……那还是不敢。"

盛乔："呵。"

接着是乐笑，声音里含着无限的小雀跃："乔乔，好羡慕你能和隽意小哥哥组CP啊！"

盛乔：来来来，给你，让给你，你去组。

然后是钟深，欣慰地说："你终于从霍希那棵歪脖子树上下来啦？"

盛乔："你才歪脖子树呢。"

钟深："我是你吊吗？"

盛乔："……"都什么人哪！！！

惴惴不安的盛乔同志左等右等，始终没等到爱豆兴师问罪的电话。这难道是暴风雨来临前的宁静吗？还是说爱豆根本不在乎她跟谁组CP？不管哪种情况都让人难过啊！嘤嘤……

或许，爱豆在等她主动认错？

电话是不敢打的，发消息显得不够真诚，盛乔同志左思右想，决定写一份不少于八百字的检讨书！她说写就写，一个小时后一份情真意切、声情并茂的检讨书就出炉了。

拍照，她发给霍希的微信。

刚从录音棚里出来的霍希，看到聊天框里的图片，点开一看："……"

过了会儿，盛乔就接到了他的电话，她小声又紧张地问："霍希，你看到我的检讨书了吗？"

霍希："看了。"

盛乔："那你……觉得怎么样？"

霍希："字写得不错。"

盛乔："？？？"嘤嘤……

她哭唧唧："霍希，我是被迫的，我一点都不想和他组CP！"

霍希："那你想和谁组？"

盛乔："谁都不组！"她还信誓旦旦地保证，"我一定洁身自好、守身如玉，远离CP绯闻！"

霍希："……"她总有办法让人心塞。

半晌，她小声问："那霍希，你还生气吗？"

霍希："……"算了，他不能逼得太紧。

他淡淡地道："不气了。"

隔着电话都能感觉到她在那头长松一口气，又雀跃地跟他说："霍希，我今晚要上舞台表演哦。"

他坐上车，招手示意司机开车，低笑问："什么表演？"

"《星光少年》的半决赛呀，导师要和选手合作表演。"

"你要唱歌还是跳舞？"

"我打架子鼓！"

他笑了一下："哦？你还会打架子鼓？"

"我学了三年呢。"

"嗯，真厉害。"

听到他夸奖，她高兴得不行，忍不住要跟他分享她的一切："当时让选手挑导师合作的时候，我好担心他们都不选我啊。结果九号第一个就选了我！"

"九号？"

"就是九号选手呀，我懒得记名字嘛。本来节目组打算让我跟他合唱的，我就和点简单的音啦，但是他写的那首歌好难啊，我完全跟不上。"

"所以你就说你会打架子鼓？"

"是导演问我会什么乐器，他们想让我弹钢琴来着，但我只会弹拜厄呀，然后我就说我学过三年的架子鼓，他们就让我现场打了一段。"

然后她把在场的人都惊住了。刚好九号本来就是唱摇滚的，简直完美契合。

这几天两人一直在排练，但到底是头一次上直播舞台，还是有些紧张，她小声说："我担心我会出错，拖累选手。"

"不会的。"他低声安抚，"每一次的工作你都完成得很好，这次也一样。"

她有些开心："霍希，你会看吗？"

他笑了笑："会，所以你要好好表现。"

"嗯！"

吃过午饭，方白和丁简就来接她去《星光少年》的录制现场了。因为下午还要彩排，选手、导师都是提前到。

盛乔跟大家打了个招呼就去找九号抓紧再排练几次。相对于选手，她反而更紧张，毕竟其他三个都是专业人士，一定能给选手加分，而自己，只要不给九号减分就谢天谢地了。

排练完了，又上台彩排，舞美灯光现场走了一遍，确认无误，结束的时候盛乔手心全是汗。

现场导演又把盛乔叫过去，跟她调整了一些镜头感和舞台感，时间渐渐逼近直播开始时间。选手、导师都开始化妆，周侃早就准备好了，今晚给她搭配了一件黑色皮衣配高帮铆钉靴，化了烟熏妆，简直酷到没有朋友。

丁简捧心说："我要弯了！"

观众都不知道今晚的表演内容，看到盛乔又让人眼前一新的造型，喜欢的自然说好，不喜欢的就骂她又整幺蛾子吸引眼球。

直播开始，《星光少年》自开播以来收视率一直很稳定，到半决赛时人气更是空前高涨，万众期待的导师、选手同台也终于拉开了序幕。

一直到盛乔上台之前，观众都以为九号选择她是因为她最近的热度和绯闻，多多少少对于盛乔和九号选手本身都有些非议，各家选手粉丝之间更是毫不掩饰地嘲讽。

好在九号作为一个搞摇滚的青年，很有些我行我素的意思，似乎完全不care那些，在后台候场时，还给盛乔打气："小乔老师，别担心，我们的合作一定会燃爆全场的。"

盛乔还在紧张地搓手手。

耳麦里导演提醒他们还有五分钟准备上台。

盛乔听到外面的掌声和欢呼声紧张得都快喘不上气了，正一遍一遍地深呼吸调整状态，后台帘子被掀开，有人低头走进来。他穿一身黑，戴着帽子和口罩，骤然进来，还吓了九号一跳。盛乔还在那儿深呼吸，看见他，一口气差点没吊上来。

他在她头上拍了一下："怎么又憋气？"

盛乔瞪着眼睛，不知是震惊还是紧张："你……你……你怎么来了？"

九号问："小乔老师，这是谁呀？"

周围人多眼杂，他没有摘下口罩和帽子，可她还是一眼就认出了他。

他垂着眼眸，露在外面的眼睛含着一点点温柔的笑意，却被晦暗的光线遮挡，只能听到仍然浅淡的嗓音："来给你加油。"

你的舞台首秀，我也想亲眼看看。

导演急匆匆地喊："上场了上场了，盛乔你走位注意一下，别挡住镜头。"

他低低地笑了一声，摸了摸她的头顶："别怕，去吧，我在这儿。"

她仰着头看他，从这个角度，他又包得那么严实，其实什么都看不到，可她莫名就觉得心安。她重重地点了点头，然后转身上前。

九号选手疑惑地看了这个奇怪的人一眼，也没时间多想，赶紧上台了。

观众看到九号出场，就知道盛乔要上场了。可直到九号开始唱歌，舞台上也不见盛乔。弹幕上的职黑迫不及待地嘲讽：

"估计就最后出来走个过场呗，花瓶还当什么帮唱？"

"九号做错了什么要和她合作？"

"害人害己的害人精！"

正骂着，九号唱完了前奏，舞台一下全黑了。漆黑的光线中，只听一声鼓点，随着节奏沸腾起来。

一束追光给到了缓缓升起的升降台上，一身皮衣、短发利落的盛乔坐在架子鼓前，酷得没边。一段酣畅淋漓的表演，随着大盛的灯光燃爆全场。

会打架子鼓的女孩子最帅不接受反驳！

她就是今晚最酷的妞！

表演结束，九号成功晋级。

随着升降台缓缓下降的盛乔抿唇一笑，本来想要个帅，将鼓棒朝半空中一扔再接住，结果升降台一震，身子歪了一下，鼓棒结结实实地砸在她头上。

正在尖叫的观众："？？？"

盛乔："……"

弹幕："哈哈哈哈红红火火恍恍惚惚……"

下台之后，盛乔迫不及待地想冲去后台找霍希。她表现得这么好，她得好好跟他讨个夸奖。结果导演一把拽住她："你往哪儿走？这边才是入口，快过去。"

直播还没结束。

她朝人影憧憧的后台看了一眼，只能转身进入录制现场继续直播。

四十分钟后，直播才彻底结束。

她衣服都来不及换，噔噔噔地跑到后台去找了一圈，霍希果然已经不在了。她有些垂头丧气，有气无力地往回走，丁简喊她："乔乔，你手机响了。"

来电显示：我的宝贝。

她飞快接通："霍希！"

听筒里他也在笑："打得很不错。"

她一下笑出来，嗓音里都是甜蜜："霍希，你在哪里呀？你走了吗？"

"我在车库。"

"你在等我吗？"

"我在等你。"

她感觉自己的心都要融化了，轻轻问："霍希，你送我回家好不好呀？"

半响，她听到他低声说："好。"

车子缓缓地驶出车库，掩护盛乔安全上车的丁简和方白站在原地，默默地对视一眼。

半天，丁简说："你确定这是在追星吗？"

方白："我……现在……也不是很确定……"

车内，陷入蜜罐儿的盛乔晕乎乎地看着开车的霍希，眼睛都舍不得眨一下。呜……这个人好温柔、好好看啊，不仅来现场鼓励她，还开车送她回家，自己上辈子难道是银河护卫队的成员吗？

自己太膨胀了，居然敢跟爱豆提要求了。

半响，听见霍希问她："什么时候学的架子鼓？"

她下意识地回答："上初中的时候。"

话出口了才惊觉不对，盛乔从蜜糖中挣扎出来，抿了下嘴唇，想着再怎么补救一句，却又担心欲盖弥彰，都有些慌了。

所幸霍希并未深究，淡淡笑了一下："下次可以去我演唱会上伴奏。"

盛乔吓得连连摆手："不了，不了，不了，好多年没练生疏了。"她要真去了怕是不能活着离开体育馆。话落，她又想起了什么，一脸紧张地问他："霍希，你今晚过来，没有被人发现吧？"

他偏头看了她一眼："怎么？"

她小声说："要是被发现了，又会有乱七八糟的绯闻……"她鼓起勇气看着他，"霍希，以后你不要来这些地方啊，打通电话、发条消息其实就够了。"

他没说话。

车子一声轰鸣，瞬间加速，疾驰掠出，盛乔被惯性往后一带，直接撞上了靠垫。

盛乔："……"

呜呜呜……他刚刚明明那么温柔的，怎么突然变得超凶？！

可是超凶的老公好像更帅了怎么办？呜呜呜……她真是没救了……

车子一路飞驰，开入车库后，他没有熄火，只是按开了车锁，淡淡地说："就不送你上去了。"

她低低地"嗯"了一声，慢腾腾地转身开车门，开了半天，还是没忍住，回头有点委屈地问："霍希，你在生我的气吗？"

他把玩着方向盘，并不看她："没有。"

她伸出两根手指，轻轻扯他的衣角，一下一下，像猫咬："霍希，我知道你在生气，你别生我气好吗？"

那声音委委屈屈，还含着哭腔，他的心一下就软了。

这小傻子，总是无意识地撒娇还不自知。他微不可闻地叹了声气，将车熄了火，转身在她头顶摸了摸："不生气，走吧，送你上去。"

她眼睛一下亮了："真的吗？"

"真的。"

她终于笑起来。进屋之后霍希并没久待，他明天一早还有工作，送她上来，只是想让她确信自己没有生气，能够安心罢了。

心情经历了大起大落的盛乔挥手告别了爱豆，洗漱之后钻进被窝拿出手机刷了刷才知道，自己打架子鼓的视频又上热搜了。

而且热搜词条是"盛乔耍帅失败被砸"。

而且居然还靠此又吸了一拨粉。

你们粉我不是因为我架子鼓打得好，而是因为我被砸？

这一届的网友，审美很刁钻啊。

因为盛乔上了热搜，之前热度已经降了一些的找马CP又被网友拎了出来，正登着小号刷微博刷到这个词条的霍希，手指一顿，面无表情地点了进去。

往下翻了翻，被一条微博内容吸引了注意力：

"找马CP是什么邪教？！获胜党才是王道！"

获胜？他点进了那个博主的主页，发现是一个小号，微博只关注了两个人："霍希""盛乔"。

原来获胜是这个意思？

他勾了下唇角，继续往下翻，这博主虽然叫嚣得厉害，但到底是没敢直接上两位正主的大名，担心被各自的粉丝搜到引发世纪掐架大战。

第一条微博是前不久才发的，写的是：获胜党头顶青天，脚踩黄土。王道CP可逆不可拆！

0转、0评、0赞。自嗨。

他先点了个赞，又点进评论区发了一个加油的表情，正要退出界面，评论提醒顿时响了，点进去一看，是那博主回复了他：

"！！！你为什么要点赞？你也是获胜党吗？！"

"嗯。"

"我的天啦！我还以为全网只有我一个获胜党！啊啊啊……姐妹你确定你知道获胜的是哪对CP吗？！"

"你关注的那一对。"

"！！！啊啊啊……我有亲人了！我不再孤单了！姐妹让我们一起为了获胜的未来努力吧！！！"

"好。"

……

另一头的梁小棠，捧着手机又蹦又跳又叫。她就知道，星星之火可以燎原，获胜党的旗帜终有一天会插满祖国的五湖四海！！！

在各自欢喜各自忧中，《逃出生天》终于迎来了第四期的录制。

这一期的录制地点在亚特兰大，因为只有从上海才能直飞，几位嘉宾先到上海集合，再统一出发。

盛乔一到浦东机场就看见遍地的红色灯牌，沈隽意是上海人，他家乡的应援一向是做得最好的。而且他最近代言了一款手机，机场里外到处都是宣传图，不知道的人一看，还以为机场是他家开的，然后就看见银海和红海在互相……翻白眼？

也不骂，也不打，就是目光相撞时，各自不屑一笑，互扔眼刀。要是目光能杀人，估计对方都已经被捅上几十个窟窿了。

偏偏在这么激烈的战场上，居然还有人不怕死地举了一个"找马CP"的灯牌！！！

你说气不气人？？？！！！

两家粉丝也不互飞白眼了，统一将炮火对准了CP狗。那CP狗还是个高高瘦瘦的男孩子，看见盛乔从国内到达出来，顿时大喊："小乔要努力找马啊！"

盛乔："？？？"

乔粉：你找你妈呢？

没多会儿沈隽意也到了，薏仁一围过去，四周顿时水泄不通，偏偏那CP狗长得高，灯牌也举得高，在一群红海中简直鹤立鸡群。

沈隽意一抬头就看到银红相间的灯牌，还愣了一下，反应过来后，顿时笑了。

薏仁："沈隽意！不准对着CP狗笑！"

经历一番熟悉的拥堵吵闹，几位嘉宾总算在VIP候机室会合了。自从第一期节目播出，几个人的人气都有了一定的提高，纪嘉佑的游戏直播间都因为观看人数太多卡崩好多次了。

方芷最后一个进来，一看到他们就指着外面说："小乔、隽隽，你俩的CP粉都追到机场来啦！"

盛乔："……"

沈隽意："没想到我和兄弟的CP名如此有特色。"

盛乔："？？？"

这一次的飞行时间长达十四个小时，登机之后几个人基本都靠聊天睡觉来打发时间，盛乔照常是拿出剧本来看。

她把其中一些自己觉得难以胜任的片段勾了出来，等洛清一闲下来，就凑过去请教。洛清对她这种好学的精神倒是十分赞扬，每次都耐心地指导。最后问她："小乔谈过恋爱吗？"

盛乔："……没有。"

洛清笑："我看里面吻戏不少呢。"

盛乔顿时想起那一天在家里和霍希对戏时，那个她完全没有任何印象的吻。那是她的初吻。

上高中的时候，家里不准她谈恋爱，所有懵懂的情愫都是无终的暗恋。等终于上了大学，打算来一场旷世绝恋，结果霍希横空出道，直接占据了她全部心房。

追星狗不配拥有爱情，也不想拥有。

没想到最后，初吻给了爱豆。

嘤嘤……真是想为盛·追星楷模·乔鼓鼓掌啊！

洛清说："这种戏，越害羞卡的次数就越多，所以我一般都建议一场过。吻完就完事儿了，对于演员而言，接吻只能算作工作。"

盛乔点了点头。

洛清又说："我上次看到新闻，和你演对手戏的那个男演员，好像是叫霍希对吧？听说人气跟隽意一样高。这种人气明星也不知道私底下性格怎么样，你进组之后还得多磨合。"

盛乔赶紧说："他人很好的！"

洛清一愣，笑道："你们认识啊？"

盛乔："嗯，我们是……朋友。他人很好，性格也很好，很善良，很温和。"

洛清笑笑："那就好。"

盛乔拿着剧本坐回自己的位置，天色已经暗了，其他几位嘉宾早早就放平了座椅在睡觉。她刚坐下，旁边戴着眼罩的沈隽意就爬了起来，手臂搁在椅背上朝她说："兄弟，你居然在外面这么夸我的对家？你良心不会痛吗？！"

盛乔："……"

他痛心疾首地问她："如果有一天，我和我的对家同时掉进水里了，你救谁？你说！"

盛乔："救你对家，然后往水里通电，电死你！"

沈隽意："……"

第二天下午，飞机终于落地。

出国之后，机场里除了沈隽意的薏仁，其他几个人基本都没有粉丝来接机了。

经历长途飞行，六个人都累得不行。节目组先派车接了他们回酒店，在车上的时候告诉他们录制时间是夜里十二点。

沈隽意顿时说："又是夜战啊？你们是不是为了节约经费所以利用老天爷布景啊？"

节目组："……"无话可说。

到酒店之后，几个人各自回房休息，到晚饭时间聚在一起吃了点东西，就被节目组拉到了这一期的录制现场。

天色已经很暗了。

从大巴车上下来的时候，四周打起了镁光灯，导演组一一检查装备，照样是只能带五件物品入内。

导演组在旁边说："这一期有两位嘉宾加入你们，一起完成逃亡之旅。"

哇，有嘉宾！几个人都聚精会神地看过去。

盛乔被镁光灯照得有些眼花，正抬手挡，就看见光线之中，有人逆光而来，帽檐在鼻梁处投下一道阴影，只能看清那双薄唇。

导演组："欢迎霍希！"

盛乔："？？？"

沈隽意："？？？"

终于知道节目组为什么经费紧张又搞夜战了。

肯定经费都花在两大顶流的出场费上了！

除了不关心娱乐风云的洛清，在场的人谁不知道沈隽意和霍希之间的暗涌？哎呀，突然还有点小激动是怎么回事？

导演组都快抑制不住疯狂上扬的嘴角了。这一期还需要什么剧情和哏吗？完全不用！霍、沈两人首档同框综艺打出去那就是引爆全网的爆点！！！

想想前不久，策划组将霍希纳入飞行嘉宾拟邀名单时，他们还都觉得不可能。钱不是问题，主要是人家霍希铁定不愿意啊。

结果当面去发邀请函的工作人员回来说，霍希只思考了三秒，就笑着点头应了。

唉，真是天要本节目火，本节目不得不火呀。

众人一一跟霍希打招呼欢迎他的到来，沈隽意看上去也毫无隔阂地握了手，轮到盛乔的时候，咦？怎么节目还没开始她就在抖了？

霍希站在她面前，伸出手。

他说："你好。"

盛乔："你……你好……"

手指相握时，他轻轻地捏了一下，像在提醒她不要紧张。

因为请到了霍希，第二个嘉宾节目组就完全不care了，接受了投资方塞过来的一个三线小生，演过几部大爆剧的男四、五号，算那种能喊出剧里的名字但不知道他本名的演员，叫杨叶。

导演组拿着喇叭说："八位嘉宾已经全部集合完毕，现在开始分组，两两一组，抽签决定。抽到同一种颜色的嘉宾自动组队。"

盛乔一开始在心里祈祷：千万不要抽到霍希，千万不要抽到霍希。

想了想，她觉得不对，千万不要抽到沈隽意，千万不要抽到沈隽意。

想了想，她觉得还是不对，霍希和沈隽意千万不要抽到一起！

那个智障，在剧情里经常不按套路出牌，可别连累到她的宝贝。大家各自从箱子里抽出了一个球球，球球可以打开，里面有不同颜色的五瓣花胸针。

到了悬念揭晓时刻，大家挨个儿扭开球球，于是洛清和新嘉宾杨叶拿到了黄色，方芷和曾铭拿到了红色，沈隽意和纪嘉佑拿到了紫色，霍希和盛乔拿到了蓝色。

盛乔："……"好"嗨"哟，感觉人生已经到达了巅峰，呵。

导演组："请紫队来领取你们的生命值记录表和任务卡，生命值下降为0代表死亡，关入墓地。"

沈隽意："紫队多难听啊！我和小嘉要叫神迹组合！有我们在的地方，就有神迹！"

纪嘉佑："……"

导演组："……行行行，你想叫什么叫什么，来，神迹组合，这是你们的生命值和任务卡。"

接着是方芷和曾铭，方芷说："我们也取个队名吧！我想想，叫什么嘞？"

曾铭："贞子组合。"

方芷："？？？"

直男你有没有点审美？

导演组："请贞子组合来领取自己的任务物品！"

方芷："我还没同意！我不要叫什么贞子组合啦！曾铭你好烦哪！"

杨叶抽到和洛清一组，还有些放不开，礼貌地问："洛老师，我们要取名字吗？"

洛清倒是很随和，笑道："取啊，为什么不取？就他们年轻人会玩啊？我觉得我们可以叫洛阳组合，王城气质，千年不倒。"

杨叶说："这个好！"

接下来就是霍希和盛乔了，沈隽意还在旁边说："兄弟，我帮你们想了个名字，就叫……"

还没说出口，霍希就说："我们是获胜组合。"

盛乔："？？？"等等，他是不是知道了什么？

他对众人笑笑："我们这个名字很吉利，说不定最后获胜的就是我们。"

沈隽意一开始还觉得自己的神迹组合最棒，听他这么一说，顿时觉得好像是比不上获胜啊？

嘤嘤……为什么兄弟和对家的姓组起来就叫获胜，自己和兄弟组起来就只能叫……婶婶？

收到了任务物品，检查了装备，导演组宣布："本期主题——末日。这是地球毁灭前的最后一天，你们有两个选择。一是选择留下来寻找拯救地球的办法，不成功便成仁！找到了，所有人都能活下来，找不到，留下来的人全都会死。

"第二个选择，灾变小镇上有一艘飞船，你们可以选择搭载飞船离开地球，保存人类的血脉繁衍，但飞船只能坐两个人。现在，请你们做出各自的抉择，一旦决定，任务剧情将不可更改！"

说完，导演组给每个人发了一部手机，页面有两个选择的按钮正闪闪发光。

为了任务顺利，当然是每组两人选择同一目标更好，盛乔悄悄地问霍希："我们选什么呀？"

霍希说："你想选什么？"

她指着第一个按钮："破釜沉舟，背水一战，是我我就选这个，要么一起生，要么一起死。"

刚说完，霍希就按下去了。

盛乔："……"她跟着做出了选择。

耳麦里"叮"的一声响，系统提示：

玩家选择了拯救地球任务，接下来请为了亿万生灵而努力吧！

他俩选得最快，旁边的神迹组合已经吵起来了。

沈隽意说："你这个小孩怎么回事？你怎么能只想着自己逃跑呢？"

纪嘉佑说："游戏里，活着是唯一的目的，当然要选生存率最高的一项！"

沈隽意："那就不管我们的同胞了？你有没有点爱心？"

纪嘉佑："站在世界中心呼唤爱并不能拯救我们的同胞。"

沈隽意："那选择飞船也没办法繁衍人类血脉啊？弟弟，我俩男的，就算坐飞船逃到外太空活下来了，也生不出孩子啊。"

纪嘉佑："……"为什么，他要和bug组队？

各组各自做出了选择，耳麦里都有了相应的提示。

同时选择飞船的自然就互为竞争对手，选择拯救地球的倒是可以联手，就是不知道各队的真正选择。可能大家都会说我们要拯救地球，以此来隐瞒身份增加胜率。

一切准备就绪，即将进入灾变小镇，导演组说："还有一件事忘了说。你们八个人之中，有一个人的身份和其他七个人不同，请各自小心行事。"

啥？？？这期还是奸细战？？？

四组嘉宾从不同的方向分别进入小镇。时间趋近深夜十二点，夜幕不见几颗繁星，月亮也朦朦胧胧的，只有提前安装好的镁光灯无声而亮。

光线中尘土飞扬，这座用以拍摄灾难片的小镇一派残垣断壁，现代化的建筑半倒半塌，街上电线杆横倒，树枝砸在橱窗上，玻璃碎了满地，有些角落还燃着火。

盛乔小声说："这里的场景好真实啊，好像电影里被外星人入侵过后的城市。"

四周俱静，只有他们的脚步声，空荡荡的，传出去，却连一只飞鸟都惊不起。

安静便生恐惧，除了身后的两个摄影老师，两人周围再无活物，节目组布景真实，这地方还真的让人生出一种末日感来。

霍希从她的声音里听出她的恐惧。

她每次都这么害怕吗？之前那几期是怎么挺过去的？

他低声问："你喜欢看超级英雄电影吗？"

盛乔："喜欢呀。"

"复联就是在亚特兰大拍的，说不定就在这个小镇取过景。"

盛乔一下好惊喜："真的吗？！"

"嗯，真的。"

他这么一说，她好像就真的不怕了。这里是超英战斗过的地方呀！

霍希看她轻快起来的步伐，垂眸淡淡笑了一下。

他们选择了拯救世界，进入之后就必须寻找拯救世界的办法，只是节目组也没说办法是什么，只能留意沿途的信息，看能不能发现什么线索。

盛乔一直在心里提醒自己，在镜头前一定要离霍希远一点，保持好距离！不随意交流！不招惹绯闻！霍希走左边，她走右边，中间都快隔出来一条车道了。

万年不开口的摄像老师第一次忍不住开口："你们别离太远，拍不到同框。"

盛乔："……"

霍希收回四处观察的目光，转头一看，才发现她已经跑到街边了，胳膊蹭着商铺的橱窗玻璃，恨不得缩起来走。

真是又好气又好笑。

嗯？橱窗？那橱窗里的人形模特，怎么好像在动？

霍希面色不变："过来。"

盛乔："我……找线索呢……"

霍希："要我去请你吗？"

盛乔：嘤嘤……她赶紧小步跑过去了。

刚跑到他面前，手腕猛地被握住，盛乔还没反应过来，已经被他拉着开始狂奔。身后橱窗"砰"的一声响，玻璃哗啦啦地碎了一地，她惊得回头去看，发现刚才她靠着的橱窗里，一具人形模特正挣扎着爬出来，姿势诡异，像被困在皮里的异形，肆意扭动。

我的妈呀！！！！

狂奔了一段路，又转了几个弯，身后终于没了动静。两人停下来，盛乔累得气喘吁吁，话都说不出来，霍希这种常年练舞唱歌的人的体能素质比她好太多，跑个百米都看不出喘态。

她喘了半天才缓过来，又赶紧看向四周，霍希说："已经检查过了，没有。"

她一阵后怕："那是什么东西啊？"

"工作人员穿了一层肤色的道具服吧，别怕，是假的。"

节目组太没人性了！这种吓人手段都能搞出来！像是怕惊到了什么，她小声问："那我们现在去哪儿啊？"

霍希抬眼看向远处，手指指过去："去制高点。"

远处，一座高楼孤独耸立，一看就是剧情触发点。

呜呜呜……有他在，她好像都不用思考了，好安心啊。

霍希察觉到她突然感动崇拜的目光，低头一看，她仰着小脸，眼睛一眨不眨地看着自己，风吹过，睫毛都在微颤。

他伸手在她头顶摸了摸，轻轻地笑了一下："走吧。"

有了目的地，步伐都坚决了很多。刚转过街角，盛乔耳尖地听到一阵窸窸窣窣的声音。霍希脚步一顿，显然也听到了。

他往盛乔身前挡了一下，正寻找声音来源点，身后的盛乔呜咽出声："霍……霍希……那是什么东西？"

他回头，随着她颤颤巍巍的手指看过去。

一辆报废汽车旁，蹲着一个衣衫破烂的人。他背对着他们，埋头在做什么，那奇怪的声音就是从那里传出来的。

似乎听到人声，他也回过头来，惨白的一张脸，脸上都是青黑的尸斑，嘴唇四周血肉模糊，他在啃食面前的一具尸体。

暗红的血从他脚底流了出来，尸体胸口已经被掏空，他手上捏着一颗心脏，咧嘴冲他们笑了一下。

盛乔："……"

霍希："……"

节目组，何必呢？群演也不容易啊。

她虽然怕鬼，却并不特别怕丧尸，还有力气喊霍希："快走快走。"

话音刚落，就听见自己耳麦里"叮"的一声响，传出系统冷冰冰的声音：

玩家开始异变，异变进度百分之十。

盛乔："？？？"什么意思？

节目组你滚出来解释清楚，什么叫异变？？？

我要异变了？？？

我×，我就是那八个人中唯一的奸细？？？

她咬紧牙根，压制住紧张，小心翼翼地去看霍希。他一点异样都没有，还低声说："估计路上还会遇到这些，小心一点。"

异变到百分之百的时候，她是不是也要变成丧尸啊？

到时候，他们就是敌人了啊。

不！哪怕变成了丧尸，也是一只心中有爱的丧尸！

她会保护好他，无论自己是什么身份。

第十五章

末日恋歌

作为一只心中充满peace&love的丧尸、一只追星的丧尸，盛乔决定，忽视系统的提醒，假装不知道自己是一只丧尸！

任务该怎么做还是怎么做，剧情该怎么走还是怎么走，只要到最后时刻，保护霍希活下来，自己的任务就完成了！

只要丧尸都献出一点爱，地球将变成美好的人间。

啊！

报废汽车旁那个自己的同类，似乎对活人产生了兴趣，他扔掉手中的心脏道具，摇摇摆摆地朝他们跑了过来。

虽然他们知道是假的，但这场景还是莫名恐怖，何况那特效化装实在太恶心了，近距离看到了估计要做噩梦。

霍希一把握住她的手腕，拔腿就跑。刚跑了几十米，街边又冲出一群衣衫褴褛的丧尸，僵硬地扭动着躯干，四面八方朝他们围了过来。

节目组丧尽天良！！！

胳膊上代表生命值的电子仪表发出嘀嘀嘀的警报声，提醒他们眼前的丧尸将会对生命造成严重威胁。

两人无路可逃。

场景太逼真，好像他们真的被丧尸围堵逼到末路，巨大的无力感和恐惧感涌上来，盛乔真是恨不得异变进度条立刻到达百分之百，这样她就可以保护她爱的人杀出重围。

身后是一家便利店，逃不掉就只能躲起来。霍希拉着她跑进去，又把店门反锁，把倒在地上的一架货柜拖过去挡在门口。

透过玻璃橱窗，看见丧尸们一个接一个地围过来，很快就把这家便利店包围了。他们伏在橱窗上用手拍打玻璃，还撞门，一个比一个演得逼真。

你们冷静一点啊！这只是档综艺节目啊！你们不是在拍《行尸走肉》啊！

搁前几期，遇到这种节目组把人往死里逼的情况，盛乔肯定早就出其不意另辟蹊径跟他们对着干了。但现在有霍希在旁边，她一心都系在他身上，还想保护他走完剧情获得胜利，bug神力都被封印了。

结果霍希说："要不要吃薯片？"

盛乔："？？？"

节目组的道具布置一向都很强，便利店的货柜上摆满了零食，一看生产日期，还没过期。

盛乔小声说："那吃一包吧。"

霍希又问："吃什么味儿？"

盛乔："黄瓜味吧，原味也可以。"

霍希在货柜上挑挑选选，拿了两包薯片过来。

然后外面的丧尸就看着他俩在里面啃薯片。

丧尸："？？？"

请问你们这是什么意思？是看不起我丧小尸吗？能不能认真对待一下群演的劳动付出？

盛乔一边吃薯片还一边盯着外面的情况，捂着嘴打掩护道："霍希，我们表面上在吃薯片，实际上是在迷惑他们对吗？"

霍希："我们就是在吃薯片。我没吃晚饭。"

盛乔："啊？"

她赶紧跑到货柜旁边去，上上下下挑选一遍，还拿了盒牛奶过来："那你多吃点，吃饱了我们再想办法，不急。"

外面的丧尸："？？？"

导演组："！！！"

总导演："给他们点颜色瞧瞧！！！"

丧尸开始大力撞门，每撞一下，那货柜就砰砰两声，盛乔两三步跑过去，死命抵住货柜，咬着牙道："霍希！你慢慢吃！不急！"

砸玻璃怕伤到人，节目组也不敢玩得太大，下死命令一定要把门撞开。

霍希将喝了一半的牛奶搁在货架上，大拇指刮了下嘴角，走到墙角将倒塌的货架搬开，露出墙后的消防栓。

他把消防水带一圈一圈地解开，拉到门口，又喊盛乔："去拿那边的灭火器。"

盛乔赶紧去了。

试了消防栓和灭火器，都能正常使用，霍希将出水口对准门口，低声道："等他们撞破门你就把开关打开，消防栓的水力很强，他们一定扛不住，等门口空出来你就往外跑，如果旁边还有丧尸，就用灭火器喷他们。"

盛乔着急地问："那你呢？"

他低头朝她笑："我比你跑得快，会追上你的。"

她重重地点了点头，抱紧灭火器。

导演组："……"

外面的丧尸：突然不想撞门了。

就在此时，外面突然传来一声大喊："兄弟！我们来救你了！！！"

盛乔："？？？"

霍希："……"

透过玻璃橱窗，两人看见街对面的沈隽意和纪嘉佑一人举着一支熊熊燃烧的火把，跟奥运火炬手似的，一路跑了过来。

屋内有水，屋外有火，丧尸真的好绝望啊。

导演组生无可恋地说："吓吓他们，撤吧。"

于是丧尸们装模作样地张牙舞爪一番，各自离去了。

霍希把货柜搬开，打开门，沈隽意和纪嘉佑正在外面把火把灭了，说要节约火种。

盛乔问："你们怎么来了？"

纪嘉佑说："我们就躲在斜对面的小楼里，看到你们被丧尸逼到这里面了。还好那楼里有散落的火把，隽意哥哥带了打火机。"

沈隽意将灭完火的火把插入双肩包，跟背着根烧火棍似的，一脸得意："兄弟，我够意思吧？相遇就是缘，要不我们结个盟？"

盛乔："不要，无缘。"

沈隽意："兄弟，你忘了我们之前一起携手经历的那些……"

盛乔掉头就走。

霍希慢悠悠地跟上去，走之前还友好地冲他挥了挥手。

沈隽意转头跟纪嘉佑说："兄弟变了，她以前不是这样的，她现在对我好冷酷。"

纪嘉佑："她没变，她对你一直都很冷酷。"

沈隽意：嘤嘤……

冷酷的盛乔走了几步，转头看见霍希跟上来，冷都化作了柔，怀里还抱着灭火器，关心地问他："霍希，你吃饱了吗？"

他点点头。

"要是没吃饱……"她左摸摸右摸摸，从口袋里摸出一袋饼干，"我这儿还有。"

总导演："又没搜身？？？"

导演组："搜了，这是她刚才在便利店顺的。"

总导演："都那种情况了她还记着顺东西？？？"

导演组："……bug嘛，是要与众不同一点。"

总导演：无言以对……

两人继续朝高楼前进。纪嘉佑和沈隽意走在他们后面，说是不结盟，但还是默认了组队状态。

越往前走，镁光灯灯光越暗，导演组将剧情设在夜晚，也是为了利用天色来控制光线。前方出现了一个公园，中心还有一个喷泉在喷水。

只是水流很弱，大概是电力不足的原因，水面波光粼粼，走近一看，水底还沉着许多银色的许愿币。

沈隽意说："这个地方出现一个许愿池，我觉得不简单！"

几个人都看着他，只见他从裤兜里摸出一枚硬币，扑通一声扔进水里，双手合十闭着眼道："我想要一架逃离地球的飞船！"

三人："？？？"

沈隽意："唉，我还以为这是导演组偷偷安排的福利呢，就知道他们不会这么好心。"

导演组："？？？"

"那我得把我的钱拿回来。"

他趴在水台上去捞刚才那枚硬币，盛乔真是恨不得一脚把他踹进去。

他捞了半天，抓了一把许愿币出来，左看右看，又扔回去了。其中一枚许愿币从台子上掉下来，一路咕噜噜滚到了盛乔脚底下。她俯身捡起来，随意看了两眼。

这枚许愿币比一般的硬币要大一倍，正反面都刻着纹路。她借着光眯眼看了看，上面刻的是几个小人，画面太小，光又太暗，实在看不清，她随手揣进了口袋里。

耳麦里"叮"的一声，系统冷冰冰地提醒：

玩家异变进度百分之二十。

盛乔肩膀一缩，生怕被旁边三个人听到了。

眼前突然一黑，四周的镁光灯全部灭了，骤然失光，眼睛一下不适应黑暗，什么都看不到。

一片漆黑中，传来窸窸窣窣的脚步声。

生命值的警报声、窸窸窣窣的脚步声、几个人惊慌失措的惊吓声混在一起乱成一团，盛乔大吼："你们的火把呢？快！火把！"

沈隽意和纪嘉佑匆匆应了两声，就去掏火把。

盛乔又急又怕，小声颤抖着喊："霍希？霍希你在哪儿？"

手腕被人握住，将她往自己身边扯了扯，他低声说："我在这儿，别怕。"

我不怕啊！我是个变异种有什么好怕的？我担心的是你啊！

她顺着他的身形轮廓往前走了两步，伸出双手将他挡在身后。然后她就听见，扑通扑通两声水响，以及沈隽意和纪嘉佑同时的惊呼：

"我×，我的火把呢？"

"我手滑了，火把掉水里了！"

盛乔："？？？"

身边亮起一束光，是霍希带的微型手电筒，他往后一扫，照着喷泉的水台："先站到这上面去。"

这喷泉的水台大概有一米高，几个人赶紧往上爬，晃荡的水面漂着两个火把，盛乔蹲在水台上捞起来，点火的地方已经被水湿透，不能再点燃了。

盛乔："你俩行啊，火把同时掉水里？怎么没把自己掉进去呢？"

唯一的光源就是霍希手上那只电力不够强的手电筒。

光束照出去，也只有两三米的距离。而就在这两三米里，几个人看到地上正蠕动爬行的……异形？

他们穿着白色的道具服，整个人装在里面，连头都包住了，像一只蚕蛹，只有鼻子和眼睛的位置露出两个黑乎乎的洞。他们卖力地扭曲着，骨头像被人拆了一样，只留下软绵绵的皮肉，一寸一寸地朝他们爬过来。

盛乔头皮发麻，代表生命值的电子仪表不仅嘀嘀嘀地响，还开始闪烁红光，更让人心头一紧。

现在的他们就犹如待宰的羔羊，根本毫无办法。

霍希皱了皱眉，沉思着说："一百点生命值，应该够从这里冲到外围吧？"

以损耗一部分生命值为代价离开这里，好像是唯一可行的路了。这些"异形"只能在地上爬，只要跑出这个范围，他们是追不上来的。

沈隽意立刻说："可以！那我们分头跑吗？"

盛乔突然说："等一下！"

几个人都转头看她。

"为什么要浪费生命值？只要我们一直站在这上面，他们爬不上来的。"

纪嘉佑问："就在这儿一直耗着？"

盛乔："我们耗得起，节目组耗不起。他们需要节目剪辑素材啊，一直把我们困在这儿，到时候节目播什么？播我们站在喷泉上赏异形吗？"

导演组："？？？"

这批异形的设定就是无骨，只能在地上爬，导演组若是遵守游戏规则，还真就不能让群演爬上去。

节目的两大流量都在这儿，要真这么耗下去，后期没有镜头，节目还演啥？

她怎么就这么会钻漏洞呢？

导演组确实是打的让他们在此损耗一部分生命值的主意，现在被她这么一搅和，生命值扣除不了，后期剧情还怎么触发？

作为一个异变的奸细，能不能有点奸细的觉悟？让同伴的生命值下降得越快才越好啊，她怎么还反着来呢？

导演组问："怎么办？"

总导演："催化异变进度。"

然后盛乔就听见耳麦里系统的提醒：

玩家异变进度百分之三十，开启隐藏任务。干掉人类，即可停止异变。

盛乔：我不知道，我不识字，我听不见。

台上台下就这么耗着。

沈隽意像是站得腿酸，蹲下来换了个姿势，结果没站稳，身子猛地前倾栽过去，水台本来就窄小，几个人站得也很局促，纪嘉佑被他一撞身子一晃直接从台上掉下去了。

盛乔下意识地去拉纪嘉佑，去势太猛，纪嘉佑拽住她的袖口，将她也扯了下去。霍希自然是要去拉盛乔的，结果就是四个人一瞬间全部掉下了水台。

盛乔只来得及大吼一声"沈隽意"，手腕就被人拽住，跟跟跄跄地朝前狂奔。

镁光灯一盏接一盏地亮了起来，照亮了前面的路。

生命值开始哗哗哗地下降，等他们彻底跑出异形的包围圈一看，盛乔的生命值下降到六十九点，霍希的生命值下降到五十四点。

因为他在前面开路，异形的攻击大多都用在了他身上。

逃跑时几个人跑了不同的方向，现在也跑散了，盛乔想揍沈隽意出气都找不到人。

耳麦里又响起系统冰冷无情的声音：

玩家生命值下降，抵抗力减弱，异变进度百分之五十。百分之百前若未停止异变，将永远沦为丧尸。

盛乔：我不知道，我不识字，我听不见。

霍希突然说："沈隽意有点问题。"

盛乔："嗯？"

"他好像是故意把我们撞下去的。"

盛乔心说：不可能啊，我才是奸细啊，他故意撞人对自己有什么好处？

她来不及深想，节目组又在身后搞出了动静。距离高楼已经不远了，霍希说："先去那里再说。"

她点点头，紧跟着他的步伐，刚走过街角，就看见对面跑来一个人，居然是曾铭。看见他们他显得很高兴，一边招手一边喊："终于遇到同伴了！"

盛乔见他只有一个人，问："方芷呢？"

曾铭懊恼得不行："我们进来的时候被丧尸围堵，她的生命值下降到0，被带走了。"

盛乔看他的生命值，显示为七十七点。

曾铭说："我们结盟吧？我的任务是拯救地球，你们呢？"

盛乔觉得哪里不对，说："她直接死亡，你的生命值还有这么多？你怎么做到的？你是不是拿她挡丧尸啦？"

曾铭一脸伤心："小乔，你居然这么想我？我是那种人吗？"

盛乔："你上上期就在背后偷袭我，要不是有防弹衣我就死了。"

曾铭："？？？"

上上期的事情你记到现在？女人都这么记仇的吗？

他又看霍希："霍希，我们结盟吧？你和小乔的生命值都不多了，加上我胜算大一点啊。我真不是奸细！"

霍希笑笑："我第一次来，不会玩，你还是问她吧。"

三个人正说话，街边的楼道里又有丧尸追出来，也来不及思考了，盛乔赶紧说："直接往高楼跑！"

那栋楼就在这条街的尽头，三个人拔腿狂奔，身后的丧尸渐渐会聚到一起，紧追不舍。然后三个人就听到后面有个愤怒的声音："曾铭你给我站住！我要咬死你！"

居然是方芷，盛乔边跑边回头看，她已经换上了丧尸的道具服，头发搞得乱七八糟的，脸上也化了特效妆，显然生命值降为0之后她已经沦为了丧尸。

系统提醒方芷：

丧尸不准说话！

方芷："！！！"

曾铭一看到方芷那副装扮，一路狂笑，速度却并不慢。霍希要等盛乔，两个人很快就被曾铭甩在身后，等跑到那栋高楼楼下的入口时，曾铭已经进去了。

盛乔急忙去推门，才发现门被反锁了。

曾铭一脸抱歉地站在里面朝他们笑。

盛乔捶门，大吼："你做什么？！你快把门打开！"

曾铭朝她耸了下肩，转身就往里走。

身后的丧尸已经越追越近，盛乔简直要急哭了，还在疯狂捶门，霍希已经冷静地观察完四周的环境，牵着她往左边的小巷子跑去。

巷子尽头是一扇上锁的铁门。

两人跑到铁门跟前，霍希低头问她："能爬上去吗？"

盛乔摇摇头，又点点头，像快哭出来了："霍希你快爬，你别管我！"她转身视死如归地张开双手，"我拦住他们，你快走！"

霍希低头看了眼那把铁锁，愣了一下，伸手去扯了扯，年久失修的铁锁一扯就掉在地上了。

这是导演组专门设置的一个逃生通道，两个人运气是真的好，刚好选到了生门这一条路。要是刚刚往右，那就只能是死路一条。

霍希推开铁门，把还张开手臂打算以身御敌的盛乔拎了过去。

已经做好为爱牺牲准备的盛乔："……"

铁门后的路边还躺着一把自行车锁。

等摄像老师过来，两个人用自行车锁把铁门锁上，对面冲过来的丧尸还在拼命摇门。方芷站在前面，因为规则不能说话，一脸生动地朝盛乔挤眉弄眼。

盛乔快被她的特效妆笑死了："你是不是被曾铭害死的啊？"

方芷一脸愤怒地重重点头。

盛乔觉得事情可能没自己想的那么简单。她想到了什么，摸出刚才在喷泉里捡到的那枚许愿币。

现在光线亮了，可以清晰地看见那币面的雕刻。反面雕的是一群人姿势古怪地趴在地上，就像他们遇到的那些丧尸异形。

她数了数，趴在地上的有七个人。

翻到正面，只刻了一个人，他一副逃亡的姿势，孤零零地站在中央。

电光石火之间，盛乔脑子里冒出一个念头。

节目组说，八个人中，有一个人的身份和其他七个人不同。大家都默认为，那一个人就是奸细。

所以当自己收到异变通知时，她就下意识地觉得，自己就是那个奸细。但如果，异变的其实是七个人呢？

在喷泉台上沈隽意故意腿酸，纪嘉佑毫不犹豫地将她扯下去，曾铭反锁上门明显想害死他们。

他们都以为，自己是唯一的奸细，干掉人类，才可以停止异变。

但其实人类只有一个。是谁？

丧尸无法通过铁门，然后撤离了。

盛乔再次破解了节目组的剧情，但没有立即说出来。她得知道唯一的人类是谁，会是霍希吗？

现在可以排除神迹组合和贞子组合的四个人，除了霍希，还剩下洛清和杨叶。人类就在他们三个人之间。

这一期到底要怎样才算胜利呢？

七个丧尸，一个人类，丧尸还在互相厮杀，人类恐怕也不知道自己的独特性。直到现在拯救地球的办法仍旧未知，是不是线索就在地球唯一的人类身上？

丧尸得到的任务是——干掉人类，停止异变。

大家以为只有自己是丧尸，要完成任务，就必须把另外七个人全部干掉。但那时候，地球上就只剩下一个半人半尸的怪物，有什么用呢？

这是节目组设的一个让他们自相残杀的局，最后活下来的人，根本不算真正的赢。

盛乔现在还是不知道，拯救地球的办法到底是什么。但她可以确定，人类一定不能死。

只有真正的人类活下来，地球才有最后的希望，才是这场末日之战的最终胜利。

盛乔看向还在研究地形的霍希。

如果最后那个人类是霍希，她拼死也会保护他走到最后。

如果不是，嗯……其实当一对末日狂尸好像也挺带劲的。

直接问的话，霍希会告诉她真话吗？正迟疑，耳麦里再次"叮"的一声响，传出系统无情的声音：

玩家异变进度百分之六十。

我×，时间不多了，盛乔也顾不上了，两三步跑到前方正在寻找出路的霍希旁边。她扯了扯他的袖子，霍希稍一回头，看到她一脸凝重的模样，脚步顿了下，微微低头问："怎么了？"

她压低声音："霍希，进入灾变小镇后，你的耳麦里有收到过系统的什么通知吗？"

他摇了下头："没有。"

她眼睛一下就亮了。她相信他说的话。

他没有异变，他是人类！

盛乔决定把自己的猜测告诉他，正要开口，左前方突然传来沈隽意的声音："兄弟！我们又见面啦！"

他只有一个人，兴致勃勃地朝他们跑过来。盛乔一把把霍希拉到身后，挡在他前面，吼沈隽意："你站住！不准过来！"

沈隽意一脸幽怨地停下脚步说："兄弟，你这是干什么？有了新伙伴就把曾经和你同生共死的弟兄忘了吗？"

盛乔懒得跟他扯："小嘉呢？"

沈隽意说："刚才从喷泉逃命的时候，我跟他走散了。"

"走散了？我看是你把他杀了吧？"

沈隽意一瞪眼睛："怎么可能？我又不是奸细，我杀他做什么？"

装，还装！

盛乔："你离我们远点，我怀疑你就是奸细！"

沈隽意："你怀疑我，我还怀疑霍希呢！"

霍希："……"

盛乔："你有什么资格怀疑霍希？刚刚要不是你故意把我们推下喷泉台，我们也不会损失这么多生命值！"

沈隽意："兄弟你怎么能血口喷人呢？我如果真的想杀你们，之前就不会拿着火把去救你们。"

盛乔："不要你救我们也能逃出来。"

两人正吵着，洛清也在街对面出现了。看到同伴她赶紧走过来和他们会合，远远就道："总算找到你们了。节目组这次玩得太大了，我这老胳膊老腿都要跑断了。"

她也是一个人。

盛乔一只手护住霍希，低声道："后退，后退。"

但他们本身就身处巷口，来路都被沈隽意和洛清堵住了。

盛乔维持镇定，问："洛老师，杨叶呢？"

洛清摆摆手："你都不知道我们遇到了什么，又是丧尸又是异形的，逃了一路。刚才我们在商场里被围堵，杨叶被困在里面，只有我逃出来了。"

看看，都是先干掉同伴。

你们拆自己组合拆得挺狠啊。

从现在的情况来看，正在异变中的人类不能亲自杀人，只能借助外力，就像刚才曾铭把他们锁在门外一样。所以方芷和杨叶都是死在了丧尸的围堵中，估计纪嘉佑也是相同的情况。

洛清问："小乔，你们选择的任务是什么？"

盛乔说："拯救地球。"

洛清说："我们也是，隽意呢？"

沈隽意："我要找飞船。"

洛清："那不冲突，咱们结盟？"

沈隽意："可以呀！"

盛乔："不行！"

几个人："？？？"

盛乔硬着头皮说："我怀疑沈隽意是奸细，我不跟他结盟。"

沈隽意："兄弟，我觉得你就是在故意针对我。"他又看向霍希："霍希，你也觉得我是奸细吗？我刚才可是冒着生命危险救你。"

霍希看了他一眼："当时便利店里的情况你在对面应该看得一清二楚吧？早不出现，晚不出现，偏偏在我们找到办法即将冲出去的时候过来，那算救吗？"

沈隽意："你们俩怎么回事？过河拆桥是吧？"

霍希："我们在喷泉被围堵的时候，还没爬上水台，离水池那么远，你是怎么把火把掉进去的？"

沈隽意："手滑了。"

霍希笑了一下："那你手挺长的，能滑那么远。"

沈隽意："……"

洛清一脸震惊地看着他们，离沈隽意远了点，朝盛乔他们走来："隽意真是奸细啊？我还是跟着小乔安全。"

盛乔赶紧说："别别别洛老师，你在我这儿身份也不好，我们还是单打独斗吧。"

沈隽意气得指她："就你身份好，你就等着被霍希咬死吧！"

盛乔："略略略。"她转身推霍希："走走走，快走。"

两人朝出口走去。

异变的速度越来越快，耳麦里系统再次提醒：

玩家异变进度百分之七十，开启丧尸攻击技能，可通过拆卸对方生命值装备的方式减缓异变进度。

我×？？？

这丧天良的节目组，是在逼他们自相残杀啊！

盛乔想也不想，一把拽住霍希拔腿就跑，但与此同时另外两个人也动了。洛清和沈隽意本来就站在出口处，一人拦住一边，危险气息瞬间蔓延。

盛乔一个急刹车，把霍希往身后一推。几个人面面相觑，有点迷茫，有点疑惑，又有点蒙。

沈隽意率先问："你们怎么了？兄弟，你跑什么？洛老师，你拦什么？"

洛清也问："那你在拦什么？"

盛乔大吼一声："听我说！"

几个人都看过来，她深吸一口气："我们都上了节目组的当。八个人，不是只有一个人异变，是七个。我们都异变了！"

沈隽意和洛清瞪大了眼，我×，还能这么玩？

盛乔继续道："节目组设了一个障眼法。从进入灾变小镇开始，系统就一直在催化异变进度，我们在这种连环催命洗脑攻击之下，很容易被节目组牵着鼻子走，一心杀掉同伴停止异变，却忘了我们原本的任务。"

洛清惊呼一声。

沈隽意保持不动。

盛乔继续道："节目组就是在坑我们，催着我们自相残杀。但我们真正要完成的，其实只是进入小镇之前选择的任务，那才是最后的胜利！"

她看向洛清："洛老师，你确定你选择的是拯救地球吗？"

洛清点点头。

她笑起来："那你应该站到我这边来。我们的任务都是拯救地球，而拯救地球的办法，就是让真正的人类活下来，你要做的不是干掉人类，而是保护他。"

她又指了指沈隽意："而他最初选择的任务是找到飞船逃离地球。只有杀掉人类，他才能停止异变，不然就算逃到外太空，还是会继续异变，到最后沦为丧尸，任务失败。"

她最后总结道："所以，选择拯救地球的人，要保护人类才能获得胜利；选择飞船逃离的人，要杀掉人类才能获得胜利。"

洛清看向她身后的霍希："霍希，是最后一个人类？"

霍希点了点头："我没有收到任何系统提示，应该是我。"

节目组设下的连环局再次被盛乔破解。

导演组："……"脑力bug名不虚传。

盛乔一语道破玄机，洛清脑子也不笨，顿时就明白了。原本的局面一下就扭转了，沈隽意见状不对想跑，盛乔大喊："拦住他！"她又急急地对霍希说："你站在这儿别动！"

霍希身为人类，没有攻击技能，还要防止自己被沈隽意攻击，只能防守。

洛清离沈隽意最近，反应也快，见他想跑，一个纵步冲上去拽住了他的手腕。沈隽意见跑不掉，干脆反手去扯洛清胳膊上的生命值装备，好在盛乔及时赶到，一人抱住他的一只手臂，拉扯不下。

沈隽意大喊："兄弟！你就这么背叛了我们的革命友谊！我鄙视你！"

盛乔："你干掉小嘉的时候怎么没顾及革命友谊？我代表小嘉鄙视你！"

霍希此时也跑了过去，三个人围攻，沈隽意顿时不敌，手臂上的生命值被盛乔狠狠地拽了下来。

一阵哔哔哔的声响之后，沈隽意耳麦里宣布他死亡被淘汰。

沈隽意："苍天啊！为什么要这么对我？我做错了什么？"

盛乔："谁让你不拯救地球。"

沈隽意："我原本是想的啊！我有一颗拯救地球的心啊！都怪小嘉那个游戏狂魔！"

多说无用，工作人员装扮的丧尸从楼道里走出来，架着他离开了。

洛清气喘吁吁，抬手拍盛乔的肩："你脑子太灵活了，我要是早点想通节目组的阴谋，就不会干掉杨叶了。"她又问，"那接下来怎么办？只要霍希不死，拯救地球不就成功了吗？"

盛乔摇摇头："我也不知道。我只知道他得活着。"

洛清说："你是怎么猜到这些的？"

盛乔把喷泉里的那枚许愿币拿出来，指着上面的画面："还多亏了沈隽意。"

霍希说："给我看看。"

盛乔递过去，他翻来覆去看了两下，低声道："异变的秘密刻在这上面，那拯救地球的办法是不是也有可能刻在这上面？喷泉底，应该还有第二种许愿币，记录了拯救地球的秘密。"

两人顿时眼前一亮，盛乔说："现在就回去找找！"

与此同时，盛乔耳麦里系统提醒：

玩家异变进度百分之八十。

时间紧迫，三人赶紧往回走，因为铁门已经锁上了，只能从旁边绕过去，经过那栋高楼时，一个人影突然从暗处扑出来，直直地朝霍希冲过去。

到底是跳舞的人，身体灵活，霍希飞快地侧身躲过，曾铭扑了个空，掉头又朝他冲过来。

洛清大喊："他也选择了飞船！"

曾铭已经在高楼上找到了飞船，本来想直接离开，但异变没有停止，只能先下来。走到拐角处的时候，他刚好看到沈隽意被三人围攻，被拆掉了生命值装备。

通过几人两三句对话，他就推测出了真相，一直藏在这儿打算偷袭霍希。

霍希不能攻击，只能防守，显得特别被动，异变已经趋近结尾，几个人的时间都不多。再在这儿缠斗下去，可能大家都会任务失败。洛清一把抱住曾铭，朝他们喊："你们快去喷泉找线索！"

曾铭无望地大喊："洛老师你怎么能这样？你犯规！"

事态紧急，盛乔一把拽住霍希朝原路狂奔而去。

风从耳畔拂过，夜色里光线跳跃、尘土飞扬，她就这样牵着他，一路奔向生的彼岸。

楼道里的丧尸和异形又追了出来，两人跑到喷泉边上，盛乔想也不想就爬上去，扑通一下跳进水里，开始捞池底的许愿币。

霍希也紧接着跳下来，谁也没说话，只有喘气声，和周围渐渐逼近的丧尸的脚步声。

一枚又一枚，捞出来的许愿币全都刻着异变的画面，根本没有关于拯救世界的办法。两人看一枚就往外面扔一枚，硬币落地的清脆声响在杂乱的空气中。

耳麦里"叮"的一声响，系统提醒：

玩家异变进度百分之九十。

盛乔心头一紧，手上动作却不停，一边捞硬币一边轻声说："霍希，我要死了。"

霍希一愣，抬头看着她。她揩了下溅在脸颊上的水："异变进度已经百分之九十了，我也要变成丧尸了。"

明明只是剧情，明明是假的，但是他为什么这么难过呢？好像她真的要跟他死别了，心脏都一缩一缩地疼，眼泪都快出来了。

她又说了一遍："霍希，我要死了。"她边说边不停地捞许愿币。

霍希站直身子，看也不看把手上的硬币扔了出去，他说："不找了。"

"不行啊，得找啊，我死了之后就没人保护你了，一定要找到你活下去的办法！"

丧尸已经越来越近，只剩下四五米的距离。

霍希走近两步，一把握住她被池水冻得通红的手，将她拉了起来，他低声说："不找了，一起死。"

盛乔被他拉得一个趔趄，在水里本来就站得不稳，身子骤然前倾，一下栽进他怀里。

霍希一把环住她，池水浮力阻碍间，自己也没站稳，抱着盛乔扑通一声朝后倒了下去。

两个人砸在水面，水花四溅。

丧尸已经走到喷泉边，朝水面伸出手来。

盛乔的耳麦"叮"的一声响：

玩家异变进度停止。

紧接着两人都听到了系统的声音：

人类拥抱变异玩家，用地球上仅存的爱与热血拯救了同胞，异变结束，人类胜利，拯救地球任务成功。

原来冷漠和残杀之间，只需要一个拥抱。

节目组的工作人员冲过来将两人从水池里拉出来，又赶紧找来毛巾让他们擦擦水，送两人下去换衣服了。

盛乔被这突如其来的反转结局搞蒙了，一直走到节目组的扎营地还有点没反应过来。

丁简一看到她全身湿漉漉的样子，把手上的泡面一丢，赶紧跑过来了："怎么了这是？"

盛乔摆摆手。

好在艺人助理准备了换洗的衣物，换衣服的时候，一枚许愿币从她湿透的衣袋里滚出来。她捡起来看了看，这枚许愿币正面刻着鸟语花香、草长莺飞，而背面，是两个人在拥抱。

节目组其实一早就将真相摆在了他们面前。

他们这个局设得确实妙。不管存不存在丧尸和人类这个身份，正常情况下嘉宾是不会出现拥抱这种行为的。而一旦双方的身份暴露，就更加不可能。

丧尸一心杀掉人类，人类一心躲避丧尸，两者之间是有关生死的敌对关系，敌人是不会想拥抱对方的，结果被他俩误打误撞的一个摔倒意外破解了。

换好衣服过来的时候，几个嘉宾都已经出来了。天光已开，淡色的光冲破云层洒下来，经历了一夜"激战"，几个嘉宾都累得不行，节目组拿着喇叭宣布："获胜组合打破了人类与丧尸之间的隔阂，获得最终胜利。"

沈隽意："所以你们这个主题就是站在宇宙中心呼唤爱呗？要是给我拿人类牌我也能赢。"

节目组："……"请嘉宾根据自己的智商谨慎发言。

发奖品的时候，方芷冲上去暴揍曾铭，曾铭一边笑一边躲，另外两组也在讨论刚才互相坑对方的举动，洛清看了一圈说："好像只有获胜组没有被节目组影响互相残杀啊。"

沈隽意："霍希拿的人类牌，他又不知道。"

洛清："小乔能忍住不对霍希下手才是赢的关键吧。"

曾铭："这么一想还真是。霍希对规则一无所知，如果小乔收到异变通知后直接下手，霍希完全没有赢面啊，那你们肯定就输了。"

方芷好奇地问："小乔，你为什么没有下手啊？"

盛乔："……因为，要对新嘉宾友爱一点。"

霍希转头冲她笑了笑："嗯，谢谢你手下留情。"

节目组打板宣布录制结束。

累了一夜，大家要先回酒店补觉，上车之后就开始打盹儿了。盛乔和霍希的座位隔着一条过道，车子摇摇晃晃，她偏着头睡得沉，身子越来越斜，眼见就要栽下去。

霍希一个纵步起身，扶住她倾斜的身子，小心翼翼地在她身边坐下来，将她摇摇晃晃的小脑袋按在了自己肩头。他往下坐了坐，放低身子，让她能睡得更舒服一些。

她睡得迷迷糊糊，还往他颈窝蹭了蹭，头发扫过肌肤，有细密的痒。他微微低头，唇角擦过她额间，无声地笑了一下。

后座的沈隽意换了个姿势，面向车窗外，将帽檐更低地往下压了压。

快到酒店时，盛乔才被霍希叫醒。

她茫然地坐直身子，看了眼身边的人，脑子还没反应过来，看了半天，意识到了什么，眼睛都瞪大了，结结巴巴地问："霍……霍希，我没有流口水吧？"

霍希偏头看了眼自己的肩说："你可以检查一下。"

盛乔：嘤嘤……她还真的伸手摸了摸。干的，呜……吓死了。

他眼睛里都是好笑，面上神色还是淡淡的，坐回了自己的座位。

车子很快开回酒店，嘉宾也纷纷醒来，睡了一路，现在只想赶紧回房间继续补觉，下车之后话都不想说，步履匆匆。

到房间之后，盛乔一挨着床就又睡着了。

丁简轻手轻脚地从房间退出来，刚关上门，就看见霍希走过来。

他看了眼房门，低声问："她睡了吗？"

丁简点点头："已经睡着了。"

霍希点了下头，淡笑道："等她醒了，麻烦跟她说一声我有工作先走了，再见。"

丁简点点头。

他转身就走，将手上拿着的帽子扣在头上，边走边戴口罩，背影清瘦，周身又透出那股清清冷冷的气质。

回国的飞机是傍晚的，助理提前将嘉宾叫醒，盛乔洗漱的时候，丁简站在洗手间门口把霍希的话转达了。

她刷牙的手一顿，着急地问："他都没有休息就又去工作了？"

丁简："估计行程挺赶吧。"

盛乔顿时连晚饭都没胃口吃了。

一天一夜没睡觉，昨晚的综艺还那么累人，他身体怎么撑得住啊？她没有打电话给他，怕影响到他工作，只发了一条微信，提醒他要记得吃饭。

节目组安排了晚饭，大家见霍希不在，得知他早上就飞走去赶下一个工作了，纷纷感叹顶流的行程确实要多很多。

盛乔没胃口，只吃了几口就放了筷子，吃完饭节目组将嘉宾送到机场，登上了回国的飞机。

又是一趟长途飞行，到国内是第二天凌晨，盛乔下飞机之后打开手机一看，霍希终于回复她的消息了："我知道，别担心。"

她这才踏实了一点。

最近这段时间她的行程其实也挺多的，每周要录两档综艺，要背剧本，还要去私人教练的健身房锻炼身材。

随着名气和人气的提升，行程和通告自然也就越来越多。她对贝明凡安排的工作从来没有异议，他做到了当初对她的承诺，一直在为她争取好资源。就是累了点，但她的付出和收获是成正比的。

在一片忙碌中，《逃出生天》终于也迎来了第二期《鬼嫁·下》的播出。

这一周，网友们根据盛乔那句"我有一个脑洞"，猜测了无数版本剧情，其中也有很多被网友猜中了，大家都兴致勃勃地等待这期节目揭秘。

节目在一片弹幕中开始了。

当盛乔说出有关白天、黑夜纸片人的脑洞时，猜中的网友开心得意，没猜中的网友都惊呼她聪明牛×。就在观众都随着嘉宾一起紧张，思考接下来该如何破解剧情时，就看见沈隽意把那张剪纸撕成了两半，说出了他著名的"放火烧纸人"的理论。

网友：？？？

弹幕：

"哈哈哈哈哈哈哈红红火火恍恍惚惚节目组是崩溃的。"

"节目组这是请来了什么bug男孩？"

"我儿子就是这么聪明！"

"舞台上的王者，生活中的'沙雕'，大家理解一下。"

恐怖气氛就这么被冲散了。

大家都以为是档恐怖综艺，走向却越来越"沙雕"，节目组努力维持剧情和恐怖感，嘉宾努力搞破坏反套路，前有纪嘉佑翻墙甩掉摄影师，后有盛乔零钱包变出各种辟邪物。

大家还沉浸在她推断出了鬼嫁新娘的剧情中，对她的智商和冷静为之叹服，纷纷叫着转粉时，就看见她面不改色心不跳地从裤子小腿里掏出了一把桃木剑。

观众：？？？

"啊啊啊……那是我送给乔乔的桃木剑！乔乔冲呀！那是我祖传的法器，灭过不少恶鬼！不要怕就是干！"

"你和你爱豆是不是有毒……"

"高智商冷静人设瞬间崩塌为哪般？"

"可是好可爱啊！呜呜呜……这是什么哆啦女孩？爱了爱了。"

"她其实真的很厉害啊。明明怕鬼但是关键剧情都是她破解出来的，越害怕越冷静大概就是她这种人吧。"

"钻节目组规则漏洞，一边让同伴送新娘离开，一边假扮新娘拖延时间，呜哇，这是什么聪明脑袋？我也好想拥有。"

"谁再说我乔没头脑我跟谁急！"

"沈隽意笑点担当，盛乔智慧担当，这节目稳了。"

《鬼嫁·下》的播出再次霸占了热搜榜，节目组投资大也舍得砸钱，话题热搜不断，全网造势，盛乔的脑洞和在节目里的各种骚操作都被议论上了热门，又吸了不少粉。

在一片大好形势之下，盛乔的行程却越来越多，录制完新一期的《逃出生天》和《星光少年》后，又被贝明凡安排了一个国外看秀的行程，毕竟时尚资源也得跟上。

她每天忙得脚不沾地，霍希也因为即将进组拍戏，新专辑必须在开机之前上架，各项行程要全部完成来空出拍戏的时间，忙得不见人影，微博都没发一条，跟销声匿迹了一样，希光们天天都在哭唧唧地想宝贝。

梁小棠发消息问她："小乔姐，你最近见过我儿子吗？"

盛乔："最近并没有见过我老公。"

梁小棠："唉，我们婆媳两人都好可怜。"

盛乔："……"这可真是全国最和谐的婆媳关系呢。

自从上次录完综艺，两人不仅没再见面，连消息几乎都没怎么发。她知道他在忙，不想打扰，他也没有主动联系她。

梁小棠还在哭唧唧，盛乔杵了杵霍希的微信头像，捧着手机翻来覆去，呜咽两声。

她问梁小棠："你说我给你儿子打通电话怎么样？"

梁小棠："我获胜党命令你立刻打！马上打！"

找到借口的盛乔鼓起勇气拨出了十多天没联系过的电话。

接通意外地快，他的嗓音有浅浅的疲惫，可她还是从那疲惫的声音里听出了一丝愉悦："喂？"

她小声欢快："霍希，你在忙吗？"

"我在机场，马上回国。"

"我最近好忙。"

"我知道，你去巴黎看秀了。"

"明天我就要去录制最后一期的《逃出生天》了。"

"我晚上七点多到。"

"那，要一起吃晚饭吗？"

"嗯，我要吃炸酱面。"

她从床上翻坐起来，眼睛都笑弯了："我等你！"

霍希最近在忙新专辑的事，来回都是私人行程，下飞机之后走VIP通道。希光撕私生撕得最厉害，凡跟私人行程的粉丝全部标私生，上传私人行程的路透也算作私生范畴，所以霍希的行程相对而言还是隐秘自在的。

助理已经把他的轿车开了过来，到车库时他把行李交给小蛋，自己开车走了。

助理看着车子的尾烟，转头问："老板是不是谈恋爱了啊？"

小蛋："这么八卦，当什么助理，不如去当狗仔？"

助理："……"

到盛乔家楼下，停好车，霍希戴好帽子和口罩上电梯，上到一楼时，有两个年轻女孩提着水果蔬菜走了进来。

他退了退，低下头去。所幸那两个女孩并没有注意到他，专注兴奋地讨论："你先洗菜切菜，我把饭蒸好，还有半个小时，肯定来得及！"

"我看了上期预告，这期是荒岛主题，不恶心、不恐怖，必备下饭综艺！"

"我要继续给找马CP打call！"

到达五楼，霍希低头侧身走了出去，电梯里的两个女孩丝毫没注意到他是谁。

按了门铃，很快就有人来开门，盛乔扎着丸子头戴着围裙，看见他时笑容永远都是那么明媚："霍希，你来啦！"

他点点头，摘下帽子和口罩。

她神色一顿，眼睛骤然瞪大，下一秒，内心花痴的小人疯狂叫嚣。

盛乔：嘤嘤……他剪了短发！！！

盛乔：啊啊啊……好酷好帅啊！！！

没有头发修饰的脸型线条越发坚硬，显出几分冷峭来，可眉眼还是淡，看人时眼角微垂，又冷又淡还有点凶！

妈呀！造型师也太了解粉丝的心态了吧？这是什么勾魂索命冷酷俏老公！！！

她用小声来掩饰激动："霍希，你剪头发了呀。"

他走进来："嗯，新专辑有首歌的伴舞短发比较合适。"

盛乔：呜……要死了。无法想象用这种又冷又凶的造型跳舞的霍希。

盛乔：他为什么越长越好看？他是不是偷吃了什么仙丹？

霍希换好鞋，抬头时见她还站在原地，眼睛一眨不眨地看着自己，不由得笑了下："剪了短发看不惯吗？"

盛乔：我可太看得惯了，我可以看一辈子都不眨眼。

盛乔呜咽一声捂着心口跑回厨房去下面了。

她已经炒好了炸酱烧开了水，就等他来了下面，在冷水里将煮熟的面过一道后淋上炸酱，一碗热气腾腾的筋道炸酱面就出锅了。

她也不知道为什么霍希每次都点名要吃炸酱面，做了这么多次，手艺越做越好，她哪天要是不当明星了，还可以去开面店。

端出来的时候，霍希拿着遥控板站在电视前，正在选节目。

然后她就听到了熟悉的片头曲——《逃出生天》第三期，《荒岛余生·上》。

盛乔："？？？"

他调好节目，放下遥控板，转身接过她手上的面碗，放在茶几上，还朝她淡淡地笑了笑："边吃边看，下饭综艺。"

快想想，录《荒岛余生》的时候，她都干了些啥？？？

我×，她吐了那个土著一背！

她还差点儿被烤了！

她遇到了唱歌的沈隽意！

她跟沈隽意组队了！

啊啊啊……难道这期综艺播完就是她的死期吗？！

盛乔生无可恋地在小板凳上坐了下来。

节目一开始，就是导演组在海边检查背包，轮到盛乔的时候，先是要求她交出零钱包，我们盛·鬼才·乔用她一番人与五脏的诡辩让节目组妥协，保住了零钱包。

紧接着，学聪明了的导演组从她的鞋帮子里搜出来一把铜钱匕首。

霍希："……"

盛乔："……"

呜……太丢脸了。

与此同时观看节目的网友：

"盛乔和导演组的第一次交锋，平局！"

"哈哈哈……不愧是藏东西小能手盛·哆啦·乔！"

"节目组太狠了，居然搜身。"

"只有我的关注点是匕首塞在鞋子里硌脚吗？"

"就是硌脚也要藏，可见盛乔藏东西的勇气和信念了。"

……

而盛乔本人，不想说话，埋头吃面。

早知道会和爱豆一起观看这一期的节目，说什么她也不会那么"沙雕"。

几个人上船之后，各自被带到了螃蟹岛，导演助理交代了本期规则，并把装备分发下去。盛乔穿一身军装抱着枪英姿飒爽，倒是吸了不少颜粉。

霍希端着碗吃得很慢，像是看得专注，看到她那套军装造型，眼睛眯了一下，偏头看了看旁边坐在小板凳上低头吸溜面条的女孩，又无声地笑了笑。

剧情一路推进，其他五个嘉宾换好装备后都斗志昂扬地踏入荒岛开启求生模式，切换到盛乔的时候，就看见她躺在沙滩上枕着背包，一脸享受。

后期将系统和她的对话都剪了进去。

然后观众就听到她说她要晒个沙滩浴，睡个下午觉。

系统："请玩家立即起身，进入丛林开始冒险，否则将被爆头，立即死亡。"

观众：哈哈哈哈哈哈哈哈哈哈哈哈哈……

"我竟然从系统冷漠无情的声音中听出了一丝崩溃和愤怒。"

"你们可以去看节目组放出来的花絮，上期鬼嫁导演组在外面被气得到处找速效救心丸，我的妈笑死我了。"

"导演组：我到底做错了什么，请来一个bug不够，还要请一对？"

……

然后盛乔就听见旁边霍希忍不住笑了一声。

笑什么笑？她都要哭了："霍希，要不，别看了吧？"

"这么有趣，为什么不看？"

盛乔：嘤嘤……

于是接下来她的爱豆和全国观众就看见了她一系列"沙雕"行为。

从雨伞里掏出一盒薯片，遇到土著时吐了人家一身，被烤的时候用英语和人家说"导演组给了你们多少钱，我出三倍"！

后期居然还把导演组的画外音剪了进去：

"她以为自己是来旅游观光的吗？……怎么让她把薯片带进去了？"

"……她把薯片藏在伞里了。"

"陷阱在哪个位置？是她走的方向吗？"

"……她运气好，都避开了。"

"……土著群演呢？"

"……去方芷那条线了。"

"给我叫回来！去把盛乔绑了！"

观众：

"哈哈哈红红火火恍恍惚惚逼疯导演组第一人！"

"逼得导演组改台本，把群演叫回来去绑她，多大仇啊哈哈哈……"

"她还吐了人家群演一背，我的妈呀！群演到底做错了什么？"

"怎么能怪盛乔？她用中、英双语喊了她要吐了啊哈哈哈……"

"还说她有一个idea，我×，我头笑掉了！"

"别说，她英语不错啊，口音好标准啊！"

"你们终于注意到了吗！我又重新听了一遍，标准的伦敦腔啊！"

"我再也不骂盛乔是学渣了，这口音甩我十几条街！"

……

霍希终于吃完了面，抽了张纸擦擦嘴，偏头看了看旁边头都快埋到碗里的人："看来你录这个节目录得很开心。"

盛乔："不……不开心……"她斜眼看到画面已经演到她从斜坡上滑下去，马上就要遇到唱歌的沈隽意了！

盛乔噌的一下站起来，挡住他的视线："霍希，我们来对戏吧！"

霍希："不对，我要看电视。"

盛乔：嘤嘤……

霍希往左偏，她就往左挡一点，霍希往右偏，她就往右挡一点。然后她就感觉一双手绕到背后环住她的腰，霍希直接单手将她抱离地面，扔在了沙发上。

盛乔："？？？"

170

她还想爬起来，他一只手按住她的脑袋，头都不带偏地说："乖一点，陪我看。"

　　盛乔不敢动了，电视里传出沈隽意激昂的歌声。

　　她听见爱豆嗤笑了一声。

　　霍希是喜怒不形于色的人，其他观众可就顾不了那么多，在看到沈隽意喊着喊着唱起英文歌那一幕时，多少人在电脑前笑喷了水。

　　怎么会有这么智障的男孩子？还是熟悉的一口一个兄弟，还是熟悉的一听一个白眼，万众期待的找马CP终于又会合了！

　　明眼人都能看出盛乔在看到沈隽意那一刻时脸上的崩溃，特别是沈隽意喊她救他，而她掉头就走的时候，那浓浓的嫌弃再次溢出了屏幕。

　　观众都要笑疯了：

　　"盛乔到底为什么那么嫌弃沈隽意啊？"

　　"是真的好嫌弃啊哈哈哈……那迅猛的转身动作恨不得插上翅膀立刻飞走。"

　　"简直是正主手拆找马CP。"

　　"就是不想和他组队啊，毕竟他家粉丝可会骂人了呢，惹不起。"

　　"是我就一枪崩了他，免得当了好人还被骂倒贴。"

　　"现在综艺谁没个台本啊？你家不就是拿了个女汉子人设吗？说得像真的一样。"

　　"谁骂你们倒贴？别给自己脸上贴金，你家这咖位连倒贴都不配。"

　　"说台本的是傻吗？这档综艺走的就是无台本路线，无脑黑之前先多做点功课吧。"

　　……

　　两家继续互撕，观众持续看戏。

　　落地成盒的沈隽意成了盛乔的马仔，发誓要帮她找到船，送她离开，两人斗嘴成了节目里最大的亮点。

　　其实也不算斗嘴，就是盛乔单方面撑沈隽意。除了两家粉丝，其他观众居然从中看出了满满的CP感。最后的画面定格在沈隽意一把将盛乔按进自己怀里，一脚踹开门的那一幕。

本期节目到此结束，请下周星期五同一时间收看《荒岛余生·下》。

观众：

"我×，沈隽意这男友力max！！！"

"啊啊啊……我被撩到了！原来他不仅会'沙雕'！！！"

"按在胸口真的man爆了，这对CP我嗑了！！"

"呜呜呜……我求你们去看看沈隽意的腹肌，他的胸口我简直太想躺了。"

"一时之间竟不知该羡慕谁。"

"我宣布！找船CP锁了！钥匙我吞了！请你们下期就原地结婚！"

"哈哈哈哈哈哈……找船CP是什么鬼？上期找马这期找船吗？"

……

"找船CP"再登热搜，一路横冲直撞，干掉女星劈腿、男星出轨，荣登热搜榜第一。

上一期还只是玩笑成分居多，这一期因为沈隽意突然爆发的男友力，还吸到了真的CP粉。

大家纷纷表示，千里姻缘一线牵，不是冤家不见面。旷世奇恋都是从欢喜冤家开头的，这就是偶像剧的剧本啊！姐妹们！还在等什么？现在入坑买不了吃亏，买不了上当，还可体验养成CP的快乐！

这对横空出世的CP犹如病毒开始在网上蔓延，两家粉丝使出浑身解数都压不住，更甚者，两家粉丝里居然也有了CP狗！！！

我们粉的是找船CP，我们就是找头女孩，因为当我们粉的CP聚在一起时，我们笑到头掉，到处找头！

薏仁：……

乔粉：……

这到底是什么智障CP粉，我们不承认。

……

节目结束，霍希按了暂停，画面刚好定格在沈隽意抱着她那一幕。

盛乔："……"

盛乔偷偷地、慢慢地、轻轻地，爬起来，溜走，看不见我，看不见我。

霍希：“站住。”

盛乔：嘤嘤……她转身，背着小手埋着头，盯着脚尖，一副乖乖认错的样子。

霍希说：“过来。”

她小步蹭过去。

霍希问：“还记得上次检讨书怎么写的吗？”

盛乔：“如果再犯，腿打断。”她埋着头委屈地嘟囔，“我是被迫的，这不能怪我。”盛乔因埋着头，没看见霍希眼底一闪而过的笑意。

他声音还是淡淡的：“那就算了？”

她撇着嘴：“那我还送了你PB呢，还给你做炸酱面，还把我的图授权给你工作室随便用。”

霍希气笑了，起身走到她面前，抬手在她小脑袋上敲了一下：“还学会讨价还价了？”

她从他声音里听出了笑意，抿唇偷偷笑起来，终于敢抬头看他，眼睛亮晶晶的：“霍希，你不生气啦？”她扯他袖口，两根手指，一荡一晃，“别生气，我只喜欢你呀。”

他眸色深了一下，喉结微微滚动。

半响，他转过身去，又恢复淡然模样：“我走了，明早还有工作。”

“嗯嗯，路上小心！”盛乔顿了顿又说，“霍希，你回家了有时间的话，可以上线发条微博吗？大家都好想你。”

他俯身拿起帽子戴好，正了正帽檐说：“好。”

她把他送到门口，眼睛里都是不舍，语气却轻快：“霍希拜拜，晚安！”

他低声说：“晚安。”

然后掩上门，屋外冷风拂过身侧，他在原地站了会儿，唇间缓缓溢出一口气。

气温逐渐回升，春寒退去，迎来春暖，盛乔也终于彻底录完了《逃出生天》和《星光少年》两档综艺。

这两档综艺对她的人气提升都有很大幅度的帮助，她借此不仅进一步扭转了路人印象，还吸了不少死忠粉。如果说之前的同居直播综艺显示了她的蜕变，《星光少年》的直播展露的就是飞升。

更别说她在《逃出生天》里的精彩表现，虽然至今只播出了三期，但每一期她的讨论度都和沈隽意这种顶流不相上下。

加上她和沈隽意势如破竹壮大的CP粉群体，热度和话题度都是一路高涨。

事业线上升得太猛，挡了别人的道，自然就会有职黑冒出来。盛乔发现自己最近的黑粉好像比解约前更多了……

各种被包养绯闻满天飞，"裸照事件"也被旧事重提，更有丧心病狂的黑粉P裸照在网上散布，好在发现及时，后援会加上公司及时屏蔽，同时对散播人提起法律诉讼。

贝明凡忙得不行，而盛乔也收到了两笔巨款。

综艺录制结束，酬劳到手，这段时间以来的付出终于有了收获。

第一件事就是让方白和丁简回老家去把盛母接来。盛乔现在身份不便，再加上还要联系疗养院，只给盛母提前打了通电话，让她把房子退掉，收拾些必备的行李，准备搬家。

贝明凡按照盛乔的要求，联系了价格不菲的疗养院，等盛母一到北京，盛乔就陪着去见了医生。

医生根据盛母的情况确定了材质上好的义肢，安装义肢之后还需要三个月的恢复期和适应期，刚好盛乔马上就要进组拍戏，直接付了三个月的疗养费，把一切打点妥当，让盛母在这里住了下来。

而在生活忙忙碌碌又有条不紊地前进时，希光们也迎来了她们王国的大事——霍希的二十九岁生日。

至今为止，出道七年，从默默无闻的练习生到如今的顶级流量，每一年生日，都是一座里程碑。

每一年的生日应援，都是重中之重！

以往那几年，盛乔都会在他生日那一天在市中心给他包一块屏，一天几万块的花费对那时的她来讲就是零花钱，更别提现在。

手握巨款，怎么能少了牌面？！我要让全世界都知道当年那个少年他今天二十九岁了！他越长越年轻！说他十九岁我都信！我就喜欢听路人看着他的脸夸：看上去这么年轻，都二十九啦？

盛乔包了一条地铁线路的全程灯牌以及地铁入口的电梯广告牌。

她把自己的精修图挑了几十张出来，去掉logo，加上"霍希二十九岁生日快乐"的祝语，排版之后让厂家打印，在他生日的前一天全部换上。

于是那一天，所有搭乘那一条线路的人，从地铁口开始，一路走过去，看到的全是霍希的脸。上车之后，两边灯箱闪过的，还是霍希的脸。

路人说：哦，原来今天是霍希的生日啊，长得确实挺帅的，这公司宣传也做得好。

希光：我×，这是工作室做的今年的生日应援吗？也太有牌面了！

早上被上班族拍照拍视频发上网传开之后，全城希光出动，全都去地铁站围观。

"霍希超'壕'生日应援"从早上开始就霸占热搜第一，一整天都没下来。

拍照围观的希光渐渐发现不对，这生日应援的图，风格好眼熟啊。

这不是福所倚的图吗？

难道是工作室又借了福所倚的图来做宣传应援？

因为不少希光都跑到工作室微博下面去夸奖表白，工作室紧接着就发了条微博：室室和大家一起在围观哦，不知道是哪位小可爱用这样大胆的方式表白希希呢？

我×？？？不是官方应援，是希光个人应援？

这他妈也太"壕"了吧！！！是哪位神仙追星姐妹一掷千金为我哥包了条地铁？

确认这是福所倚的图，大家一溜烟地去问福所倚："你到底把图授权给了哪位大佬？"

福所倚刚搞完五百份PB的转发抽奖，正在一个一个地检查中奖名单的打榜记录，收到私信还不知道什么意思。

希光把地铁站的照片发给她。

福所倚："没有授权给别人，那是我自己弄的。"

希光：？？？所以大佬就是你？？？

还以为五百份免费PB就是你最大的手笔了，没想到你还能更"壕"。

全体希光给福所倚跪了。

梁小棠："……"你这么追星，你的粉丝知道吗？

类似这种明星应援，一般都会组织集资，而且站子平时是有通过贩卖周边盈利的，很多站子会在生日应援上投入一年的大部分盈利来为爱豆做宣传。

更大、更"壕"的应援不是没有，但多数是团体集资性的，像福所倚这种无盈利、无集资、高投入的个人应援，真的算少见。

而且她包的不仅是一条地铁，还有各个入站口从下扶梯开始两边的广告位，到进入地铁站后通道两边的广告墙，一直到上地铁之后沿线的灯箱，粗略一算，怎么也要百万起步。

呜……想跟福所倚做朋友。

应援群：我们不仅抱到了修图大佬的大腿，她还是个"壕"，真是太幸福了。

梁小棠：知道她是谁你们会哭的。

工作室给霍希办了一个小型的生日会，知道他不爱热闹庆祝，所以只买了个蛋糕。工作人员各自准备了点不贵的小礼物，霍希在餐厅订了一桌，虽是自己过生日，反而像请大家吃饭答谢这一年的付出。

敬完一轮酒，切了蛋糕，吃蛋糕的时候小助理拿着手机给他看："老板，你的粉丝今年又给你长脸了。"

整理的是国内外的几个超"壕"应援，他随意看了两眼，被地铁站熟悉的照片风格吸引注意力。

小助理见他目光停留，还专门解释："听说这还是个人做的。"

他点了下头，又淡淡道："还是跟以前一样，不鼓励、不反对，官方别参与表态。"

小助理赶紧点头。

又待了会儿，他举杯道："我走了，你们玩开心。"

每年都这样，大家都习惯了，只当是同事聚会，等霍希一走玩得更"嗨"了。

他坐上车，打开手机，聊天栏里是盛乔夜里十二点发来的生日祝福。司机在前面问："老板，送你回家吗？"

他报了盛乔家的地址，到半路的时候，才给她打电话，她居然没接。

一直到开入车库，她都没回电话，估计是在忙工作。

工作室的人一会儿还要去唱K，霍希不打算让司机陪他在这儿白等，下了车，淡笑道："回去跟他们玩吧。"

司机高兴地应了一声，开车走了。他戴好帽子和口罩，上电梯到五楼，敲了门，果然没人应，转身推开了楼道的消防门。声控灯亮了一下，很快又暗下去，四周漆黑，他靠着墙壁，一站就是一个小时。

里面终于传来了脚步声和人声，他听到盛乔说："回去路上小心点。"

"知道。欸，你的手机和充电器拿去，好像没电了。"

钥匙打开房门，电梯的声音也渐渐消失。他怕吓到她，等她进了屋，过了几分钟，才从楼道里走出来去敲门。

她以为是助理去而复返，倒是开得很快，一拉开门，看见外面的人，眼睛一下亮了："霍希？你怎么来啦？"

他走进来，拉上门，酒气在空中弥漫。她愣愣道："你喝酒啦？"

他嗓子有点干哑，声音听起来格外低沉："工作室办的生日会，喝了几杯。"

"喝醉了吗？难不难受啊？"

那点酒，不至于醉。他点了下头，身子还晃了一下。

盛乔一把扶住他，将他的手臂搭在自己肩上，手掌环过他的腰，紧紧拽着他的外套，心疼得不行："先去坐着休息会儿，我去给你买药。"

盛乔把他扶到沙发上躺下，转身就要走，霍希拽住她的手腕。她蹲下来，半跪在地上，凑近一些，声音放得又低又轻："我下去买药，很快就回来。"

"不吃药，喝点水就好了。"

她用手背摸摸他的额头，温度正常，好像是比上次在酒局的情况好很多，略微放下了心，轻声说："那我去烧水，再给你煮点醒酒汤好不好？"

他看着她认真又小心翼翼的表情，半晌，松开她的手腕。

厨房里很快忙碌起来。没多会儿醒酒汤熬上了，她端着温度晾好的热水走出来，手臂从他颈下绕过，使劲将他扶坐起来。

她把水杯递给他，半跪在沙发边缘，手还虚扶着他身后，像是怕他坐不稳栽下去。

耳边、脖颈全是她的呼吸。

他紧了紧握水杯的手，低低开口："地铁站，是你做的吗？"

她一愣，轻轻"嗯"了一声。

他低声责备："乱花钱。"他的声音里却无责备的意思。

她小声说："给你花钱怎么能叫乱花钱呢？"说完，她又去拿他手里的水杯，搁在茶几上，想扶他躺下。

离得太近，耳边碎发扫过他的唇角，她身子半倾，抱他时耳垂都泛红了。

他眸色深了一下，下一刻，手臂从她腰间环过，往上一提，反身将她压在沙发上。她眼睛一下瞪大，还没卸妆，睫毛根根分明，眼眸里都是不知所措的慌乱。

他手肘支着身子，没有压下去，只是感觉到手掌处她腰间的热度，眸色越来越深。

盛乔紧张得牙齿都在打战："霍……霍希，你醉了……"

他手指紧了又紧，慢慢俯下身去，能感觉到她骤然僵缩的身子，他埋在她耳边，带着酒气的呼吸尽数喷在她的颈窝，声音里有压抑的沉："嗯，我醉了。"

她结结巴巴："霍……霍希……可不能酒后……酒后乱……乱……"后面那个字，她说了半天说不出来。

他低低嗤笑一声，可不能让她觉得自己是在酒后乱情又乱性。

他身子一抬，手臂从她腰间抽出来，从沙发上站了起来。她小脸通红，胸口剧烈起伏，连头发都乱糟糟的，真是……

他走向卫生间，拧开水龙头，用冷水浇了把脸。

出来的时候，她已经躲进厨房了。

厨房温度高，她更热，小心脏扑通扑通都快跳出喉咙了。

呜……半醉半醒的爱豆太撩太迷人了，酒气混杂着男性荷尔蒙的味道，她真是快被迷疯了。可她作为一名真爱粉，怎么能趁火打劫、乘人之危揩爱豆的油呢？！还好她意志坚定，咬牙把持住了！

呜……真是要命。

今晚这算什么？沙发咚吗？

过了会儿，盛乔端着醒酒汤出来，霍希正坐在沙发上玩手机，刚才还醉醺醺神志都不清的人，现在看上去怎么好像很清醒？

晾了一会儿，他把醒酒汤喝了，盛乔坐着小板凳趴在沙发扶手上，抱着手机说："霍希，你今年的生日微博好敷衍！就写了几句话，连照片都这么糊！"

"最近的生活照只有那张。"

"发张自拍也好啊！"

"没有。"

她一下抬头，笑眯了眼："那现在拍怎么样？粉丝福利！"

霍希笑："我生日，我还没找你，你倒向我提要求？"

盛乔："怎么是我提要求呢？我是代表广大粉丝，向正主转达她们的心声。"

她把超话翻出来给他看："你看你看。'哥哥的照片连脸都看不清！放大之后五官都糊了！''老公为什么不发自拍！'"她叹气，"民怨载道啊。"

霍希要笑不笑地盯着她看。她被他看得心慌，脑子又冒出刚才那一幕，脸都红了，赶紧低下头去："算了算了，不拍算了。"

过了会儿，听见咔嚓两声，她抬头一看，霍希拿着手机在自拍。

她一下开心了，小狗似的凑上去说："给我给我，我帮你P！"

霍希把手机递过去，其实没什么好P的，好看的人随便怎么拍都好看，她简易地调了下色度和光度，又谨慎地把背景虚化，然后美滋滋道："你是尊贵的VIP会员，可以编辑微博替换照片！"

霍希懒得编辑，直接发了条新微博：

"@霍希：补给你们的自拍。"

希光：啊啊啊……

盛乔：呜……我爱豆，超宠粉！

霍希刷了下粉丝的留言才下线，淡淡地问："还有两天就要进组了，准备得怎么样？"

盛乔从花痴中挣扎出来，不确定地说："还可以……吧？"

"这次的王导平时性格比较低调内敛，但在片场很严厉，他眼里没有明星艺人，只有演员。刚开机的时候可能会挨一些骂，不要往心里去，知道吗？"

"知道了！"

"拍摄地点在杭州那边，虽然天气已经回暖了，但昼夜温差大，降雨还会有倒春寒，衣服要带合适。"

"嗯！"

"其他角色的演员，都认识吗？"

"啊？"她茫然，"太忙了，忘了看，都有谁啊？"

"男二号是傅子清，你们好像关系不错？"

盛乔："！！！"这波稳了！！！

有手把手教她演戏的傅傅在，还有什么好怕的？！

"男三号是我工作室签的一个新人，叫张文均，挺开朗活泼的一个小孩。"

霍希愿意签的人，一定是跟他一样好的人！盛乔高兴地持续点头。

"女二号是林尹彤。"

盛乔愣了一下，觉得这名字有点耳熟。

我×，这不是逼她吃茄子的那个前辈？！

霍希见她神色变了，低声问："怎么了？跟她不合吗？"

她赶紧摇摇头，抿唇笑："差点没想起来她是谁，现在想起来了！还有呢？"

"还有赵子峰老前辈、蓉玉老师、罗建刚老师等一些老戏骨，跟他们搭戏你能学到很多。"

她仔细地把那些名字全部记下来，进组前要把这些人的戏都了解一遍。记了半天，她越想心里越没底，小声说："霍希，我要是演不好怎么办啊？"

他在她有些蔫儿的头发上轻轻拍了一下说："不是有我在吗？"

就是因为有你在，我才担心我演不好啊。

第二天，霍希新专辑上架，盛乔守着时间秒下单一百张，因为明天就要出发去杭州进组拍戏了，她填了贝明凡家的地址，让他帮忙代收。

下午又去疗养院陪了盛母几个小时，快到傍晚，盛乔回到家，丁简已经在房间里帮她收拾行李了。夏装要带，外套也要带，生活用品要带，必备物要带。

拍摄周期是三个月，时间不短，第二天临走时两人将门窗反锁好，司机开车送他们去机场。

这次周侃不跟，剧组里有专门的化妆师，只带丁简和方白。进组行程是提前公布了的，一到机场就看见大片乔粉来送机。

银海一路围着她走到安检口，大家七嘴八舌地交代她要注意这、注意那，毕竟进组之后探班就不是那么容易了。

到安检口，她跟大家挥手说"拜拜"，乔粉依依不舍的。站在前面的女孩子一副老母亲的谆谆语气："崽，在剧组除了拍戏，千万要和霍希保持距离啊！"

"乔宝，我们的战斗力只能跟一家顶流打，两家真的做不到啊！"

盛乔："……"真是辛苦你们了。

飞机落地后，剧组派了车来接，走的VIP通道，直接将盛乔一行人送到了安排的酒店。主场景拍摄地在杭州的一个小镇上，距离市区还有一段路。

剧组给几个主演安排的是星级酒店，助理就住隔壁的商务宾馆，剧组内的工作人员基本也都住商务宾馆。

丁简和方白先把盛乔送到她住的套房，等她收拾行李的时候才又拿着自己的房卡下楼去隔壁宾馆。

杭州的天气比北京暖和很多，她洗了澡换了套衣服，在房间里里外外看了一圈，又给霍希发消息，问他到了没。

他回复："还有点工作没处理完，要晚一点。"

方白和丁简放完行李没着急回来，先去跟剧组里的各个工作人员一一打了招呼，认了个脸，又去熟悉了一下拍摄地周围的地形。丁简以前经常跟组，带着方白也是在教他，毕竟他才是盛乔的第一助理。

两个人看完一圈回来，刚走到酒店门口，就看见林尹彤一行人到了。车上愣是下来了四个助理，林尹彤走在最后，还戴着墨镜，恨不得把脑门儿上都刻上"我是大明星"五个字。

方白一看到她就气得咬牙切齿，趴在丁简耳边把之前她在剧组用茄子刁难盛乔的事说了。

丁简说："注意你的表情管理，别给乔乔惹事。只要她不主动招惹，我们也别冒失，丢了身份。你记住，这部剧，她是给我们乔乔当配角儿的。"

要不怎么是老牌助理呢，说话就是解气。

方白说："欸，我们刚才去统筹那边打招呼的时候，他们不是正在聊带资进组的事儿吗？说的不会就是她吧？"

丁简："你以后不当助理了，就去当狗仔吧，很有天赋。"

主演们陆陆续续到了，毕竟明天早上就要进行开机仪式。晚上剧组要一起吃个开工饭，也是团队成员的第一次见面，幕后台前都要互相认识一下。

盛乔给傅子清打电话，得知他已经到了酒店，问清了房间号，噔噔噔跑去找他了。

傅子清还在楼上几层，她按了电梯，门开的时候，林尹彤正站在里面跟身边的助理发火："这点事儿都做不好，你还待在这儿做什么？干脆滚回老家种地去！"

看到盛乔，林尹彤本来就愤怒的脸越发显出几分狰狞，但一瞬又掩了下去，换上假笑："呦，小乔，真巧啊。"

盛乔走进来，看见自己要去的楼层已经按了，挑唇冲她笑笑："前辈好。"

林尹彤绷着假笑，却怎么也掩饰不了眼里的嫉妒和不甘。之前林尹彤虽然厌恶她，但不至于嫉妒，毕竟她没什么好让自己嫉妒的，空有一张脸罢了。

但她自从跟星耀解约，那真跟飞升了一样，好资源一个接一个，人气坐了火箭似的飙升，随手看个新闻都跟她有关。

这部大制作、大流量参与的热度大剧，自己不知道费了多少心思，跟那投资方的蒋总缠绵了多少回，好不容易才拿到一个女二号，没想到居然要给她做配！

不过最近这段时间有关她被包养的绯闻满天飞，估计身后金主不少，人前装得可爱单纯，背后不知干了多少龌龊事儿，真是让人恶心。

电梯门"叮"的一声开了，盛乔头也没回："前辈再见。"

林尹彤咬牙将心中那种愤懑压下去，走出电梯，走到自己房间门口，还是忍不住去看盛乔。她敲了隔壁的门，等门打开，嗓音欢快道："傅傅，好久不见，想我了不？"

瞧瞧，这什么德行！林尹彤冷笑一声，开门进去了。

盛乔和傅子清确实有很长一段时间没见面了。两个人的事业都处于上升期，都忙，傅子清更是一个剧组接一个剧组地跑，等后期制作的过渡期结束，剧开始轮番播出，估计离大火也就不远了。

傅子清这次在《无畏》中饰演的角色是女主角聂倾的同事，一个正气凛然、阳刚正直的刑警——梁宿。梁宿之前是另一个地方的刑警队队长，因为犯了错误被下调到聂倾所的在刑警支队，来到这里后被冷清的聂倾吸引，发展了一段不可说的故事……

傅子清又拿了苦逼男二的剧本。

两人聊了会儿天，傅子清问她："跟霍希拍戏，开心吗？"

盛乔："……不是特别开心。"

傅子清："我看了剧本，有吻戏。"

盛乔："？？？我不是那种人！"

傅子清："签约后的第一部戏，好好演，可别自乱阵脚。"

盛乔："……"连你都看出来我很慌？

傅子清目光复杂地看了她几眼说："搞不定的地方记得找我。"

盛乔有些颓然地点了下头。

没多会儿，各自的助理就来接他们去剧组订的饭店参加开工宴。工作人员在一个厅，主演和导演、编剧、监制等在另一个厅，盛乔和傅子清进去的时候，林尹彤坐在王导和监制之间，看上去相谈甚欢。

一屋子人互相打招呼认识了，只有霍希还没到，林尹彤问："我们的男主角呢？"

统筹说："他晚点到，我们先吃，先吃。"

林尹彤语笑嫣然地说："大牌行程多，理解，王导、萧哥，快吃吧，可别

183

为了等他挨饿。"

盛乔想用筷子戳死她。

服务员开始上菜。

酒菜上桌，气氛比刚才都要活络一些，盛乔抬头一看，嚯，又是茄子。接二连三上了三道菜，连汤里都搁了块茄子。

盛乔不动筷子，捧着茶杯喝水。

林尹彤笑吟吟地说："小乔，怎么不吃啊？不合你的胃口吗？"

盛乔本来不想跟她计较，毕竟导演、监制都在场，看她上赶着找撑的样子，都要气笑了："同一种把戏三番两次地耍，前辈是想不出新招了吗？"

林尹彤也没想到她会丝毫不顾场合直接开撑，唇角的假笑有点僵，装模作样道："小乔，你这话什么意思呀？是我哪里得罪你了吗？"

一桌子人都看过来。

盛乔转动茶杯，抿唇笑笑："没有，是我不懂事得罪了前辈。这样，前辈今后在剧组里的伙食我包了，向前辈赔罪。"

她本来是不喝酒的，话落拿起桌边的白酒倒了半杯，举杯道："初次见面，有做得不周到的地方希望各位老师多多包涵，我敬大家。"

大家都笑着说"小乔好魄力"，傅子清正要说话，盛乔已经一口把酒干了。

门推开，霍希走进来："不好意思，有事耽误来迟了。"

他笑着打了招呼，看到盛乔手中的酒杯，微不可察地皱了下眉，走到她身边的空位坐下。

林尹彤趁机转换话题，笑道："我们的男主角终于来啦。"

霍希朝她淡笑着点了下头，监制、编剧几个人对他的态度也明显要热情很多。饭局开席，霍希吃了几口菜，又笑说："忙了一天，没吃饭，我加点菜。"

他起身去招呼服务员加菜，很快就端来没有茄子的菜，王导抽着烟问："小希，我给你的那个电影本子你看了吗？"

霍希点头，顺手端起盛乔的碗帮她盛汤，边盛边道："看过了，故事挺好，但我觉得自己不是很适合那个角色，还想找您再讨论下。"

他边说着话，边将盛好汤的碗放回她面前。盛乔握着勺子埋头喝汤，把胃里的灼热压下去。

两个人似乎都没察觉他们这种行为好像过于熟络了。

林尹彤看着这一幕，真是眼珠子都要瞪出来了，连编剧和监制都互相看了一眼。

王导说："怎么不合适？给你量身定做的，还要磨？"

饭桌上说说笑笑，这场开工饭算是吃好了。

这边散席的时候，那头员工的包厢还吃着，丁简和方白也在那边，见盛乔出来，两人丢下筷子跑过来，见她小脸红红的，丁简问："乔乔，你喝酒啦？"

"就半杯，没事。"

话是这么说，但她还是有点晕，方白跟丁简说："你继续吃，我先送乔乔回去。"

霍希从后面走过来："你们去吃吧，我送她。"

丁简和方白对视一眼，点着头跑了。

霍希问她："能走吗？"

她点头，还说："我又没醉。"

两人一路出去，霍希的助理开着车等在外面，他先拉开车门等她上去，才在她旁边坐下。结果车子一发动，她就栽过来了。

霍希手掌托住她的小脑袋，忍着笑问："不是没醉吗？"

她还固执道："没醉，就是有点晕！"话落，她又气呼呼道，"那个老妖婆，那么喜欢吃茄子，接下来的三个月伙食老子吃死她！"

霍希把她抱在怀里，手掌摸摸她的小脑袋，好笑地摇了下头。

前面开车的小蛋透过后视镜看到自己老板一脸宠溺的笑，内心真是五味杂陈。

到酒店车库之后，霍希从她口袋里掏出房卡，半扶半抱地把她送回了房间。直到躺上床，她还说："霍希，我没醉。"

他替她把鞋脱了，被子盖好："嗯，你没醉。"

她眼睛半睁半闭，笑着说："我如果真的醉了，我肯定会亲你。"

他笑了一声，在床边坐下来："为什么要醉了才亲？"

她理直气壮地说："酒壮尻人胆。"她的脸色却越来越红，是白酒的后劲

185

涌上来，连呼吸都变得沉重。

霍希看了她一会儿，手指轻轻拂过她脸颊的碎发，俯下身去，凑到她耳边低声说："你醉了。"

她小声嘟囔："我没有。"她的眼皮却越来越沉。

"乔乔，你醉了。"

所以，该亲了。他低头，吻了吻她酒香弥漫的唇。

第十六章

无畏

第二天早上举行开机仪式。

丁简掐着时间来喊盛乔起床，还准备了宿醉后养胃的小米粥，盛乔一副大梦初醒的样子站在洗手间刷牙，完全想不起来昨晚饭局结束后的事。

她还问丁简："你送我回来的？"

丁简："霍希送你的。"

盛乔："……我没有做什么出格的事吧？"

丁简神色复杂地看了她一眼："那只能问你自己了。"

洗漱完开始化妆，周侃没来，盛乔也就自己拾掇了。方白在剧组那儿领了辆商务车，等她们收拾完就把她们送到了现场。

开机现场一片热闹，剧组成员、各家粉丝媒体全部到场。香案供桌都准备好了，时间一到，导演领着盛乔和霍希走流程，烧了香倒了酒，就算正式开机了。

剧组还发了开机红包，钱不多，就图个吉利，希望接下来三个月的拍摄顺顺利利。

接下来就是媒体采访。几位主演站在台子上，现场一片闪光灯的咔嚓声，盛乔感觉自己眼睛都要被闪瞎了，媒体喊："霍希、盛乔靠近一点，看这边。"

不知道是哪家的粉丝："不要靠太近！！！"

霍希微微一笑，绅士地往盛乔身边走了两步。

等早上的事情结束，已经快到中午了。下午拍第一场戏，一行人转战拍摄棚，场务已经开始发盒饭，轮到林尹彤的时候，盛乔说："别啊前辈，我答应包你三个月的伙食，你再等一下，我专门给你开的小灶马上就到！"

统筹说："哎呀，小彤真是好福气，还有小灶开。"

林尹彤："……"

丁简请的临时助理很快就提着饭盒回来了，盛乔亲自把饭盒递过去，笑得跟朵花儿一样："前辈，别客气啊。"

林尹彤打开一看，红烧茄子、茄子烧肉。

林尹彤嘴角都在抽，半天不动，盛乔楚楚可怜地说："不合前辈的口味吗？那我让助理重新去买一份吧。"

一剧组的人都看着，林尹彤可不想刚开机就落个欺负主角的名声，假笑道："辛苦小乔了。"

盛乔这才"释然"地笑出来，还转头跟场务说："以后就不用准备前辈的盒饭啦，多出来浪费，有我在，不会饿着前辈的。"

场务："好的好的。"

林尹彤："……"

霍希坐在一旁，埋头吃饭，垂下的眼眸里都是笑。

吃完饭之后，剧组造型师开始给各位主演化妆，盛乔带了几套私服，剧组也准备了一些服装，都符合她在剧中人设的冷酷清冷风格。

盛乔还在化妆的时候，外面已经开拍了。导演先补这个场景需要的戏，补完之后就要去早就租好的法院现场。

折腾了两个小时，剧组派车将他们全部拉了过去。法院这边的拍摄现场也都布置好了，很多真正的干警也在，积极配合当群演。盛乔这场戏穿私服，傅子清倒是换上了刑警服，整个人标致得不行。

再看霍希，一身西装文质彬彬，天生衣架子，穿西装更显身材，浑身上下连那副金边眼镜都透着禁欲气息。

先拍他上庭的剧情。

法庭内景里，上面坐着的几位都是真正的法官，是导演组专门邀请来指导的。说完戏，导演坐回机器前，场记打下板子。

摄像机推进，霍希立刻进入状态，那种面对法律游刃有余，旁人明知他在钻空子却丝毫拿不住把柄的感觉一下就出来了。

盛乔还是第一次亲眼看他演戏。

189

不能说他的演技炉火纯青，但每一年他的进步都显而易见。他不是专业演员出身，现在走的又是流量路线，一年有一半的时间都花在舞台上。

可每拍一部戏，他的演技就会比上一部进步很多，私底下下的功夫自不必说。单拎演技出来，那也是吊打圈子里同一批流量的。

盛乔看得津津有味，这场戏两遍就过了，然后就听见导演喊："小乔呢？该她了。"

她赶紧跑过来，然后一行人换到法院外面，傅子清和一干警察群演已经等在那儿了。王导拿着本子说了几句，最后拍了下她的肩膀："别紧张。"

她点了点头。

各就各位，霍希也过来了，站在导演身后，趁目光相接时，朝她比了个"OK"的手势。

场记板"啪"的一声响。

盛乔从远处飞奔而来，满身的冷怒，三步并作两步跨上法院门口的台阶，傅子清紧跟着过来，一把拽住她："聂队！你冷静一下！"

盛乔猛地回头，碎发掠在眼角，眼睛里都是冷意："放手！"

"这是法院！堂堂刑警支队队长，闹起来好看吗？！"

"好不好看，我今天就是要去看看那些为虎作伥披着人皮的浑蛋。"

"这才一审，我们还可以上诉。那个律师不好对付，不能被他抓到把柄！"

盛乔沉默片刻，神情还是冷，语气已经松下来："我知道，我有分寸，你放手。"

傅子清皱眉，迟疑地把手松开。

她勾唇冷笑一下："我去会会他。"

导演："咔。"

一遍就过了。他还真的蛮意外的，没想到盛乔的演技比他预想的好这么多，将聂倾这个人物形象拿捏得分寸不差。剧组人员也是一样，之前都觉得她就是个花瓶，私下也议论过，现在还真算打脸。

傅子清也松了一口气，惊叹道："半年不见，你演技进步很大啊。"

盛乔还有点不好意思："老师教得好。"

傅子清知道孟星沉给她上表演课的事，了然地点点头。

拍完这场，接下来又是几场庭外的戏，盛乔全部一遍过，导演脸上的笑容越来越灿烂，没多会儿统筹过来说："安排了媒体探班，马上就到了。"

导演点点头，结束了这场戏，对盛乔和霍希道："下一场是你俩的戏，准备一下。"

盛乔心里咯噔一下，偷偷在那儿深呼吸。

和霍希的第一场对手戏，在法庭外的走廊上。

霍希靠墙而站，导演的手肘箍住他的脖颈，在那儿讲戏："这样，手这样，要表示你的愤怒，但这种愤怒又是压抑的，等他台词说完，他激怒了你，再这样，啪。"导演又问霍希："真打可以吧？"

霍希说："可以。"

"用手肘去打，这个角度也比较好找，不用太使劲，别真打伤了。"

盛乔连连点头。

导演退回机器后。

盛乔埋着头，还在深呼吸。霍希低声道："放松点，刚才的表现都很好，照着之前的感觉来就行。"

她点头。

这场戏拍的是两人已经有过言语上的针锋相对，聂倾自然说不过巧舌如簧的律师，被激怒之后控制不住情绪，将许陆生按在了墙上。

场记板敲下，导演喊："Action!"

霍希勾着唇角，一副胜利者的微笑，温声说："聂警官没什么别的事，许某就先走了。"

他转身就走，盛乔双拳紧握，终是没忍住，一个反手擒拿直接将他按在了墙上。霍希的脑袋磕在墙壁上，撞得"砰"的一声。

盛乔一瞬间松手，差点儿哭出来了："霍希，撞疼了没啊？有没有事啊？"

导演："咔！怎么了？撞到了吗？"

霍希抬手揉揉头说："没事，我没站稳，再来一次。"

重新站位，又来。

霍希："聂警官没什么别的事，许某就先走了。"

盛乔，捏拳、擒拿、按住！

导演："咔！小乔你动作不对，太轻了。"

又重来。

霍希："聂警官没什么别的事，许某就先走了。"

盛乔，捏拳、擒拿，将他按在墙壁上。

导演："咔！小乔你别不敢下手，动作要凌厉一点、干脆一点，再来一次！"

盛乔：呜……

霍希轻轻叹气："我没撞疼，你不要怕，没事的。"

她低着头，闷闷地"嗯"了一声。

导演："准备，Action！"

霍希进入状态，说完台词转身要走，盛乔猛地松开捏紧的双拳，上前一步擒住他的胳膊，狠狠将他按在了墙上。

盛乔手肘抵在他脖颈上，稍稍用力，就让他窒息。

霍希转过头来看她，被这样对待，竟还是笑着："聂队，我劝你最好不要对一个律师动用暴力。"

盛乔听出他话里的威胁，下一步就该暴力揍他。

导演："咔！小乔你的眼神不对。愤怒呢？恶心呢？厌恶呢？这些情绪在你的眼里一点都看不出来！"

盛乔：呜哇。她要怎么对她放在心尖尖上爱护的人表现出愤怒、恶心、厌恶啊？

这一幕翻来覆去地拍，翻来覆去地拍，导演始终说她眼神不对，最后叹着气摆手："算了算了，以后再补，直接下一步。记得是用手肘，这样打过去。"

两人摆好姿势，镜头推进。

导演："Action！"

盛乔猛抬手肘，朝着那张脸击过去。

导演："咔！小乔，你在给他挠痒痒吗？能不能用点劲？"

重来，再来，重来，又来。

"姿势不对。"

"神情不对。"

"力度不对。"

一遍又一遍地NG，这一场戏都不知道重来了多少遍。现场的工作人员也是一脸的生无可恋，导演忍着火气说："最后再来一次！"

盛乔整个人已经虚了。一开始是下不去手打霍希，后来是看着他那张脸实在做不出恶心、愤怒的神情，到现在一遍又一遍NG，内心又恼怒又愧疚，折腾的不仅是别人，还是自己，完全找不到状态了。

导演再次喊了"Action"。

她努力绷住，抬手肘击，结果打滑了，整个人擦着霍希的肩膀朝前栽了过去。

霍希一把拉住她，导演在旁边暴吼："咔！"

眼见着马上就要骂人了，霍希先他开口，冷声训斥："盛乔你到底能不能行？！不能行换人！"

已经蒙了的盛乔，被他吼得一个哆嗦，大脑缺氧状态下，说出了惊天动地的一句话："老公你别生气啊，我行的！"

霍希："……"

导演："？？？"

工作人员："？？？？"

已经到了的探班媒体："？？？"

全场静默。

终于反应过来自己喊了什么的盛乔："……"

我×，专辑害人啊！！！

她买了一千张数字专辑，有事没事就在手机上看。新专辑风格很硬，霍希短发造型酷到没边，她天天都在内心狂叫"老公好帅"，终于……嘴瓢了。

全场静默中，还是霍希最先开口："王导，这场戏明天再拍吧，让乔乔休息下。"他又招呼镜头外的小蛋："跟那边媒体说一声别拍了。"

王导跟霍希私交不错，也是被盛乔那一句"老公"震得半天没回过神来，火气都没了。

全场目光聚焦，震惊与吃瓜齐飞，眼神共八卦一色。

盛乔此刻只恨不得两巴掌把自己拍死，脑子不蒙了，也不缺氧了，内心只有一个想法：完蛋了。

嘴瓢的代价，她该如何承受？

霍希还拉着她的手腕，低声说："走吧。"

她简直面如死灰："我可以解释……"

他淡淡笑了一下："不用，走吧。"

她也实在没办法再在现场待下去，全程低头被霍希拉着离开了片场。后面的媒体还想追上来，被小蛋和方白拦住，丁简赶紧跟上去了。

霍希把她送上车，手掌撑着车门道："我去处理事情，你先回酒店休息。"

盛乔都不敢看他，埋着头点头。

车子一开，她捂着脸"哇"的一声就号出来了。丁简真是心脏病都要犯了，痛心疾首、惊疑不定地问："你们……你们到底怎么回事啊？"

盛乔边号边泣："我完了，我飘了，我错了。我可怎么办啊！"

丁简生无可恋地给贝明凡打电话。

贝明凡那头还在吃火锅，听到丁简的话，手机差点儿掉锅里了，大吼道："你再说一次？"

"乔乔在拍戏现场喊霍希'老公'，全剧组的人都听到了，旁边还有探班的媒体。"

贝明凡："盛乔！！！你什么时候领的结婚证？？你隐婚连经纪人都不告诉吗！！"

盛乔："呜呜呜……我没有，我单身。"

贝明凡："？？？"

丁简："别吼了，快想解决办法吧，再过一会儿估计就要上热搜了。"

贝明凡："……"

那头，霍希回到片场，先去跟探班的媒体打招呼，记者都还没从震惊中回过神来。

我们只是来探个班而已，何必放这么大的料？呜……人太好了。

霍希："今天片场的事，还希望各位手下留情，等空了我给大家留一个专访。"

记者："一定的一定的，不乱写不乱写。"

内心OS：不乱写！绝对照实写！

等他过来，小蛋说："瞒不住的，片场工作人员太多。我让工作室准备一下，提前把辟谣声明准备好。"

霍希摇了下头："暂时不用。"

一旦官方辟谣，就等于直接打盛乔的脸。

小蛋都急了："那怎么办？总不能让大家真觉得你隐婚了吧？！"

霍希没说话，走回片场，朝丝毫不掩饰八卦目光的众人笑笑道："我和小乔经常对戏，私下里闹惯了。"

众人："……"不，这个解释我们不满意。

王导也笑，为他圆场："我就说，小希结婚怎么可能不请我？那以后我的戏你就不要演了。"

"等我订婚了，一定第一时间告诉您。"

几句玩笑缓和了气氛，霍希说："继续拍吧，先把我的部分拍了。"

吃足了瓜，正事还是要干的，片场再次投入工作。但八卦是不可能盖住了，不到一个小时，"霍希盛乔隐婚"的词条就上了热搜第一。

微博服务器直接崩了。

希光：？？？

乔粉：？？？

路人：？？？

找船CP党：？？？

梁小棠：获胜是真的！！！！！！！

盛乔坐在房间，生无可恋地拿着手机，给贝明凡打电话："联系霍希工作室让他们发辟谣声明吧。"

贝明凡说："联系了，他们那边说不发声明。"

盛乔："……"

贝明凡："这样也好，不然就是直接打你脸啊。你缓缓，你让我缓缓，我想想这事儿怎么解决。"

等微博的工作人员手忙脚乱地维护好服务器，"隐婚"的词条早就爆了。全网关注莫过于此，现场探班媒体在通稿里描写得绘声绘色。

盛乔是怎么一遍又一遍NG、霍希是怎么斥责，盛乔又是怎么漏嘴喊出的"老公"，光靠脑补那画面就如临现场，只可惜没有视频加以佐证。

我×，这年度大瓜……

当红顶级流量隐婚，对象竟是曾经的捆绑女星？

所以两家粉丝撕得热火朝天，正主却偷偷领了证？

希光：不可能！！！我们不信！！！哥哥不可能隐婚！！！对象还是盛乔！！！不！！我们不接受！！！工作室快出来辟谣！！！盛乔快滚出来解释！！！

乔粉：不可能！！！我们不信！！！乔宝不可能隐婚！！！对象还是霍希！！！！不！！我们不接受！！！！她的事业才刚刚起步！！！怎么可能断送在这里！！！

事态愈演愈烈，服务器有再崩的迹象。

霍希的合作经纪人、工作室员工一个接一个地给他打电话，要求立刻发布辟谣声明，否认隐婚谣言。

贝明凡那边也在联系团队开启紧急公关。

两边都着急的时候，盛乔微博上线了，盛乔发微博了："@盛乔：那个，老婆粉你们了解一下？"

全网：？？？啥玩意儿？

你说的意思是我们理解的那个意思吗？

贝明凡的电话又打过来了："不是让你不要上微博吗？！"

盛乔："这就是最好的解释，除了这个任何公关都没用。"

是的，除了这个理由，任何解释都不足以服众。

她不表态，霍希为了保护她就不会发官方辟谣，一直拖着，隐婚的谣言只会越传越盛。两家粉丝更会越闹越大。她给出的这个解释，是最真实的解释。

既破了隐婚谣言，也不会误伤到霍希一丝一毫。

事到如今，贝明凡也认命了，交代："你别管了，线头已经抛出来了，结团的事儿交给我。"

挂了电话，盛乔上小号刷了刷微博，"霍希盛乔隐婚"的词条虽然还在第一，但"盛乔老婆粉"的词条也已经跃居第二了。

她没再看，退出微博，微信叮叮叮响个不停，当然是以钟深为代表的一众圈内好友发来的"八卦"慰问。

盛乔统一回复："嘴瓢了。"

梁小棠："呜呜呜……我懂，我搞到真的了。"

没多久，各大营销号就再次翻出了当初盛乔接受《红刊》专访时有关追星少女的那一段言论。

那时候这番话引起了整个粉圈的共鸣，盛乔还被大家戏称为"全民追星代表"。当时就有路人好奇，她这么情真意切的，难不成也追星？

只是都被贝明凡压下去了。此刻他却以此为线头，再次抛了出来。

大家恍然大悟，原来她真追星啊！她追的是霍希啊！！！

她还真是霍希的老婆粉啊？

营销号水军操刀，很快把重点引向了"盛乔追星"这一话题上，火眼金睛的网友们开扒盛乔追星的种种细节。

难怪她那么嫌弃沈隽意！！！她是希光的话，节目里对沈隽意的各种嫌弃、白眼避之不及就能说得通啊！我×，对家啊，能不讨厌吗？！

她不管是对自己的粉丝，还是别家的粉丝，都特别亲和温柔，有人说她宠粉，有人说她做戏，其实都不是啊，是因为她自己也是粉丝，她理解那种心情啊！

《星光少年》第二期怒撑抄袭，当时大家还疑惑她怎么能一下就听出抄的是霍希的歌，那可是只有希光才知道的歌。拼着造成直播事故的代价，被关麦仍要冲上舞台，那样的愤怒和不理智，原来都是出于对爱豆的爱护啊！

盛乔和霍希参加的同居综艺，成为网友们找证据的重要素材。套上希光的身份，她在节目里的举动简直不要太明显啊！

让单人间给霍希，帮霍希搬箱子，不给霍希安排家务，连煮个炸酱面，霍希碗里的炸酱都比其他人多！！！

早餐是霍希爱吃的酱油煎蛋，明明茄子过敏还买那么多茄子是因为霍希爱吃，出去逛街还给霍希买他喜欢吃的烤红薯，连拍个宣传照都往边上躲，为了不传绯闻而主动远离爱豆！连之前半夜那段无人观看的直播都被网友翻出来了。

谁能知道，在凌晨两点，追星少女盛乔还为他的爱豆煮西红柿鸡蛋面呢？

她坐在他对面小心翼翼偷瞄他的眼神，被发现又匆忙低下头去的慌张，我的妈呀！这是什么真情实感的追星？？？

不久之后，一个ID名为"获胜党头顶青天"的微博就上传了一个剪辑视频！

视频十几分钟，配了超级甜美恋爱心的BGM，将盛乔在公众场合面对霍希时所有小心翼翼又偷偷摸摸的爱护和喜欢全部剪了进去。

视频配文字："她一腔孤勇、奋不顾身，用自己悄悄的温柔去守护那个发光的少年。我相信，她和我们一样爱他。"

视频带了热门话题，一经发布迅速被网友送上热门，营销号自然也不会错过蹭热度的机会，纷纷搬运上传，这段视频的点击量很快就过亿了。

当画面被剪辑在一起，当那些偷瞄的眼神被放慢，她眼里的爱意，真是一丝一毫都掩藏不了。

呜……哭了，这是什么追星界的楷模？

梁小棠：呜……我偷偷摸摸剪好的视频今天终于有了发布的机会！

没多会儿爆料帖也一个接一个，剧组的工作人员直接上大号爆料："今天这场戏拍的是盛乔暴揍霍希，她之前那几场都一遍过，轮到这场NG了20多次。现场工作人员都能看出来她明显舍不得对霍希下手，面对霍希时也演不出那种厌恶、愤怒的状态。"

网友：呜……哭了，真的哭了。

接着又有小号爆："我×，我跟你们讲，霍希的新专辑不是前两天刚上架吗？盛乔要进组拍戏，下单了一百张专辑寄到她经纪人家里了，哈哈哈哈……你们看看她的经纪人签收时那一脸崩溃的表情，笑死我了。"

附了一张贝明凡在门口开箱检查快递时的照片，霍希这次的专辑的封面颜色是黑红，扎眼得很，一眼就能看出来。

网友：哈哈哈哈哈哈哈哈……原来明星追星也跟我们一样！

当然，这个小号的料是贝明凡自己让人爆出去的。现在最好的公关办法就是坐实盛乔的追星少女身份，这一步走好了，不仅能化解今天的公关危机，还能再吸一拨粉！

本来愤怒的希光，现在已经彻底蒙了。

什么？我们撕的是我们的家人？

不少希光都是抱着"不可能我不信又倒贴又炒作"的想法去看的那个剪辑视频，结果看完之后……

呜呜呜……这不就是我自己吗？这不就是我面对哥哥时的状态吗？

获胜CP？

欸，你别说，这CP名还挺好听的，比什么找马、找船靠谱多了。

当然这都是小部分，大部分希光还是在怒撕盛乔炒作，你要真是粉丝，你之前会放任经纪人那么搞我哥？

不过也有粉丝说：解约之前她没地位、没话语权，估计自己也做不了主。自从解约，她好像真的再也没有任何捆绑作秀的行为了。

霍希的超话吵得不可开交，大站云端站的成员"海棠小希"发了条微博："@海棠小希：这时候站出来可能会引来很多质疑，但有些话还是想说说。作为一名唯粉，我曾经对SQ的厌恶不比你们少。但那一次在公司，我被领导欺负，是刚好在那里录音的SQ冲进办公室把我救了出来。当时的我对她来说无异于陌生人，她作为艺人，那种冲动的行为其实是吃力不讨好的。可在我绝望之际，连同事都袖手旁观之际，只有她挺身而出了。不谈其他，我相信她是一个温柔善良的人，曾经种种大抵因为无奈，有些谩骂还是适可而止吧。"

云端站是老站子，这些年打榜应援都冲在前线，属性是毋庸置疑的。海棠小希也是老粉，权重不低，她不可能为了盛乔而编故事。

这条微博也是在粉圈引起了很大的动荡。

她这一带头，又有一个希光发微博了："不知道该不该说，有点忍不住还是说吧。之前有一次接机，我捡到一个零钱包，当时我追了好久才追上掉钱包的主人，她戴着口罩和帽子，我也不知道她是谁，就把零钱包还给她了。结果她从包里拿出了一张哥哥的签名照送给我，说她也是希光。然后我前段时间去看《逃出生天》那节目，里面SQ的零钱包跟我捡到的那个一模一样。我还以为是巧合呢，难道当时我在机场遇到的那个人真的是SQ吗？"

下附一张签名照。

另外一条微博："dbq我真的忍不住了，我们现在假设SQ是希光，那我那天在潮音盛典看到的人，真的是她？我×，我还以为我眼花了啊！"

下附一张下楼梯的侧面照。

照片上的人在接电话，因为接电话，所以帽檐被顶上去了一些，露出了上半张脸，真的跟盛乔好像哦，怀里竟然还抱着个金色的灯牌。

她竟然敢明目张胆地追商演，还坐在我们之中？？？

排除盛乔作秀的可能，现在种种证据都表明，她就是希光。

一个混迹在自己天天被diss的粉圈里的希光。

姐妹，有种。

网上依旧吵得不可开交，但话题已经从隐婚变为了盛乔追星，除了希光们五味杂陈，乔粉更不必说了。

我们追的爱豆，竟然比我们还会追星？

一开始乔粉还不信，想控评辟谣，但方白直接在后援会管理群里坐实了这个消息："乔乔的确是霍希的粉丝。"

别说乔粉了，就连管理员一时之间都难以接受。有些管理员甚至觉得心寒，直接退群了。

在一片人心惶惶中，茶茶站出来说："我不管乔乔喜欢谁，是谁的粉丝，我只知道我喜欢她是因为她的温柔和勇敢。只要我喜欢她的这份初心没有变，我就永远都是她的粉丝。"

是啊，你有追星的权利，难道她就不能有吗？

抛开明星这个身份，她其实也跟我们一样啊。我们还能光明正大地追，可看她那些视频，她把喜欢和崇拜全部小心翼翼地掩藏起来，难道还不够说明一切？

有人脱粉是必然的，但后援会统一态度后，官方表明态度，大粉下场控评，还是稳住了风向。

我们喜欢她，自是喜欢她的外在与内在。只要我们最初爱上她的那个点没有变化，又何必干涉她的生活？追星这件事，一不算人品败坏，二不算黑料。这种行为在路人眼中甚至是可爱的，她本不必承受来自自己粉丝的恶意。

这件事算是洗粉，走了一些人后，留下来的基本都是死忠，也算进一步固粉了。

管理员说："唉，其他都没什么，就是以后要跟两家顶流同时撕了，好心痛。"

茶茶："还撕啥？还有必要跟薏仁撕？他们心里没点abcd数？之前还咬死说我乔拿女汉子人设，故意倒贴，现在还不明白我乔是真嫌弃？"

薏仁：……

哦，原来你是对家的粉丝。

算了，不撕了，显得我们好像在跟对家抢掐架热度一样。什么找马、找船？任由他们蹦跶吧，反正正主都亲手拆CP了。

找头女孩：……

呜……我们不信。我们的CP事业才刚刚起步，我们还在努力产糖。就算你是对家的粉丝，但也只是粉丝！找船可是一起经历过生死有着深厚革命友谊的，偶像和男朋友能混为一谈吗？我们允许你有偶像，但CP永远不倒！！！

希光：是是是，你们找船永远不倒，我们举双手双脚支持，有需要我们的地方尽管说，我们一定为你们的CP事业添砖加瓦！！

一部分希光现在不得不承认盛乔的粉丝身份，但承认不代表接受，毕竟黑历史摆在那儿，难道你现在改正了，过去作的妖就不存在了？追星女孩有多记仇了解一下？

当然还是有一部分人认为盛乔本性不改，就是在作秀炒作，跟已经做好战斗准备的乔粉开启新一轮的掐架大战。

在各方混乱中，有一小撮CP党迅速崛起。

领头人就是上传剪辑视频的那个"获胜党头顶青天"，一天的时间，连超话都开好了！关注人数迅速达到了三万。

她产粮还产得特别快，各种甜蜜视频剪得飞起，力图证明获胜真的。

姐妹们，这不是一个单向的关系。你要知道，乔乔作为一个才艺俱佳的女明星，频繁出现在希希身边，还带着圈内人都没有的热忱和喜爱，你，作为一个正常的男人，你难道不动心？

来来来，让我们看看这次隐婚事件爆出后，希希的态度。希希愣是让隐婚谣言在热搜飘了几个小时也没让工作室发辟谣声明啊！为什么？我问你们为什么？！不就是在保护乔乔吗？！

再来看看这个吃面的名场面，看看两人对视时的目光，看到希希低头时温柔的笑容了吗？姐妹们，这颗糖，我摆在这儿了，我就问你，吃不吃？！！

吃吃吃，我们吃！！！

梁·人生赢家·小棠，坐在电脑前，微微一笑，深藏功与名。

希光现在不仅要撕盛乔，还要撕这莫名其妙壮大的获胜CP党，真的很心累了。

网上闹得不可开交，但各圈基本风向都定了。闯祸的盛乔终于稍微放下了一颗心，将全部精力都投在了剧本上。

对于自己今天在片场的表现，她真是又恼怒又愧疚。其实后面她应该主动喊停，频繁NG已经找不到状态了，但总是撑着一口气，不想让工作人员的准备白费，结果当然是越来越糟，拖累了霍希和工作人员不说，最后还闹出那么大的事故。

盛乔真的很想把自己打死。她正在独自练习，房门被敲响，傅子清来找她了，还给她带了晚饭。

她有些垂头丧气："我不饿。"

"吃点吧，吃了才有力气对戏。"

傅子清来找她对戏，对的就是今天她和霍希的那一场。她确实是没胃口，但还是听话地把饭吃了，稍微准备一下，两人在房间里开始对戏。

傅子清已经把霍希的台词都背下来了，他演技也很好，站定之后立即就进入状态，勾着唇角冲她微微一笑："聂警官没什么别的事，许某就先走了。"

盛乔眉眼一冷，一个反手擒拿，一掌将他按在了墙上，手肘箍住他的脖颈，眼里有滔天怒意，可只有薄唇崩成一条线，压抑着愤怒。

傅子清艰难地转头，看着她笑道："聂队，我劝你最好不要对一个律师动用暴力。"

盛乔终于不再克制，狠抬手肘撞了过去，傅子清跪倒在地，盛乔俯身将他的胳膊反扣在身后，凑到他耳边："许律师，我也劝你最好不要激怒一个刑警。"

半天，傅子清揉揉胳膊站起来，叹着气："这不演得挺好的吗？"

盛乔："……"

傅子清："你别把他当霍希，进入角色之后，他只是许陆生。"

盛乔垂着头："我知道。"

可每次身体都先意识一步做出反应。她喜欢他将近七年，一年比一年浓烈，真是恨不得拿命去护的人，连身体本能都已经习惯了对他的爱护。

傅子清说："再来几次吧，你记住现在这种感觉，明天片场就照着来。"

两人正说话，房门又响了。

霍希站在门外，应该已经洗漱过，头发还有些湿，手上端了份汤饭，低声说："方白说你没吃饭？"然后他才看见傅子清。

霍希眸色沉了一下，傅子清已经走来，淡笑道："我过来陪小乔对对戏，你来了就你们对吧，我走了。"

他打了招呼就出去了，房间只剩下他们两人。盛乔真是尴尬得要命，都不敢看他，接过饭盒在那儿埋头狂吃。

霍希看见茶儿上的餐盒，问："不是已经吃过了吗？"

盛乔："……还可以再吃一点。"说话时她完全不敢抬头，避免目光接触。

霍希无声地笑了笑，在她对面坐下说："吃完了跟我对对戏，争取明天一遍过。"

盛乔顿时就吃不下了，把勺子一放，垂着头在那儿不言不语。

霍希问："怎么了？"

她半天才小声说："对不起。"

"对不起什么？"

"对不起全部。"

霍希："……"

他前倾身子，伸手在她头上拍了一下："抬头，看着我。"

她慢腾腾地抬头，目光乱瞟，好半天才落在他脸上。他神情是淡的，眼神却很柔和，看着她低声说："没有什么对不起的，拍戏就是这样，只要最后能完美完成，之前所有人的付出就都是值得的。"

她抿着唇角，半天又说："还给你惹麻烦了。"

他低低地笑了一下："那不算麻烦。"

她吞吞吐吐，脸都憋红了，小声说："我，我喊你……不是……就是……只是……"

霍希："喊我什么？"

盛乔："就是片场喊的那个……"

霍希："哪个？"

盛乔："……"

不，不要逼我再当着正主的面喊一遍，我要脸。

霍希见她耳根都憋红了，终于没再逼她，拿过剧本道："来，对戏吧。"

两人站好位置，盛乔深吸一口气，努力进入状态，将愤怒、厌恶的心情调出来。霍希朝她温和一笑："聂警官没什么别的事，许某就先走了。"

接下来的动作她做了二十多遍，已经算身体反应了，擒手按住，手肘箍住他的脖颈。

但霍希能感觉到，她真的没有下狠劲，眼神和气息都不对。

他没说什么，还是按照剧本，缓缓转过头来，但脸上换下了笑，只剩一种阴沉的讥讽："听说聂队的父亲早些年因公牺牲了？"

盛乔一愣，不知道他为什么换了台词。

他嗓音又低又沉，还带着一丝恶意说："你父亲死后，是你父亲的战友曾队一直在照拂你？你从警校毕业，进入刑警支队，曾队带着你出任务，帮你挡子弹，一点一点将你带出来，把你当作亲生女儿照顾。"

他凑近一些，脸上的笑令人生寒："结果被我的委托人，一刀，戳进心脏，刺了个透，听说那血当场就喷了他一脸。"

盛乔的瞳孔开始放大，连呼吸都渐渐急促起来。

他低低地叹了声气："听说你千辛万苦，跨了好几个城市，出动了不知多少个弟兄，才把他抓回来。"抬眸，他露出胜利者的嘲讽笑容，"可惜，被我救出来了。一审判的无罪呢，你说，这可怎么办？"

她眼里终于有了怒，有了恨，有了厌恶与恶心。

他朝她的耳朵吹了口气，讥笑着："你的师父，白死了呢。"

砰！她抬手打了过去，将他狠狠地按在地上，凑近时，声音发狠："许律师，我劝你最好不要激怒一个刑警。"

半晌，她松开手，跟跄两步，一下瘫坐在地上。

霍希起身走近，在她面前蹲下来，低声问："记住这种感觉了吗？"

她抬头，眼眶都是愤怒后的红，咬着牙狠狠地点了点头。

第二天盛乔到片场，遇上的每个人都是一副吃瓜的神情。

隐婚的传言是破了，但追星这个瓜也很好吃啊！堂堂当红女艺人，追星追得全网皆知，堪称"史上最强追星王者""全民追星代表""全网追星楷模"。

盛乔面无表情："我的口罩呢？"

方白："乔乔你也别遮了，没用。其实吧，曝光了也有好处，以后你去演唱会就不用偷偷摸摸了，还可以光明正大地对霍希好，开心不？"

盛乔："……"说得好有道理，我竟无法反驳。

今天要把法院这几场戏拍完，昨天下午霍希的个人戏份都已经拍了，现在大部分都是盛乔的戏。只要不跟霍希演对手戏，她基本都是一遍过，等到开始补拍走廊对峙戏的时候，现场所有人再次提起了一口气。

导演现在算是明白问题所在了，怕她有压力，还安慰道："男女主角对戏本身就需要磨合，不用急，多来几次找状态。"

盛乔点点头，看了眼已经准备好的霍希，暗自捏了下拳。

场记板再次敲下。

两人立即入戏，到盛乔用手击打时，导演喊了"咔"："手臂姿势幅度有点大了，不好看，再来一次。"

现场工作人员都在想：完了，又来了，又要开始重复NG了。

没想到第二遍就过了。

一气呵成，盛乔将那种怒到极致但死死忍耐，最终还是没忍住用最简单的办法宣泄愤怒的感觉演出了个八九分。

导演顿时笑容满面："不错不错，很不错，保持这个状态！"

霍希从地上站起来，也笑了，低声说："表现很棒。"

她今早一直紧绷的心情这才终于放松了一些。

接下来的戏基本也就NG个一两遍就过了，盛乔在这个剧本上下了很多的功夫，把女主角的性格、身世背景吃得透透的，连来探班的原著作者都表示很满意。

只是跟霍希对戏时她多少还是有些不适应，情绪发挥不完全，不过影响不大，导演也说多磨合一段时间就好了。

中午吃饭的时候，盛乔的临时助理又准时拎着饭菜跑来了。她早上的戏拍得很顺利，心情也很好，笑眯眯地把饭菜递给林尹彤："让前辈久等了，这是助理去当地那家土菜馆买的，大厨手艺很好，希望合你的胃口呀。"

众人："哇，小彤你真的好幸福，每天都有小灶开。"

林尹彤："……"鱼香茄子、肉末茄子。

盛乔："前辈，快吃呀，这不是你最爱吃的吗？"

林尹彤："……"

下午拍两人的第一场对手戏。

林尹彤饰演的角色许阮是男主角许陆生的妹妹。许陆生是孤儿，8岁时才被许家夫妇收养。许阮比许陆生小3岁，小时候是很不喜欢这个突然出现在家里的陌生人的。

但许陆生来到许家后，性格温和，见人就笑，既不和妹妹抢玩具、抢零食，在外面又很护着她，许阮渐渐就依赖上这个毫无血缘关系的哥哥了。

抛开兄妹这层关系，两人算真正的青梅竹马，许陆生越来越优秀，长得还好看，上学时喜欢他的女孩子多得不行。

许阮只需要闹一闹，许陆生就不会再看那些女孩子一眼。直到许陆生毕业，进入社会成为律界大佬，身边不乏优秀女性，可在许阮的故技重演下，他单身至今。

这八点档的狗血剧情。

下午的戏演的是许陆生被聂倾打了，回家之后许阮发现他脸上的伤，逼问无果又从他律所同事那里打听到了真相，于是去局里状告聂倾暴力伤人。

派出所门口已经搭好了机器，进进出出的干警也都是局里真正的警察。许阮到达警局门口时，聂倾已经受到上级处分被停职了，正从门口走出来。

导演喊开始之后，盛乔垂着眼眸往外走，脸上一派清冷，后面有个小刑警追出来，喊她："聂队，你的枪……"

盛乔脚步一顿，从枪套里把手枪取出来，下了弹夹，交给同事。

小刑警安慰道："聂队，你就当放几天假，回去休息一下，局里肯定……"

正说着话，林尹彤踩着高跟鞋气势汹汹地走过来说："聂队？你就是聂倾？"

盛乔抬眼看她，脸上半点情绪也没有，漆黑的眸子却又深又沉，像黑洞、像深渊，凝望人时，令人心惊。

"我是，你哪位？"

林尹彤："我……我……"

导演："咔！"

丁简和方白都在外围看着，丁简低声跟方白说："茄子精接不住乔乔的戏。"

这种情况一般只会出现在老戏骨和新人身上，因为演技差别太大，新人接不住戏也正常，林尹彤比盛乔还先出道，演戏经历比她丰富多了，怎么还会被她压戏？

喊"咔"之后，林尹彤脸也是一阵青一阵白，解释说："对不起王导，我忘词了。"

于是再来。

NG了三四次，林尹彤才终于勉强过了，导演说："尹彤你这样可不行啊，有时间多跟小乔对下戏，接不住戏咋成？"

王导是个直来直往的人，当场点破她接不住盛乔的戏，等于变相在说她演技跟不上盛乔，林尹彤的脸色很不好，一言不发地走回座位。

她那四个助理轮流上场，倒水的、捏肩的、扇扇的，她低头看剧本，其实一个字都看不进去，手指紧紧掐着纸张，捏肩的助理力道放重了，被她一本子砸过去："你要疼死我吗？！滚！"

那助理也是临时请来的，把剧本捡起来递给她，才包着一眶眼泪转身跑了。

林尹彤不是没跟盛乔演过戏，之前盛乔给她当配角，她明里暗里不知道折腾了盛乔多少次。盛乔有几斤几两她再清楚不过，一个扶不起来的花瓶罢了。

这个花瓶，今天却用演技压了盛乔，那眼神扫过来，居然让她感到了心悸。

昨天自己还在幸灾乐祸地看她演砸，没想到今天就轮到了自己，真是牙齿咬碎也毫无办法。

导演像是专门跟她对着干，这一下午她都在跟盛乔演对手戏。

NG的问题全部出在她身上，盛乔状态很稳，镜头外还捏着小拳头给她打气："加油哦，前辈。"

林尹彤："……"

天黑之后，迎来了今晚的最后一场戏。三人上场，霍希和林尹彤在超市偶遇盛乔，言语上发生争执，林尹彤出手打人想为哥哥出气，盛乔侧身闪避，林尹彤撞倒货架。

超市的景已经搭好了，群演就位，林尹彤推着推车，一脸天真、不谙世事的笑容，指着货架上的糖说："哥，我要那个。"

霍希伸手去拿，盛乔入镜，两人同时去拿糖，对视之后，互相认出对方。盛乔收回手，转身就走。

林尹彤说："呦，这不是因为无故打人被停职处分的聂警官吗？"

盛乔理都不理她，径直往前，林尹彤气得跺脚："聂倾，你给我站住！"

林尹彤声音喊大了，四周的人都看过来。

盛乔停下脚步，回身淡淡地问："许小姐，有什么事吗？"

林尹彤："……"

导演："咔！"

林尹彤："对不起，我忘词了。"

盛乔是有毒吗？怎么被盛乔一看，她就忘词？林尹彤知道自己这状态不对，一面对盛乔她脑子就短路。她怀疑盛乔给她下了蛊。

导演说："休息十分钟，尹彤你找下状态，争取一场过，大家收工了。"

都还没吃饭，林尹彤僵硬地点了点头，走到一边去看剧本了。

盛乔从聂倾的角色里抽离出来，摸摸肚子："好饿啊。"她转头看了看货架上的零食，小声问霍希："这个能吃吗？"

霍希偏头看着她说："吃哪个？我给你拿。"

她开心得不行："要那个彩虹糖。"

霍希伸手从货架上拿下来，撕开包装袋递给她，她拿起一颗金色的放进嘴里，正咂吧咂吧，在旁边围观的超市老板喊："欸，你们那个一会儿记得付钱啊！"

统筹："演员不准吃道具！"

盛乔："……"她吃也不是吐也不是。

霍希说："吃。"他又跟旁边的小蛋说："去把钱付了。"

场记是个三十多岁的姐姐，顿时一脸八卦地问："霍希，你怎么对我们小乔这么好啊？"

霍希："我宠粉。"

场记："……"无法反驳。

十分钟后，林尹彤回到现场，盛乔吃彩虹糖把舌头吃得五颜六色，正在那儿喝水漱口。等几个人准备好，镜头从盛乔站定回头开始拍。

林尹彤憋着一口气，尽量不跟盛乔产生目光接触，毕竟镜头双拍，到时候剪辑也看不出来。剧情一路进展到她伸手去打盛乔，盛乔侧身避开，林尹彤哐当一声撞上用易拉罐堆起来的三角堆。

乒乒乓乓滚了一地，盛乔冷清的脸上有片刻错愕，似乎也没料到她会摔倒，正要上前去扶，霍希三两步走近，撞开盛乔的肩膀，将林尹彤扶了起来。

林尹彤哭得梨花带雨，指着盛乔狠声："你二次暴力伤人，你就等着法院的起诉书吧！"

霍希低声问："没事吧？要去医院吗？"又温柔又宠溺。

林尹彤半倚在他怀里，哭诉道："哥，我要告她。"

霍希扶着她离开，并不看一眼旁边的盛乔说："走吧，去医院检查一下。"

盛乔呆呆地站在原地，看着两人走远。

已近收尾，所有人都以为这场过了，结果导演喊："咔！"

几个人都回头看过去。

导演："小乔，你这表情和眼神怎么回事？你应该是皱着眉，几分茫然，几分无奈，带些许的生气。可是刚刚你的眼里只有嫉妒和难过，你嫉妒她做什么？你们又不熟！"

盛乔："……"我嫉妒了？我难过了？

我没有啊！你别胡说！

第十七章

暧昧

霍希和林尹彤的戏份结束了，导演又补拍了盛乔的眼神戏，这才结束了今天的拍摄。

林尹彤好不容易看她吃一次瘪，当然不会放过这个机会，阴阳怪气地说："小乔，你刚才怎么回事呀？怎么还吃上醋了呢？"

盛乔："我这不是老婆粉嘛。"

林尹彤："……"

盛乔笑笑，穿上丁简递过来的外套，转身走了。

上车之后，方白开车，丁简陪她坐在后排，正在看明天的拍摄计划，盛乔突然问："你们刚才看见没？我真的一脸嫉妒吗？"

丁简："嫉没嫉妒不好说，反正表情很难过就是了。"

盛乔："……"这不可能啊，她虽然是个老婆粉，但一直以来都是哪怕爱豆谈恋爱结婚也会哭唧唧祝福的老婆粉。她接受的教育让她能很清晰地分开现实和梦想，从不会对爱豆过多臆想。

何况这就是拍个戏而已，她咋还嫉妒起来了啊？

天哪！她是跟霍希近距离接触太久，所以产生了不切实际的幻想吗？！

于所爱不生贪心！要永远记住这句话！

快收起那些在过界边缘疯狂试探的想法！！！

正胡思乱想，手机振动了，一看来电显示"我的宝贝"，盛乔差点儿不敢接。不，越不接越显得心虚，她问心无愧、光明正大，必须接！

"霍希！"

"晚饭想吃什么？我让小蛋买上来。"

"都可以，你要跟我一起吃吗？"

"嗯，在房间等我。"

盛乔：呜……爱豆又撩她。听听，"在房间等我"，嘤嘤……

回房之后没多久，霍希就提着饭菜来了。三菜一汤，都是她爱吃的。

盛乔：求助，爱豆太宠粉怎么办？急，在线等。

霍希见她慢腾腾吃得心不在焉的样子，问："怎么了？不好吃吗？"

盛乔用筷子戳戳米饭，好半天才语重心长地说："霍希，你太宠粉了，这样不好。"

霍希放下碗，要笑不笑地问："哪里不好？"

她苦恼道："容易让粉丝迷茫，找不准自己的定位。"

霍希看着她，半晌，缓声说："那就重新定位。"

盛乔愣了愣，目光上移，落在他微微抿着唇角的脸上，过了好半天，迟疑着问："重新定位的意思是？"

霍希眯眼看着她。

盛乔："你要稳固跟我的友谊对不对？！"

霍希："？？？"火候不够，还得煮。

接下来几天的拍摄都很顺利，盛乔和霍希磨合够了，彼此都找到状态，两人对戏基本都是一遍过。

剧组的拍摄日常其实是很枯燥的，一场戏翻来覆去地拍，每天三点一线来来回回地赶。特别是到了后期，导演开始赶戏，一天连拍很多场，演员不停地切换情绪，光是脑力就耗损极大，每天拍完都临近虚脱。

盛乔更累，她饰演的是刑警，需要武打的地方虽然有替身，但很多时候还是需要自己上场，她除了拍戏，其余时间都在片场跟着剧组专门请来的特警学格斗技巧。

胳膊大腿经常青一块紫一块的，每天身上都是一股红花油的味道，她这才知道演员是真不容易。

中午吃饭的时候，林尹彤沉着一张脸走到盛乔面前："小乔，你不用每天

213

给我送饭，我吃剧组的盒饭就可以。"

"那怎么行？"盛乔手上还拿着一瓶红花油在抹，抬头笑吟吟的，"我承诺包前辈三个月的伙食，就一定要做到，否则大家要说我言而无信了。"

林尹彤咬牙切齿："我不想再吃茄子了！"

盛乔笑："前辈不是最爱吃茄子吗？我都是照着你的口味买的。"

林尹彤死死盯着她半天，突然换上委屈可怜的表情："小乔，你是故意针对我吗？你对我有什么不满，大可以跟王导他们说，何必用这种手段？"

周围几个工作人员眼观鼻、鼻观嘴，默不作声地吃瓜。

盛乔抹红花油的手指一顿，半晌，摇头笑了下："这就叫针对了？比起前辈明知道我茄子过敏却逼我吃茄子来说，我这不是小巫见大巫吗？"

"你！你不要血口喷人！我根本就不知道你说的什么茄子过敏！"

"那你现在知道了。"她挑唇笑得甜，"如果以后我的食物里再出现茄子，就都默认为是前辈做的哦。"

"你！"

盛乔转头吩咐丁简："跟小助理说一声不用每天专门给林前辈送饭了，人家不领情，我们也不白费这个人力、财力了。"

林尹彤简直要被她话里的讥讽气死了。

不远处小蛋把领到的盒饭端给霍希，小声说："你的老婆粉还挺牙尖嘴利的。"

霍希用筷子头敲了一下他的手："那叫伶牙俐齿。"

小蛋："……"行行行。

下午的戏又在法院，盛乔从台阶上来来回回跑了好几次，导演才喊过。下午太阳大，她摘下警帽扇风，晃眼看到旁边楼梯有人穿着西服正往上走，身边还跟着个助理模样的人。

盛乔一下没忍住："哥！"

没人理他，场记还奇怪地问："小乔，你喊谁呢？"

盛乔摆摆手，快步小跑过去，边跑边喊："乔羽！乔羽！"

乔羽这才停下来，转头一看，神色也很惊讶。

盛乔已经跑近，仰着小脸笑得别提多开心了："你怎么在这儿啊？"

乔羽来之前就知道这里的法院场地租给了一个剧组在拍戏，怎么也没想到是她，他有些意外地笑道："有个案子在这边，过来办下资料。"

他转头吩咐身边的助理："你先上去等我吧。"等助理走了，他又回头打量了下她这一身警服，笑道："你演的警察啊？"

盛乔点头："嗯！"她还原地转了个圈，"好看吗？是不是特威风？"

乔羽撇着嘴故意逗她："一般，一看就是假警察。"

盛乔一拳捶在他胳膊上。乔羽见她热得满头大汗，打趣之后还是问："渴不渴？那边有个冷饮店。"

"我想吃个冰激凌。"

乔羽打了个响指："走，请你吃。"

她高兴地点头，回头喊丁简："我一会儿就回来啊。"

然后全剧组就看着女主角跟着一个高高帅帅的陌生人跑了。

场记："那人谁啊？小乔的男朋友吗？"

统筹："没听说小乔谈恋爱了啊，要真是男朋友，不可能这么明目张胆吧？"

监制八卦地问旁边的霍希："那是小乔的男朋友吗？"

霍希："……"他还真不知道。

毕竟也没有法律规定，老婆粉不能交男朋友。

十分钟过去了，二十分钟过去了，半个小时过去了，霍希面无表情走到丁简面前："打电话叫她回来，戏还拍不拍了？"

丁简说："乔乔下午没戏了……"看了眼霍希冷冰冰的神情，压下后半截话，他默不作声地摸出了手机。

没多会儿盛乔就回来了。

手上还提着两大袋冷饮，交给丁简让她分给工作人员，又噔噔噔地跑到霍希面前，把一杯雪顶咖啡递给他。

他喜欢吃什么、喝什么，她总是清楚的。

霍希伸手接过，垂眸不语，走到一边坐下，也不喝，将咖啡搁在地面，拿起剧本翻看。

盛乔还眼巴巴地等他说一句好喝呢，见他冷冰冰的模样，噘了下嘴，还以为是他拍戏不顺，也没打扰，默默走回自己的位置坐下了。

霍希："……"

低气压一直持续到夜戏结束，盛乔拍了两场追赶的夜戏，回酒店时累得双腿都在抖，洗了个澡俯身趴在床上，让丁简帮她擦药。

丁简正在客厅拿药，房门缓缓地响了两下，打开一看，霍希神色淡然地站在外面。

霍希看到她手上的云南白药和红花油，皱了下眉，推门走进来。

盛乔还趴在床上，脑袋埋在枕头里，累得不行，根本就没听见门响。直到有人走进来，她有气无力把T恤往上掀开一点，露出盈盈一握的后腰。

"这里也好痛，你看看是不是肿了，也喷点药。"

她穿着T恤和短裤，手臂和小腿上都是瘀青，后腰处也有些红肿，都是拍打戏造成的。

没多会儿，有些凉意的药水喷在了腰间，手指覆上来，轻轻揉按，她绷了下身子，闷闷道："轻点轻点。"

力道顿时变轻，接着是肩头、小腿，她趴在枕头里，怅然地叹气："你有没有觉得今天霍希有点怪？"

手指一顿，她的T恤被拉下来，身后响起淡淡的声音："哪里怪？"

盛乔叫了一声"妈呀"，差点儿从床上翻下去。

"霍霍霍霍霍……霍希！！怎么是你？"

看到他手上的药瓶，再联想到刚才被手指拂过的肌肤，她脸腾的一下就红了。

霍希还是淡淡地看着她："你说我哪里怪？"

她简直要哭出来了。她坐起来后，能看见肩头手腕处也有瘀青，他故作的冷意一下就维持不住了，低低地叹了声气，在床边坐下来，握住她的手腕。

盛乔还想挣扎，他沉声说："别动。"

她顿时不敢动了。他低头喷药，手指在受伤处来回揉按，让药能被肌肤吸收，力道又轻又柔。盛乔盯着他垂下的长睫毛，看得出神。

半响，他松开手说："拍个打戏拍成这样，除了你也没谁了。"她愣愣地看着他不说话。霍希将药瓶搁在床头，站起身来："早点睡吧，明天戏份多。"

他转身出去了。盛乔还呆坐在床上，被他手指拂过的肌肤火烧一样烫。

霍希对她的好，好像已经超过宠粉的范畴了。

他不会喜欢自己吧？？？

盛乔被脑子里冒出来的这个疯狂念头吓了一大跳，反应过来后，在自己脑瓜子上狠狠敲了一下。

我×，我太膨胀了。

真是地有多大产，人有多大胆，连这种异想天开的事情都敢想了。

我算什么东西，也配让爱豆喜欢？

盛乔啊盛乔，你还真是癞蛤蟆想吃天鹅肉，完蛋。

第二天早上乔羽给她打电话，说下午就要回北京了，这次这么巧遇到，请她吃个午饭，盛乔一口答应了。

快到中午的时候，乔羽开着一辆黑色的奥迪过来接她，下车后穿着一身西装倚着车门，朝盛乔招了招手。

工作人员顿时投来八卦的目光，盛乔赶紧解释："他是我的律师，快把你们写在脸上的想法收回去！"

场记姐姐："哎呀，又是个律师。"说完，她还看了霍希一眼。

盛乔嘿嘿笑了两声，又交代丁简几句，才戴好帽子跑了过去。乔羽替她拉开车门，随后走回驾驶座上车走了。

霍希端着盒饭，拿筷子戳了戳，没吃。

小蛋："哟嗬，老婆粉跟人跑咯。"

霍希："不想干了是吗？"

小蛋："……"

乔羽订的是一家当地的民俗餐馆，楼阁架在湖水上，杨柳依依，还挺雅致。乔羽考虑到她的身份，位置订得偏，隐蔽性做得好，不会被打扰。

服务员拿来菜单，乔羽心想，她可能会客气，还是自己点吧，结果盛乔拿过菜单，要多不客气就有多不客气："这个这个这个这个这个，都要，这个这个这个，也要。"

乔羽："点那么多你吃得了吗？"

盛乔："吃不完打包。我跟你说，剧组的盒饭真的太难吃了，天天吃、天天吃，闻着那个味儿我都要吐了。"

乔羽被她的一脸嫌弃逗笑了："女主角还吃盒饭啊？"

盛乔怅然道："你不知道，要是单独开个小灶什么的，被有心人传出去，又要添油加醋，演变到最后就是我要大牌了。惹不起。"

乔羽说："那多吃点，争取这一顿吃回来。"话落，他又招呼服务员加了几个菜。

盛乔捧着脸开心得不行，她开心的时候就喜欢晃腿，一前一后地荡，像山涧里不谙世事的少女，眉梢都是无忧无虑。

乔羽看她高兴的样子，心里莫名也觉得欣慰。

签约中夏之后，行程一个接一个，忙得不行，她已经很久没有见过乔父乔母了，只是隔段时间就买点小礼品寄过去。

乔羽倒了杯茶，笑着说："上次你给我妈买的那个指头按摩仪还挺好用，她走哪儿都揣着。上次去聚会，同行从包里拿出来的都是画笔，只有她掏了个按摩仪。"

"阿姨天天画画，那个有助于手指穴位放松。"

"前两天还跟我念叨你呢。"他想起了什么，又说，"要不现在跟他们通个视频？"

盛乔连连点头："好呀好呀。"

她赶紧凑过去，先躲在乔羽背后，等视频接通了，电话里传出乔母的声音："小羽呀，怎么啦？"

乔羽一脸神秘的笑："妈，你猜我在杭州出差遇到谁了？"

乔母说："谁啊？杭州？我想想，你丁伯伯一家就在那里吧？"

盛乔躲在他背后咻咻地笑，先从肩头伸出一只手招了招，乔母说："哎哟，你背后藏着谁啊？招手呢。"

盛乔这才从后面站起来，下巴搁在乔羽肩头，冲镜头笑得欢："阿姨，是我呀。"

"乔乔呀！"乔母还在画室画画，赶紧把画笔放下，把搁在画架上的手机拿过来，脸上都是掩不住的温柔笑意，"乔乔，你也在杭州啊？"

"嗯，我来这边拍戏。阿姨，最近身体好吗？"

"我很好，你叔叔也好。你叔叔也跟我念叨你好几次啦，我跟他说你工作忙。你的那些节目我们都在看，乔乔很聪明呀。"

盛乔顿时有点不好意思："你们别看那些，太傻了。"

乔母笑得不行："哪里傻？节目可好玩儿了，我和你叔叔被逗笑了好多次，乔乔简直就是个开心果。"

三个人隔着手机聊天，一点生疏感都没有。直到服务员上菜，乔羽说："妈，我们吃饭了。"

乔母点头："去吧去吧，乔乔，回北京了有时间来家里玩儿啊。"

"嗯！阿姨拜拜，注意身体！"

挂了视频，她坐回位置，努力把心里又涌出来的那股思念父母的难过情绪压下去，将注意力转移到美食上。

菜肴摆满了整张桌面，地道的杭州菜，她一样尝几口，边吃边点头："我被盒饭杀死的味觉终于又活过来了！"

乔羽笑着给她夹菜："那就多吃点。"

下午还要拍戏，两人也没多待，等盛乔吃饱喝足，乔羽招呼服务员结账，盛乔想把剩的菜打包，乔羽不让："堂堂女明星，提着这个像什么样？"

而且住酒店也没地方热菜，盛乔只得作罢。

他开车把她送回片场，半途还给她买了个冰激凌。盛乔舔着冰激凌下车，弯腰站在车窗外冲他挥手："哥，我走啦，你开车慢点。"

乔羽握方向盘的手一顿，偏头问："你喊我什么？"

盛乔这才反应过来自己又放松了意识，抿了抿唇，又笑："喊你大哥啊。大哥，请受小弟一拜。"

她握着冰激凌，还做了一个作揖的手势。

乔羽笑着摇了下头："走了，拜拜。"

车子渐渐开离，直到消失在视线里，她垂眸，长长叹出一口气，咬着冰激凌一脸怅然地走回了片场。

下午的景已经搭好了，盛乔吃完冰激凌，丁简又赶紧递上来几颗薄荷味儿的口香糖，她懒懒地说："不想吃。"

丁简："一会儿有吻戏，真不吃？"

盛乔："？？？"

我×，她一把抓起剧本翻看，今天的拍摄计划，居然——有——吻——戏！

遇到乔羽太开心，她都把这事儿给忘了！！！

盛乔哆哆嗦嗦地接过那几颗口香糖，哆哆嗦嗦地放进嘴里，哆哆嗦嗦地嚼，还偷偷去瞟霍希。结果他一个眼神都没给她，自从她吃完饭回到片场，他话都没跟她说一句。

盛乔扯了扯丁简的袖子："你说，借位的可能性大不大？"

丁简："依照王导这较真劲儿，估摸不大。欸，为什么要借位？你作为一个老婆粉，马上就要亲到你爱豆了，不开心吗？"

盛乔从牙齿间挤出几个字："亵渎仙子要遭雷劈。"

丁简："没事，能亵渎到仙子，被劈一劈也没什么，加油。"

盛乔："……"

导演很快喊男女主角就位。

盛乔偷偷摸摸地把口香糖吐了，磨磨蹭蹭地走过去，霍希正低头在松袖子的纽扣。今天的剧情是许陆生醉酒强吻聂倾，他上场前还专门喝了半杯白酒，头发不像平时那样梳得一丝不苟，领口和袖口错落地系着，很有衣冠禽兽酒后发狂的感觉……

开机前，盛乔小声喊他："霍希，一会儿你带一下我，我们争取……一遍过。"

霍希偏头瞟了她一眼，冷冷笑了一下，没说话。

盛乔："……"

呜哇，这不还没开拍吗？爱豆怎么就进入剧情了？

导演说："来，准备了。"

场景是两人在饭店洗手间的走廊相遇。

随着场记板敲下，盛乔从洗手间走出来，而走廊对面迎面而来的霍希的脚步有些踉跄，抬头看到对方，都是一愣。

半晌，霍希勾着唇角低低地笑起来："好巧啊，聂队。"

他朝她走来，步步紧逼，盛乔转身想走，他加快步伐，从身后拽住她的手腕，一把把她推到墙上。盛乔抬手想反抗，他只手将她的手腕按在墙上，酒气尽数喷在她耳边："又想打我啊？嗯？聂倾。"

她指尖发抖，其实反手就可以将他扣住摔倒在地，她对付过那么多罪犯，怎会被他轻易困住？可她什么也没做，只是淡淡说："你喝醉了。"

"是，我醉了。"他整个身体压过来，呼吸沉重，"为什么躲着我？"

"许陆生，等你酒醒了我们再谈。"

"酒醒了，我还能见到你吗？你躲我躲得家都不回，你的好同事说你去外地办案了，我怎么找你都找不到。"

他将头抬起来一些，看着她的眼睛，声音里都是压抑的阴狠："知不知道我找你找了多久？为什么要躲着我？！"

她微微皱了下眉，淡淡地说："因为不想见你。"

"不想见我？"他像是听到了什么天大的笑话，低低地笑出声来，下一刻，发狠似的吻下去。

第二个吻。

他的唇明明是温软的，可带着发狠的力道，像狂风暴雨兜头浇下，一寸寸掠夺、吮吸，咬得她生疼。

她闻到他的味道，带着酒气，像迷幻剂，一寸寸吞噬她的意识和大脑。就在她要举手投降，彻底沦陷时，唇上骤然一松，他离开了。

盛乔被他吻得发晕，迷迷糊糊间，听见霍希淡淡的声音："不好意思，没找到状态。"

导演："再来一次，不急！"

盛乔："……"

他又将她手腕按在墙上，低头看她，那唇被自己咬的红润饱满，衬着她无辜茫然的目光。她小声喊："霍希……"

导演："Action!"

他又吻了下来，堵住了她还未出口的请求。

这一次来得更狠，像带着想把她拆骨吞入腹的力道，一寸寸啃食，他的唇紧紧和她相贴，而她什么也做不了，无法回应，无法呼吸，连脑子都开始缺氧。

然后她的下唇被他狠狠地咬了一口，盛乔疼得一个激灵，脑子都清明了。他终于放开她，凑到她耳边，又低又沉地说："惩罚。"

什么惩罚？台词里没这句啊！

导演在旁边喊："咔，这条过了。"

霍希站直身子，朝四周的工作人员淡淡微笑："辛苦了。"

盛乔："？？？"我是谁？我在哪儿？我在做什么？

采访：请问和爱豆接吻是什么感觉？

盛乔：疼。

导演对霍希这一段的发挥非常满意，那种发狠似的发泄，却又舍不得伤害对方，努力保存一丝理智的压抑隐忍，在镜头下完完全全地展现了出来。

那样一气呵成的情绪状态，都没人怀疑他"以公谋私"。

再看看还处于发蒙状态的盛乔，所有人的目光都兴奋地闪烁着四个大字：人生赢家！！！

丁简把她拉回去坐下，又拧开水杯，看着她有些红肿的嘴唇，忍住笑说："乔乔，过瘾不？"

盛乔呜咽："他咬我。"

丁简差点儿笑断气。

盛乔摸摸自己的唇角，被他狠狠咬过的地方都破皮了，喝水时不小心碰到，疼得她吸气。

太过分了！拍戏而已，至于这么较真吗？以后回想起和爱豆的第一次片场接吻，连美好的记忆都没了，就只记得疼！

呜……什么人嘛！盛乔决定半个小时不理他！

过了没十分钟，小蛋走过来，递给她一只绿色的药膏说："希哥让我给你买的药，抹嘴角伤口的。"

盛乔：呜呜呜……这是什么绝世爱豆？我要爱他一辈子。

今天没有夜戏，本来傍晚就能收工，结果最后一场林尹彤的戏卡住了，拖了四十多分钟。丁简急得不行，咬牙切齿："茄子精烂演技，耽误大家时间！"

盛乔说："急什么？你有事啊？"

丁简："我要回去看《逃出生天》！"

盛乔："？？？"

万众期待的《逃出生天》第四期，《荒岛余生·下》，终于播出了。

找头女孩们终于迎来了属于她们的春天，这一次，势必借着节目的余威再次壮大找船CP，把被获胜CP抢走的属于她们的风头和荣誉统统找回来！

上一期结束时，画面定格在盛乔被沈隽意搂在怀里踹门那一幕，所有观众都以为这多半是个鬼屋，那鬼气森森的红灯笼、门前的骨灰罐、屋子里的绿光，简直吓死人。

多少观众做好了迎接恐怖鬼屋的准备，二十四字护体真言都复制好了，结果屋子里坐了一群导演，还在吃泡面。

观众：？？？

他们现在相信这个节目是真没台本了，看看总导演那捂着心口找速效救心丸的痛苦表情，听听工作人员咆哮出的那句"什么骨灰罐？那是……明天的早饭"，再看撵都撵不出去的找船双人组抢占导演的睡袋，好好一个荒野求生，变成了导演求生。

求工作人员把这档综艺的"恐怖"标签撕掉吧，你们真的不恐怖，你们就是来搞笑的。

而且如今盛乔是霍希粉丝的身份坐实，带着希光的身份去看她，简直不要太好玩儿。

弹幕说：

"盛乔一听沈隽意说不求同生但求同死，吓得赶紧加快行动找船了，哈哈哈哈……"

"我盛·希光·乔，今天就是从这跳下去，被水淹死，也绝对不和你对家死在一起！"

"获胜是真的！！！"

"获胜邪教！！！找船赛高！！！"

"楼上两个CP狗滚出去打一架吧，别在这里恶心人。"

"你管天管地还管老子粉什么CP？"

"我追星我乐意，我想怎么追就怎么追。你管那么多，要不追你算了？"

"你们这些粉丝是不是都有毒……"

……

弹幕简直多方混战，希光和薏仁、找船和获胜、希光和获胜、薏仁和找船，这四方任意排列组合都能干上一天一夜，路人默默关掉了弹幕。

盛乔和纪嘉佑会合之后，几个人的画面终于切到了一起，三个人干掉了曾铭和方芷，携手踏上找船的道路。

弹幕：

"对不起我有点想站架桥……"

"？？？？？？"

"前面是魔鬼吗？？？小孩才十八岁！！"

"姐弟CP，我爱了。"

"找船是智障剧，架桥是偶像剧，我站架桥！"

"你才智障，你全家都智障！找船才是真正的欢喜冤家偶像剧！邪教退散！"

"你们组CP就跟闹着玩儿似的，盛乔是CP王吗，跟谁都能组？"

"对啊，都是网友自嗨，到最后却要我乔背锅，冤死了。"

"拒绝CP，抱走乔乔。"

……

随着三人一路推进剧情，终于来到了高潮。沈隽意无意中发现了藏在草丛下的墓碑，而盛乔根据这个墓碑推测出了船来的时间和方位。

她的脑洞和聪明再一次折服了网友。

上一次鬼嫁也是她猜出了核心点，这一次又是她破解了节目组的障眼法。大家也不炒什么CP了，纷纷表示，如此高智商的小可爱，我们爱了。

随着镜头推进，几个人爬上了山顶，朝下看去，海边赫然是一艘船。沈隽意通过做鬼脸的方式让盛乔赢得了胜利，他最后那句"我承诺过一定要送我兄弟上船"，简直成了找头女孩的狂欢。

什么叫CP？什么叫感情？姐妹们，睁大眼睛好好看看啊！这就是啊！

哪怕背叛队友，也要让你赢；哪怕身死，也要送你离开。呜呜呜……这是什么绝世凄美爱情？原地锁了，钥匙我吞了！！！

沈隽意送盛乔下山。

沈隽意送盛乔上船。

沈隽意朝盛乔开枪。

盛乔死亡出局，沈隽意获胜。

找头女孩：？？？

观众：哈哈哈哈哈哈哈哈哈哈哈哈哈……

喂，请问是120吗？对，我报急救，我要做个手术取把钥匙出来。

当日头条："沈隽意手拆CP，盛乔怒而出局，直言最爱鹤顶红，到底为哪般？"

获胜党：哈哈哈哈哈哈哈哈……该！

《逃出生天》的热度持续了好几天，"沈隽意手拆找船CP"也一直飘在热搜第一。本以为这是属于找头女孩的狂欢，没想到这是她们的终结。

最开心的当然要属获胜党啦，拆吧拆吧，你们拆得越狠，我们就越稳！

而盛乔对这些一无所知，还在剧组里勤勤恳恳地拍戏。

中午吃饭的时候，丁简过来说："剧组安排了粉丝探班，吃完了过去看看吗？"

盛乔说："去啊去啊。欸，现在就去，别让他们站久了，热。"

她两三口把饭刨了，又交代方白："你点下人头数，去冷饮店买点解渴的饮料送过来。"丁简又给她补了下妆，领着她过去了。远远就看见银色的应援物，跟旁边的金海形成鲜明的对比……

盛乔脚步一顿，有点怂了。

粉丝探班，当然不可能探她一个人，多出银海一倍的希光，气势汹汹地站在那里。银海、金海泾渭分明，目不斜视，像是互相看对方一眼都嫌脏，但也没吵没闹，毕竟粉丝行为偶像埋单，大家都要为正主考虑。

盛乔一露面，银海就欢呼起来了，被他们的热情一感染，她有些顿住的脚步转而加快，笑着走到他们面前。

她跟乔粉打招呼："是不是等很久啦？热吗？"

"不热不热，乔乔你怎么瘦了啊？在剧组吃不好吗？"

"乔乔你手臂上怎么全是瘀青啊？"

"宝贝你这样妈妈很担心啊！"

她一边接过乔粉递过来的礼物一边笑："拍打戏就是这样，没事儿，回去抹点红花油就好了。"

大家送的都是小礼物，有零食，有水果，有小风扇，还有用于消遣的游戏机。接完了礼物，组织探班的粉头又不好意思地拿出一沓照片，说："你能签多少就签多少。"

盛乔接过来，覆在丁简胳膊上边签边跟他们闲聊，正聊着，那边金海突然爆发出直上云霄的尖叫。

霍希来了。

盛乔保持签名的姿势不回头，听到那边传来阵阵欢呼声，还有霍希含着笑的声音："以后不要再买这些了，剧组什么都有。"

每一个粉丝，都在用相同的心态和相同的方式去爱自己的偶像啊。

前面的乔粉暗自瞟了几眼，压低声音偷偷摸摸地问："乔乔，霍希没有欺负你吧？"

盛乔噗地笑出来了，也低声回应："没有，他跟我一样宠粉。"

没多会儿，方白就领着两辆火三轮车过来了，乔粉看见爱豆还偷偷地给他们买了饮料，顿时感动得不行。盛乔把签名签完了，笑着说："天气热，早点回去吧，别中暑了。剧组都对我很好，不要担心。"

探班时间只有二十分钟，乔粉只能依依不舍地告别，一步三回头。看到盛乔一直站在原地朝他们挥手，担心她晒久了中暑，于是也不回头，你喊我我喊你加快步伐跑了。

三个人抱着粉丝送的礼物正要回去，后面有个怯怯的声音喊："乔乔。"

她回头一看，一个女孩站在后面，小声说："能给我签个名吗？"

盛乔赶紧走回去："好啊。"

她接过女孩递过来的手幅一看，上面印的赫然是"获胜CP"的名字，左边部分已经有霍希的金色签名了。

盛乔："……"

她抬头看了女孩一眼，女孩也有点不好意思，手指都捏得紧紧的，紧张地问："乔乔，能签吗？"

盛乔说："还有其他的吗？我给你签其他的。"

女孩有点失望，不过也没说什么，又从包里掏出一个盛乔的单人手幅，盛乔问了她的名字，还给她签了个to签。

签完了，她笑着对女孩说："快回去吧，别中暑，路上小心点。"

女孩点点头，转身都要走了，像是忍不住，还是回头来看着她，有点委屈地小声说："乔乔，霍希都签了，你为什么不签呀？"

盛乔："……因为我是毒唯。"

女孩："？？？"

粉丝探班终于结束，盛乔继续回到片场拍戏，快到傍晚的时候，手机突然激烈振动起来。她一下戏丁简就把手机拿过来了，居然是梁小棠打来的。

她很少打电话，一般都是微信私信联系，这次怎么会这么急？

盛乔赶紧接通，才"喂"了一声，那头爆发出梁小棠的咆哮："乔乔！你怎么能亲手拆我CP？！你知道我壮大获胜党有多不容易吗！你一句话就给我搞得四分五裂，获胜超话粉丝一个小时减少了五千！五千啊！什么概念！四舍五入等同于超话解散啊！"

盛乔："等等，什么意思？"

梁小棠："今天粉丝探班，你说了什么？啊？你自己看微博！"

盛乔示意丁简把她的手机拿过来，翻开微博，又搜索获胜超话一看，热门微博是今天下午那女孩发的："@获胜希乔：/大哭/大哭。我找乔乔要签名她不给，她说她是毒唯，呜呜呜……这CP我嗑不下去了。"

下附一张只有霍希签名的获胜手幅。

获胜党：？？？

希光本来就在一直视奸获胜CP的超话，看到这条微博简直是蒙的。

什么？盛乔不仅是希光，还是个毒唯？？？

她毒到连自己×霍希的CP都不接受？？？

不是，我是盛乔黑，可我还是好想笑，我有点好感她了怎么办？

姐妹，只要你毒唯，我们就是朋友。

哈哈哈哈哈哈哈哈哈……毒唯是什么鬼啊？她怎么知道那么多？她工作之余难道也混粉圈吗？！

我×，我们好像知道了什么。

梁小棠还在咆哮："你现在拆CP拆得爽，你想想以后啊！以后我儿子有了别的CP，有了女朋友，他恋爱了，结婚了，你心不心碎，崩不崩溃？"

盛乔："……"

梁小棠痛心疾首："到时候说什么都晚了。你就会在每天夜里，站在房顶上，望着那一轮月亮，悲伤地吟唱：'曾经，有一对真挚的CP摆在我面前，我却没有好好珍惜，直到我亲手拆了CP，才追悔莫及。如果上天愿意再给我一次机会，我会对那对CP说三个字，'是真的'，如果要给这对CP加上一个期限，我希望是，'一万年'。'"

盛乔："？？？？？"你真是个鬼才。

盛乔："我要拍戏了，拜拜！"

梁小棠："你不发糖可以，不准再手拆CP！再敢亲自下场，我曝光你福所倚的马甲！让你以后的图都没人敢舔！"

盛乔："？？？"

梁小棠气势汹汹地挂了电话，看了眼关注量持续减少的超话，心痛得要命，赶紧力挽狂澜，维护自己辛辛苦苦打下的江山："@获胜党头顶青天：为什么你们的关注点在乔乔毒唯身上？重点难道不是希希在手幅上签名了吗！！！姐妹们，正主亲手发糖啊！快擦干眼泪嗑糖啊！"

欸？好像是哎？？

我×，这口大糖！！！

获胜党顿时一改之前的颓丧，开开心心嗑起了糖。

希光：哼，我宝贝就是温柔善良，来者不拒而已！你就是拿个霍希×空气的手幅他也会签的！

盛乔没敢上微博，只偷偷摸摸地去霍希应援群看了一圈，她头像一亮，晴天就给她发了消息："阿福！你终于上线了！你最近干吗去啦？"

"工作太忙了，咋啦？"

"今天小姐妹去剧组探班，拍了哥哥的图，刚还在说想拿给你修呢。"

盛乔算了下今天收工的时间说："我最近太忙了，时间不多，二十张以内可以修，你发给我吧。"

晴天高兴地应了，很快就把图包发了过来。一群人又在群里聊了几句，自从上次福所倚一掷千金包地铁，大家都知道她"壕"，所以对她忙到没时间上线也就非常理解。

不忙哪儿能赚那么多钱？往小了说，那绝对都是华尔街的精英人才！而且大佬又"壕"又低调，平易近人，对她们的修图请求从来不拒绝，呜……人家有钱是有道理的，多好的人啊。

结束今天的拍摄，几个演员互相约着去吃饭唱K，拍戏的时候唯一能找的乐子也只有唱唱K喝喝酒了。

霍希工作室签的那个新人张文均来喊她："小乔姐，一起去吗？"

盛乔想起还有二十张图等着自己修，婉拒了。

张文均又说："希哥也要去哦。"

盛乔："……"

是去KTV听老公唱歌，还是回酒店给老公修图，这是一个问题。

但是答应了小姐妹今晚给图，又不能食言，盛乔只能继续忍痛拒绝，然后跟张文均说："霍希唱歌的时候你拍个视频给我看啊！"

张文均拍着胸脯保证一定拍。

回到酒店，丁简去餐厅给盛乔买饭，她打开电脑蹲在茶几前修图。不多不少，刚刚二十张，都是已经挑选过的清晰图。

虽然现在天天跟霍希面对面，但每次看到图，还是会瞬间冒出那种"宝贝怎么这么好看，我的天这个颜值是人间真实存在的吗"的粉丝心态。

正修得起劲，房门响了，她还以为是丁简回来了，拉开门一看，居然是霍希。她有点惊讶："霍希，你不是跟他们去唱歌了吗？"

他走进来："去晃了一圈，已经回来了。"看到她放在茶几上的电脑，远远就看清屏幕上他被放大的五官，"吃饭了吗？"

"丁简去买了，还没回来。"

她走回茶几前，握着鼠标继续修图，见霍希在旁边盯着看，立马解释："五官一点瑕疵都没有，只是要调下光度和立体感！"

霍希没说话，隔了半响突然问："毒唯是什么意思？"

盛乔："？？？"手一抖，把图片上霍希的鼻子都拉歪了，她结结巴巴地说，"那不是什么好词……"

霍希拿出手机，一副要上网搜搜看的模样。

盛乔："就是这辈子除了你谁都不喜欢，不爬墙、不搞CP专心致志地爱你一个人的意思！"

霍希好整以暇地收起手机说："那谈恋爱也不行？"

盛乔："……我，我也没有那么毒。如果你找到了互相爱慕的女孩子，我也……还是支持的……"

互相爱慕的女孩子，会是谁呢？

那一定是这世界上另一个小仙女，温柔善良，带着全部的爱意来到他身边，心里、眼里只有他一个人。

到了那个时候，就算会难过、会流泪，她也一定会把她所有美好的祝福都送给他。只要她爱的这个少年开心平安，她怎么样都没有关系。

霍希盯着她看了一会儿。

她压下眼底的落寞，努力地朝他露出一个明艳的笑："所以，你不要担心我会因为这个脱粉，我这辈子都不会脱粉的！"

霍希皱了下眉，房门被敲响，是丁简买饭回来了。

一看是霍希开的门，她心照不宣地把饭菜递给他，转头就跑了。

盛乔是打算边吃边修来着，结果霍希把她拎过去，让她专心吃饭，自己倒抱着电脑，翻她的图库看。

不翻不知道，一翻吓一跳。上千张精修图，整整齐齐地待在她名为"我的宝贝"的文件夹里，另还有"未修高清图"文件夹，"未公布美图"文件夹，分门别类。

霍希："……"原来当他的粉丝，都这么辛苦吗？

他偏头说："以后不准修图了。"

盛乔差点儿被米饭噎住："为什么？！"

霍希："对眼睛和颈椎不好。"

盛乔："你不能剥夺我作为粉丝拍图、修图的权利！"

霍希："你拍我经过我允许了吗？"

盛乔："……"

盛乔：呜……爱豆不讲道理。

霍希看她一脸郁闷，又放轻声音："以后少拍点、少修点，十几张就行，反正都是一个样子。"

盛乔："不一样！"她搁下筷子噔噔噔地跑过来，握着鼠标打开图库一张张地指给他看，"角度不一样，姿势不一样，偏头的方向不一样，这个闭着眼睛，这个抿着嘴角，全都不一样！"

霍希好笑地问："你要这么多不一样的图做什么？我不是在你面前吗？"

她小声说："又不是二十四小时都在。"

霍希垂眸，还勾着唇角，声音却沉下来："那你是二十四个小时都在想我，都想见我吗？"

盛乔："……"

不对，这话有歧义！她一下站直身子，为了掩饰紧张还把头发往耳后别了别，目光四处飘："我……我饭还没吃完！"话落，她赶紧转身跑回去继续吃饭了。

霍希无声地笑了笑。

鱼儿总是要慢慢下饵的，钩放得狠了，容易惊跑。

第二天上午拍完法院的戏，下午剧组就要准备进山拍外景了。山里是男女主角两个人的戏，要去三四天，导演把场景分开，让副导演在摄影棚盯着几个配角的日常戏，自己带着男女主角进山。

取景在杭州郊区一个没怎么开发的山上，剧组已经提前过去搭景。吃完午饭，剧组司机就开车过来拉他们准备进山了。

丁简早早收拾了一个小包，带了些零食。这几天在山上要睡帐篷，估计信号也不好，担心盛乔无聊，还把粉丝送的那个游戏机带上了。

车子弯弯绕绕开了三个小时，盛乔都要被晃吐了，还没到地点就已经忍不住了。丁简急忙叫司机停车，盛乔冲下车蹲在路边把中午吃的饭全吐了。

丁简一边帮她顺背一边着急地问："还要开多久啊？"

司机说："二十分钟。"

盛乔吐得厉害，有气无力地说："我不坐车了，我走过去。"

晕车太难受，闻到那个味儿都不行。剧组也没办法，只能让统筹助理下去跟着，好在是一条直路，不担心迷路。

盛乔还坐在路边的小土包上休息，就听见导演喊："哎霍希，你干吗去？"

霍希从车门跳下来，手上拿着矿泉水和纸，回头笑笑："我也晕车，跟她们一起走走。"

导演："……"你这个解释有点敷衍了啊！

他又跟那个统筹助理说："你上车吧，我跟着她们。"

统筹助理回头看看导演，导演说："上来吧上来吧，你们注意安全啊，一会儿我让人来接你们。"

车子缓缓开走，他在盛乔面前蹲下来，拧开瓶盖把水递给她，轻声说："漱下口，再小口咽一点。"

她吐得难受，喉咙发酸，说话的力气都没有，接瓶子时手都在抖。

霍希伸手摸了摸她的脑袋，低声问："还难受吗？"

她呜咽了一声，把他心疼坏了。

等她喝完了水，他又拆开纸巾帮她擦擦嘴角。

丁简在旁边目不斜视，看那山、那水、那草，嘿，多漂亮。

等盛乔缓过来了，霍希才把她从地上扶起来，开车要开二十分钟的路，走过去起码要多花一倍的时间。

坐车的时候只觉得难受，但下了车，周围都是绿树青草，路边野花随风招摇，往远处看，城市的轮廓若隐若现，风景还是值得一赏的。

霍希跟丁简说："以后备点晕车药在身上。"

丁简点点头，缩在后面，跟他们保持五米的距离，尽量让自己这个电灯泡的瓦数低一些。

等晕车的难受感全部散了，盛乔又恢复活蹦乱跳了，毕竟跟爱豆一起登山赏景这种事，千年难遇一回，得好好珍惜。

她问他："霍希，你累不累？饿不饿？丁简包里有零食。"

霍希把她从路边沿往里拎回来一点说："走里面，前两天下过雨，边缘不安全。"

她于是乖乖地走在路中间，指尖晃着一朵刚才摘的野雏菊，比山涧拂过树梢的风还要轻快自在。

太阳渐渐西沉，从山上看，一轮红日映着青山绿树，云彩都是火烧的红。盛乔想起以前听过的一个传闻，和你一起赏过落日、等过日出的人，就是你命定相守一生的人。

她心跳有点快，偷偷偏头去看身边的人，然后她看到了斜后方的丁简。

哦。传说都是假的。

走了快四十分钟，他们终于遇到了导演派来接应他们的人。营地已经扎好了，十几顶帐篷围成一个圈，里面架好了火堆，连锅都煮上了。

场记远远就招呼他们："晚上吃大锅泡面。"

有些旅游区的山里有宾馆、有人家可以借宿，但导演为了突出深山环境的真实性，这次选了个还没怎么开发过的山头。山顶是附近著名的露营地，不少露营爱好者喜欢来这座山上露营，导演组选了个山腰的位置，刚刚好。

吃完饭，就开始拍第一场夜戏。

进一次山不容易，基本要把剧本里所有山里的场景都拍了。

第一场是盛乔带人搜山，发现了被害人被埋起来的尸骨。群演换上警服，盛乔戴好枪套，场记板"啪"的一声被敲下。

她一只手握着手电筒，另一只手握着枪，沉声交代周围的弟兄："动作再快一点，各处多下铲子。"

夜色弥漫，手电筒都穿不透，光柱四处晃动，夜间的山头风声呜咽，没多会儿就听见有人喊："聂队！这里有发现！"

盛乔疾步走过去，前两天被雨水冲刷的土台下露出一双裹满泥泞的腿，一只脚穿着鞋，另一只脚光着，光着的那只脚已经开始腐烂。

她冷声道："挖。"

众人下铲，很快将整具尸体挖了出来，上半身套着麻布袋。她戴好手套，等法医过来，一点点将麻布袋取下来。

泥水交织着黑色的头发，盛乔皱眉盯着，法医说："面部腐烂程度过高，要带回去做个DNA检查才能确认身份。"

她点点头，站起身来。

导演说："咔，过了。"

属于聂倾的冷清和镇定瞬间没了，她转身就跑，一个飞奔扑到丁简身边说："吓死我了，呜呜呜……道具组做的尸体也太逼真了。"

丁简憋着笑拍拍她的手，安慰道："你带着护身符呢，不怕。"

接下来又补了两场戏，上山也累，导演宣布收工，让大家早点休息。

都是单人帐篷，也不用担心男女有别，不知道是有意还是无意，盛乔和霍希的帐篷挨在一起。她蹲在帐篷前卸妆洗脸，大家各忙各的，丁简也已经铺好睡袋准备休息了。

盛乔其实想喊她陪自己一起睡，刚才被道具组那具尸体吓到了，这又是在山上，脑子里已经冒出了不少自己吓自己的恐怖画面。但见她一脸疲惫的样子，盛乔担心会打扰到她休息，只得作罢。

洗漱完，她慢腾腾地钻进帐篷，盘着腿坐在气垫上左看右看，还用手杵了杵帐篷，试试厚实度。拉链的声音逐渐响起，大家都拉好帐篷准备睡觉了。

门口投下一片暗影，霍希俯身蹲下来，手里还拿着一根细细的绳子。

他低声说："把手给我。"

盛乔不知道他要做什么，但还是听话地伸过去。

他把绳子的一头轻轻地绑在她的手腕上，不会勒到她也不会脱落。

盛乔小声问："霍希，这是干什么的？"

他拽了下绳子，她的手腕也跟着晃了晃："害怕的时候就这样拉一下绳子，我就在旁边，别怕。"

盛乔愣愣地盯着他手里另一截绳头，怎么也没想到他拿绳子过来是要做这个。

不知道为什么，盛乔心突然像被揪了一下，像被一只手轻轻捏着，不疼，可就是揪着，奇怪的感觉顺着四肢八脉蔓延，像触了电。

他在她头上拍了下："睡吧，晚安。"

他帮她把帐篷拉链拉起来，留下一道小小的口子可供绳子穿过，才走回自己的帐篷，躺好之后，把另一端系在自己手腕上。

营帐的灯一盏盏地暗了下来，很快只剩下营地中间的安全照明灯。

起初还有说话声，后来便只能听到风声。

他面朝着她的方向，没多会儿，手腕就轻轻动了一下，像是试探，还带着迟疑，只一下就消失了。他无声地笑了笑，轻扯绳子，回应了她。

盛乔缩在睡袋里，低头看被绳子拉得一晃一晃的手腕，抬手揉了揉眼睛。

一夜无梦，第二天早上，营地又热闹起来。盛乔从睡袋钻出来的时候，那根绳子不知道什么时候已经被收到帐篷里了。她解开手腕的绳头，把绳子一圈圈缠好收了起来。

一整天都是在山里摸爬滚打的戏。

聂倾为了救出人质被绑匪绑进山，绑匪有枪有刀，她不能轻举妄动，只能想办法给同伴留记号，找机会逃离。为了表现聂倾吃的苦，导演愣是让盛乔在泥坑里来回爬了七八次，到最后耳道里都是泥。

好不容易过了，丁简赶紧拿棉签帮她清理耳朵，下一场又是她中弹从斜坡滚下去的戏。

好在她只需要倒，"滚"的那一系列动作由替身来完成。

等替身"滚"完了，道具组也已经帮她把腹部的枪伤处理好了，她在地上躺好，霍希也是浑身的泥，跪在她身边。

导演喊："准备！Action！"

霍希猛地扑过来，想抱她，可她满身的血，不知道伤在哪儿，他两只手都在抖，手臂从她颈后环过，一向对情绪收放自如的许大律师，红着眼眶，声音都无措了。

"聂倾，聂倾……"

她微微睁开眼，从来不对他笑的人，此刻却轻轻地笑起来，轻声问他："许陆生，你怎么在这里啊？你又干涉警察办案……"她咬碎嘴里的血包，喉头一堵，一口血喷出来。

他手抖得厉害，指骨都泛白了，慌张地去擦她嘴角的血说："别说话，别说话……"脱下自己的外套，想撕开去堵她腹部流血的伤口，可怎么也撕不开，他眼眶血红，像发了疯，用牙齿去咬。

刺啦一声，布料被撕裂，他把布料揉成团，按在她的伤口上，可很快布团就被浸湿了。他用手按着，满手的血，嘶哑着哭声："不要……聂倾，不要……"

除了那几个简单的音节，他已经说不出话来。

整个剧组寂静无声，丁简在旁边都看哭了。

过了半天，导演才喊："咔，过了，准备下一条。"

盛乔从地上坐起来，霍希还愣愣地跪着。

她轻轻碰了下他的手，偏着头小声喊："霍希？"

半响，他缓缓抬眸，落在她满是血垢的脸上，声音仍如戏中一样嘶哑："乔乔。"

"我在。"她知道他是入戏了，感情还没抽离出来，那样悲痛绝望的眼神，看得她心疼得要命。她握着他的手，温热的力度透过掌心紧紧相贴，她轻声说："霍希，我在。"

他眼眶涌上巨大的浪潮，周围都是工作人员，他想抱抱她都不行，只能死死捏住她的手，将心底那股汹涌的情绪压下去。

力道太大，捏疼了她，可她一个字也没说，只是担忧又温柔地看着他。

小蛋和丁简都跑过来，他垂下眼眸，缓缓松开手，一言不发地起身回帐篷休息去了。

丁简扶着她往回走，还吸着鼻子："演得太好了，太感人了。"

盛乔看了眼已经拉上去的帐篷，轻轻叹了声气。

三天之后，山里的戏份总算拍完了，收拾完营地，车子又将他们送下山。昨天方白已经送了晕车药过来，盛乔上车前吃了药，一觉睡到山下。

山上的戏太辛苦，导演给他们放了半天的假，让他们好好休息下，明天再去片场。

盛乔的确累得够呛，洗了个澡躺在床上就不想动了。刷了刷微博，逛了逛超话，把落下的榜单打了，她看到超话里的照片、视频，脑子里不停地浮现那天在山里，霍希满手是血抱着她的画面。

她爬起来，从包里拿出那根绳子。

那是霍希从道具老师那里拿的，在山里睡帐篷的三个晚上，每晚都系在她的手腕上。无论她什么时候拉一拉，都会收到他的回应。

脑子里天人交战，她一会儿站一会儿坐，一会趴一会儿躺，纠结了一个小时，忍不住拿起手机，给钟深发了条消息："我怀疑霍希喜欢我。"

五分钟后，收到了钟深的回复："做你的青天白日梦。"

盛乔："……"

她一脸郁闷躺回床上。唉，天还没黑，她就开始做梦了。

晚饭还是和霍希一起吃。

自从进组，霍希总是卡着晚饭点来找她，要么是小蛋买，要么是丁简买。除了茄子，两人的口味差不多，时间久了，要是哪天霍希没来找她吃晚饭，她还觉得不习惯。

习惯真是一种可怕的东西。

在山里几天都吃得不好，丁简和方白点了好几道大菜端上来，正吃着，小蛋拿着电话跑过来，捂着手机小声说："时尚星典的人说要亲自和你谈，电话都打到罗哥那儿去了。"

盛乔咬着筷子一脸好奇，霍希眼眸都没抬，夹了块醋鱼给她："不是都拒绝了吗？我在拍戏，走不开，让他们别打电话了。"

"是朱姐，真不接啊？"

霍希顿了顿，神情有点无奈，伸出手去，小蛋赶紧把手机给他了。

房间里安静，两人又离得近，听筒里的声音清晰地钻进她的耳朵。

"小希，你可算接电话了。"

霍希笑笑："剧组拍戏太忙了，不好意思。"

"小希，我给你打这通电话，你也知道什么原因。实在没办法了，除了你真的找不到人压场子了，你说这个生老病死的，谁能有个数呢？隽意回老家奔丧，我们总不能扣着他啊。"

霍希还是淡淡的："找黎尧或者赵虞试试吧。"

"我说这话不怕传出去，小希，除了你，没人接得住隽意的场子。你也知道这场盛典意味着什么，从舞台到灯光再到乐队，全是按照顶流的排场做的，国内外主流媒体，铺天盖地的宣传，那说的可都是顶流啊。隽意要出席的消息早传出去了，只是官方还没公布，除了你，现在没人能顶住这个势头，接下这个舞台。"

盛乔大概听明白是什么意思了。

时尚星典她知道，世界范围内一年一度的时尚盛宴，整个时尚圈的狂欢，每年在不同的国家举行，都会邀请国内的人气明星进行开幕式表演。

今年的举办地点在上海，主办方一开始联系的人是沈隽意。刚才朱姐在电话里说，沈隽意回老家奔丧，应该是他的哪位亲人过世了吧。

朱姐的话说得不错，能接沈隽意场子的人，只有霍希。换了其他任何一个明星，观众都不会买账。

她趁着他接电话的时间，摸出手机搜了搜，果然全都是在说沈隽意要参加开幕表演的消息，各个渠道都开始售票了，只是官方还未公布。

她正搜得起劲，面前的碗被筷子敲了敲，霍希说：“吃饭不准玩手机。”

她乖乖地把手机收起来，见他已经挂了电话，好奇地问：“你要去吗？”

他点了下头，又说：“朱姐以前帮过我，她开口，我不好拒绝。”

盛乔内心疯狂激动：嘤嘤……又有现场舞台可以看了！

盛乔表面上还在担心：“还有不到十天时间，编排舞台来得及吗？”

“我会安排。”他看了眼她剩下的半碗米饭说，“吃完。”

盛乔顿时噘嘴：“吃不下了。”

拍戏太累，有时候其实不大能吃得下东西，她胃口越来越小，平时吃些零食也不见胖。

霍希又给她夹了个虾仁说：“再吃五口。”

她果然数着，吃一口就数一下，数到“五”的时候，把筷子一搁，像小孩儿邀功似的：“吃够五口了。”

霍希有点想笑，抿住唇“嗯”了一声，淡淡地说：“去玩吧。”

她掏出手机，手肘撑在桌面，笑眯眯的：“我等你吃完。”想了想，她又压住激动问，“霍希，那个时尚星典，我能去看吗？”

“你想去吗？”

她飞快地点头：“当然啊！你的每一个舞台我都想看！”

他笑了笑：“过几天我让主办方寄票过来，还在观众席吗？”

“嗯嗯嗯，观众席视野好，应援方便！”

“好，记得提前跟剧组请假。”

她高兴得头都快点掉了。这么好的消息，当然要第一时间分享给粉圈小姐妹，她立刻给梁小棠发消息：“霍希要参加时尚星典开幕式！！！”

梁小棠：“？？？那开幕式邀请的不是对家吗？”

盛乔：“对家有事去不了，换霍希了！！呜呜呜……又有舞台可以看了！”

梁小棠：“我×，现在还能买到票吗？门票基本都被对家承包了啊！”

盛乔：“……我意识到一个很恐怖的事情。”

梁小棠："……我也意识到了。"

下午，时尚星典官宣开幕式嘉宾——霍希。

已经买好票准备好灯牌就等入场的薏仁：？？？

被这个突如其来的爆炸性行程砸蒙的希光：？？？

我×，现在去哪儿买票？？？

薏仁：……

希光：……

对视……默默无言……

薏仁：姐妹，票子要伐？

希光：要……

从来对对方超话不屑一顾连点开都觉得污染了自己手机的粉丝们，开启了粉圈有史以来头一次超话串门。

霍希超话："@×××：姐妹们，我薏仁，出票。"

沈隽意超话："@×××：姐妹们，我希光，收票。"

有些黑心薏仁想趁机哄抬物价，高价出票，立刻被有良知的大粉薏仁压住了：别给宝贝丢脸，白白让别人抓住把柄说我们没见过世面缺钱缺到这个份儿上。

薏仁、希光两家的门票互换事件轰动了粉圈，推动了粉圈发展，成为举圈瞩目的重大事件。从此结束了薏希两家长达七年交往隔绝的局面，被粉圈小姐妹称为——门票建交。

因为要去上海编排舞台，导演也表示理解，把霍希最近的戏份调在一起，这几天基本都在拍他的戏。从早拍到晚，他明眼可见地累，但一个字也没有抱怨，依旧认真严谨地去对待每一场戏、每一个镜头。

盛乔在旁边看着，什么忙也帮不上，心疼之余，又备感骄傲。

这就是她爱的那个少年，他从未让粉丝失望过。

三天之后，霍希请假离开剧组，飞去上海排舞了。男主角一走，她的戏也少了不少，除去配角戏，其他都是单人剧情。

而这几天网上也爆出小道消息，沈隽意之所以缺席时尚星典，是因为他奶奶过世了。盛乔看了看之前那个群，沈隽意果然很久没在里面说话了。

她点开他的微信，想着要不要发一个"节哀顺变"，又觉得好像没什么立场去安慰人家，最后还是算了。

到周五的时候，《逃出生天》第五期，《妖妃·上》也准时上线了。

这档综艺每次播出都会引起全网讨论，热搜更是一个接一个，之前找马和找船CP一路高歌，直到上期被沈隽意亲手拆了，找头女孩们难过不已，已经累感不爱了。

这期播出，找头女孩们虽然表示，我们不想看了，但还是纷纷给自己找借口，我们不看CP，只看剧情！

节目一开头，就是一个穿着宫装的女人，走在铺满桃花的宫墙下，BGM凄美婉转，闻者落泪，结果女人猛地回头，定格一张没有五官的脸。

观众：？？？

你还记得你是档恐怖综艺啊？

嘉宾们通过射箭抽取了各自的身份，前面几位嘉宾成绩优异，镜头下的盛乔肉眼可见地紧张，观众想起上一期她瞄了半天，信心十足，结果一枪打在椰子树上，也是笑个不停。

轮到纪嘉佑的时候，他握箭姿势专业，本来以为十环无误，没想到居然射了个一环。

立即有观众指出来：

"小孩打枪都那么准，箭法不可能这么烂啊？"

"佑崽平时不是经常去打靶场玩儿吗？咋回事？"

"姐妹们！还看不出来吗？他是为了盛乔才故意射的一环啊！盛乔准头再烂也不会比一环低了，我天这是什么姐弟情！"

"我×，是真的！呜呜呜……纪嘉佑你还小，阿妈不准你这么撩。"

"弟弟好暖啊。"

"找船死了，架桥锁了！从此我是架桥女孩！"

"我愿为架桥添砖加瓦！让全中国的河流上都架满桥！"

"今晚热搜被架桥CP预定了！冲呀！"

然后盛乔脱靶了。

观众：？？？浪费弟弟一片苦心！！！！

出人意料的是沈隽意居然射了个十环，然后拿到了最高身份太子，观众纷纷表示，导演组惨了，拿了最高身份牌的bug更要为所欲为了。

几个人各自换好了对应的衣服，纪嘉佑的宫女服和盛乔的太监服简直要把观众笑死，弹幕纷纷都在刷架桥CP。

结果剧情一路推进到太子沈隽意坐着轿子遇到太监盛乔，两人一同框，节目画风瞬间变傻，找头女孩们的CP之魂再也按捺不住了。

"找船已亡，太太当道！我宣布，太太CP正式成立！"

"？？？？？太太？？？？"

"太子×太监，我×，这对CP好带感我吃了！"

"旧的不去新的不来，在哪里摔倒就在哪里爬起来，太太我嗑！"

"爆竹声声贺新岁，万马奔腾气象新！让我们恭迎太太CP的降世！"

"你们一期换一个CP名，能搞到真的才有鬼。"

"我们是流水的名字铁打的CP！这就是我们的与众不同之处！"

……

这一期的妖妃着重剧情，好几次观众都以为自己在看宫斗剧，结果沈隽意一会儿白日宣淫，一会儿为非作歹，真是把那仗势欺人、为所欲为的气质发挥到了极致。

观众纷纷想，这人要是生在封建年代，铁定是个暴君。

盛乔为了救出纪嘉佑怒拦圣驾时，沈隽意跳出来一番痛诉衷肠，一口一个"掏儿臣的心""挖儿臣的肝""拿儿臣的命"。

CP女孩简直要嗑糖甜晕过去了，"太太是真的"这几个字还没打全，就看见表忠心的狗太子因为皇帝一句"禁足东宫"拔腿溜了。

CP女孩：？？？沈隽意，又想拆老子CP！！

最后剧情断在沈隽意领着盛乔去见贵妃，一身龙袍义正词严地说出自己篡位了那里，反转来得猝不及防，观众差点笑晕过去。

弹幕说：

"我怀疑太子篡位的最终目的是迎娶小乔子。"

"这是什么皇宫绝世凄美爱情！"

"朕登上这皇位，不为天下，不为美人，只为了一个太监。"

"对不起是我误会太子了，我再也不骂他狗了，太太是真的！！！"

"小乔子，看啊，这都是朕为你狗出来的江山！"

……

节目组本来以为继上一期找船被拆后，CP热度不会再爆，没想到"太太CP"以六亲不认之势一路横冲直撞再次荣登热搜第一。

薏仁：你们是不是有毒？一天到晚取的都是些什么鬼名字？都不想撕你们狗CP了，你们能不能学隔壁获胜取个好听点的名字？

第十八章

高 考

网上"太太CP"搞得热火朝天，线下盛乔淡定地去跟导演请假。

导演一听她明天下午要去上海，头也不抬地问："去看小希的表演啊？"

盛乔："嗯啊。"

导演："行吧去吧，明早你的戏提前拍，拍完了就走。"

坐飞机或者高铁容易暴露，盛乔打算带上丁简和方白直接开车过去，就当放假去逛一圈。好在杭州离上海不算远，几个小时就能到。

出发前一晚，盛乔检查自己新定做的灯牌，"霍希大宝贝"五个字愣是花了她六节南孚电池才全部亮起来。

坐在一旁讨论明天去看哪部电影的方白和丁简差点儿被金光闪瞎。

盛乔美滋滋地把灯牌卷起来塞进包里，正塞着，电话响了，是个陌生来电。

她一向不接陌生电话，按了静音没接丢在一边，没想到隔几分钟又响了。直到第三次，她才接起来，试探着："喂？"

那头传出笑吟吟的声音："兄弟，你怎么这么慢才接电话？"

盛乔吃惊地看了眼手机说："沈隽意？你怎么有我电话？"

"你的电话是什么高级机密吗？我还能问不到？"他语气轻快，"听说你在杭州拍戏？要不要出来喝点小酒？我请你吃杭州最有名的小笼包！"

盛乔："……喝酒，吃包子？"

沈隽意："我们就是如此与众不同！"

盛乔无奈道："我明早还拍戏呢，自己喝去。"

那头笑了笑，还是那副若无其事的声音："就是因为心情不好才找人一起啊，独饮很伤人的好不好？越喝越郁闷。"

盛乔想起他奶奶过世的事情。

算算时间，老人家的葬礼大概已经结束了。他是因为这个心情不好？那自己现在拒绝他会不会有点没人性？

她又问："你在杭州没别的朋友吗？找他们陪你啊，我又不喝酒。"

沈隽意叹了声气："朋友多，但兄弟只有你一个。"

盛乔："我不是你兄弟。"

沈隽意："这就是你的不对了，你怎么能因为我是你偶像的对家就否认我们的兄弟情呢？"

他又重重地叹气："原来你之前就是因为这个嫌弃我，我就说嘛，怎么可能有人能抗拒我的魅力。"

盛乔："……"

沈隽意："我看网上天天给我俩组CP，都没组到点子上。我俩就该组个兄弟CP，兄弟一生一起走，谁先恋爱谁是狗。"

盛乔："……"

他笑着说："兄弟，出来喝杯绝情酒吧。"

其实盛乔能从他若无其事的笑声里听出他压抑的难过与苦闷，抛开对家这个身份，他在综艺节目组里其实还算照顾她。

电话打到这个份儿上，继续拒绝，就真的是没人性了。她报出酒店的地址，沈隽意说："我开车来接你，挺近的，半小时。"

挂了电话，她继续把灯牌装好，然后换了身不显眼的衣服，戴好帽子和口罩。丁简刚听她打电话知道是沈隽意，人家奶奶过世，她也不好说什么，只是交代："别去人多的地方，注意点。"

半小时后沈隽意给她发了条微信定位，在酒店后门的停车场，他开了辆不显眼的黑色轿车，车窗只摇下一点，伸出手来朝她招了招。

盛乔拉开车门坐到后排。

沈隽意戴着帽子，转过头来跟她笑："好久不见啊，兄弟。"

他看上去有些憔悴，也瘦了些，但笑容还是那样。他不提家里的事，她自然也不会主动提，冲着他翻了个白眼："去哪儿吃？"

沈隽意说："啧，这熟悉的白眼。"然后他发动车子，掉转车头，"我小时候是在这里长大的，有家老店蒸小笼包的手艺真是绝了，自从离开杭州，我每年都馋。"

两人有一搭没一搭地聊天，到了他说的那家包子店。在一条冷清逼仄的老街上，人影都见不到几个，盛乔戴着帽子跟在他身后走了一段路，都快怀疑他这是要把她拐去卖了。

好在很快就到了，远远地就能闻到蒸笼的味道，门檐挂着一盏灯，被蒸汽熏得模糊。坐在店门口的老大爷正在拍收音机，一见到他们，站起来招呼："呦，小沈回来啦。"

"是呀，黄大爷，还有包子不？"

"来得巧，最后两笼。"

盛乔也跟他打招呼，黄大爷笑着问："小沈，女朋友啊？"

沈隽意笑："不是，我兄弟。大爷，再拿两瓶酒。"

店里的桌子和椅子都油腻腻的，他丝毫不嫌弃，大大咧咧地坐在里面，等包子端上来，蘸了红油，迫不及待地咬了一口。

黄大爷知道他是明星，把门关了，两个人在小店里就着包子下酒。

盛乔酒量不行，只小口抿，他也不催，自己一杯接一杯地喝，每次还都要跟她碰一下，包子没吃几个，酒倒是喝了两瓶。

盛乔皱了皱眉，说："还是少喝点吧。"

沈隽意正要往嘴里送酒，想了想又搁下了说："行，少喝点，否则醉了还要麻烦你。"

盛乔说："我不是那个意思。"

他笑着摆摆手，给她夹了个包子："多吃几个，你都瘦了。拍戏很辛苦吧？"

盛乔摇头："也不是特别辛苦，其实挺好玩的。"

"我懂，跟爱豆一起拍戏，再苦再累都是甜。"他怅然地叹气，一脸好奇地看着她，"你说你怎么就是霍希的粉丝呢？怎么就不是我的粉丝呢？"

盛乔："……"

沈隽意："霍希有我宠粉吗？一天到晚跟碗凉白开似的，没劲。"

盛乔："你当着我面diss我爱豆？"

沈隽意："没有，我挖墙脚来着。"他见盛乔瞪她，又摆手，"算了算了，不当粉丝，当兄弟也挺好。"

盛乔本来以为他会借酒浇愁，跟她吐露奶奶过世的沉闷心情，但他一句家里的事都没提。只是最后离开包子店，他站在门外，看着身后的深巷说了句："我小时候，就跟奶奶住在这里。"

两人一路走出巷子，上车的时候盛乔拉住他："你喝酒了，我来。"

沈隽意问："你有驾照吗？"

盛乔："……"

乔瞧有，盛乔没有。

沈隽意："酒驾和无证驾驶，哪个惩罚更严重？"

盛乔迟疑着说："无证驾驶吧……"

沈隽意："那还是我来开吧。"

盛乔摇摇头说："不行，酒驾不安全，而且要是遇到交警查车，你明天就要上热搜了。叫个代驾吧。"

她拿手机帮他叫了代驾，又跟他挥挥手："我叫了专车，你不用送我了，早点回去休息吧。"

沈隽意愣了一下，转而又笑："也行，那你到了给我报个平安。"

代驾和专车一前一后到，盛乔不想被人认出来，跟他道别之后就走到路口独自上车了。沈隽意远远地站着，看她上车走了，才钻进车里。

回到酒店，盛乔给他发消息报了平安，洗漱之后就上床睡觉了。

第二天拍完早上的戏份，导演就放她假了。方白开着剧组分发的商务车，三个人开开心心地朝着上海进发。

丁简已经订好了房间，就在举办时尚星典的地点的附近，毕竟晚上才开始，盛乔不能跟他们一起出去看电影，还得在房间里待着。

下午，梁小棠也到了，盛乔把酒店地址和房间号发给她，两人很快会合。梁小棠还领了一堆周边，两个人分了，美滋滋的。

担心被认出来不敢太早入场，两人还是等到红毯结束天都黑了才偷偷摸摸进去，这次位置不在一起，盛乔的票是官方给的，在入口处就跟梁小棠分开了。

场内已经开始霍希的应援，一进去，大片金海闪闪发光，特别好看。盛乔抱着自己的灯牌一路摸到位置，左右看了看，旁边坐的都是路人，隔着几排位置才有希光，悄悄松了口气。

场馆光渐渐暗下去，开幕式即将开始。

霍希的应援声一拨盖过一拨，她也赶紧打开灯牌，金光一亮，旁边两个路人差点儿被闪瞎，都笑着说她："你们粉丝太厉害了。"

在一片金海的映照下，舞台光一束束打了起来，最后在中间聚焦，全部落在那一个人身上。

霍希出场了。他编排的舞台是这次新专辑里风格偏摇滚的一首歌，旋律特别炸，前奏一起，加上舞美的渲染，整个场子顿时热了。

主办方承诺的顶流舞台果然没有掺水，霍希穿一件黑色的丝绸衬衣，戴着耳麦边唱边跳，hold住了整个舞台。

舞台有延展台，他一路走过来，盛乔把灯牌抱在怀里，拿着设备在那儿录像，透过镜头，和霍希的目光对视。

咦？他在看她吗？

这表演太炸了，她只录了一半就收了设备，认认真真地看表演。隔着大约十米远的距离，总感觉霍希看到她了。

她又摇摇灯牌，舞台上的霍希挑唇笑了下。

哇！他真的能看到自己欸！！！这一发现可把盛乔高兴坏了，看来这个大灯牌果然会引起爱豆的注意嘛！

直到开幕式结束，霍希随着升降台离开，她趁着大部队还没起身，猫着身子赶紧溜了。刚出场馆准备回酒店，霍希的电话就打过来了。

她压低帽檐，小声里含着开心："霍希！"

他也笑着："在哪儿？"

"准备回酒店。"

他像在走路，耳边还有工作人员的声音："地址发给我，一会儿我过来找你。"

"你要跟我一起回剧组吗？"

"嗯。"

她高兴极了："好，我等你！"

场馆里已经陆陆续续地有希光出来，盛乔赶紧小跑着离开了，回到酒店，用房间里的电脑连上设备，先把拍的现场视频上传微博。

福所倚微博一有动态希光立刻围观，点开视频一看，画面又近又高清，稳如泰山。

而且……

"我×，阿福，怎么感觉哥哥一直在看你！"

"他完全就是在看镜头啊，呜呜呜……感觉在跟宝贝对视。"

"阿福位置比较靠前，哥哥估计在看灯牌吧，羡慕阿福。"

"我跟宝贝对视了，他在看我，呜呜呜，谢谢阿福让我做梦。"

……

盛乔拿出那个大灯牌："是在看这个，又大又亮，引人注目！"

梁小棠："哈哈哈……原来大灯牌真的会吸睛，我下次也要举个大的！"

正说着话，房门又被敲响了。

盛乔看了眼梁小棠，一边开门一边说："别叫啊。"

梁小棠："啊？什么？"

门拉开，霍希走进来。

梁小棠："？？？？？？？？？！！！！！！！！"

妈妈，我搞到真的了！！！！

霍希还没卸妆，但舞台服换了，穿了件黑T恤，戴着帽子，不说话时，浑身都是生人勿进的淡漠气场。盛乔等他进来，掩上门，跟死死抿住唇疯狂发抖的梁小棠解释："我们一会儿要一起回剧组。"

她又跟霍希介绍："这是小棠，也是你的粉丝。"

霍希摘下帽子，神色温和地说："你好。"

梁小棠："……"

我是真实存在的吗？

他是真实存在的吗？

这一切都是真实存在的吗？

太刺激了。好半天，梁小棠呜咽着："乔乔，扶我一把。"

盛乔扶住她，感同身受地安慰："没事，咱不丢脸，多见几次就习惯了。"

还能多见几次？？？

呜呜呜……我这是搞到了什么惊天无敌绝世大CP！！！

霍希眼角有笑，退去舞台上的炸裂，显得平易近人。他对粉丝向来都很温和，虽然不像其他艺人那样把宠粉挂在嘴边，情绪也鲜少外露，但你总是能从那双淡漠的眼睛里看出独属于他的温柔和教养。

梁小棠抖了半天，终于缓过来了，压抑住狂喜和激动，在内心默念一百遍不能给乔乔丢脸，结结巴巴地打招呼："儿……不是，霍希！见到你很高兴，今晚舞台超棒！"

她翻出包里的应援手幅颤颤巍巍地递过去说："能给我签个名吗？"

霍希点头笑笑："可以。"他又笑着问，"带笔了吗？"

梁小棠哭唧唧："没有。"

盛乔从自己包里摸出一只随身携带的圆珠笔说："将就用这个吧。"

他伸手接过，还专门签了个to签，梁小棠快高兴哭了，捧着手幅跟捧着宝贝一样，呜……宠粉的儿子好温柔啊。

盛乔早早就烧好了开水晾着，倒了杯水过来递给霍希。梁小棠一见两人那熟稔的递杯子、接杯子的动作，CP之魂都快爆炸了。

盛乔又问他："饿不饿啊？"

霍希摇摇头，看了眼房间里干净的垃圾桶："你今天有按时吃晚饭吗？"

她饮食不规律，饿了才吃饭，到点不饿就不吃，霍希一直在纠正她的饮食习惯。此刻被他抓包，她眼神有点虚，小声说："吃了。"

霍希："吃的什么？垃圾呢？"

盛乔："……"

她赶紧看向梁小棠，转移话题："你要跟霍希合照吗？"

梁小棠：呜呜呜……别……打扰我在线嗑糖。

真的是真的，是真的啊！！！快！我要离开这里！给我的儿子媳妇留出足够的甜蜜空间！今天吃的糖，已经足够我余生的甜！房门一关，我可以脑补一万字的小作文！

梁小棠一把抓起自己的包说："小姐妹还在等我，我先走了！乔乔拜拜，霍希再见！"

她拉开房门，毫不犹豫地跑了。

盛乔："……"

她干笑着看霍希："你的粉丝是不是超可爱？"

霍希打量她几眼，笑了下："是。"他把水杯搁在桌子上，"如果她能听话按时吃晚饭，就会更可爱。"

盛乔顿时蔫儿了，小声辩解说："来的路上吃了好多零食，不饿。"她赶紧转移话题，把那个大灯牌拿出来，"你今天在舞台上是不是看到我啦？"

"霍希大宝贝"五个字又闪又亮，她又坐得那么靠前，想不看见都难。

她抱着灯牌乖乖地坐在人群里，戴着帽子和口罩，包得严严实实，手里还举了个相机在拍。灯牌的金光落在她身上，她不知道她有多耀眼。

很神奇的一种经历，第一次在舞台上，和一个人互动。她像是发现了他的目光，试探地摇了摇灯牌，那么大的灯牌，她两只小手抓着，一前一后地晃，让他一下就忍不住笑出来。

他突然想起第一次跟她有实质性的接触时。

她认真地说：你的每一次舞台，我都想亲眼看看。

而如今，我的每一次舞台，都想跳给你看。

他把灯牌一点点叠起，放回她包里说："嗯，看见了，很亮。"

她高兴地拍包包："那以后这就是我的标志了，它亮在哪儿，我就在哪儿！"

正说着，丁简打电话过来，说已经看完电影逛完了，问她这边结束没有，要准备开车回杭州了。得到肯定答复，方白和丁简回到酒店办了退房，然后上楼来找她。

看见霍希也在房里，两个人现在真是一点都不惊讶了。丁简先陪着盛乔下去，过了十分钟方白再领着霍希离开。

上了电梯，按了负一层，密闭的空间里只有他们两个人，方白频频偷瞄霍希，一副欲言又止的表情。

霍希问："想说什么？"

方白憋了半天，终于忍不住，还是问出口："希哥，你是不是……对乔乔，有意思啊？"

这话他老早就想问了。他算是刚毕业就跟在盛乔身边，陪着她从星耀一路走到现在，盛乔对他那真是圈子里少有的真心。一开始他还"乔乔姐""乔乔姐"地喊，到现在一口一个"乔乔"，是真的把盛乔当作自家妹妹一样，完全忘了他其实比盛乔还小。

霍希的那些举动他看在眼里，男人其实是很了解男人的。

他用一句宠粉来解释，根本就说不通。

可要说他真有想法，却又迟迟不表白，明明盛乔就是那种只要他点点头就会奋不顾身往前冲的人。

光撩不上，难不成还是个渣男？

半晌，听到霍希笑了一下说："你都看出来了，你说她为什么看不出来？"

方白："？？？"

霍希淡淡地道："因为她不敢承认，也拒绝接受。我追一步，她跑十步，越追越远。"

方白："……我好像有点明白你的意思了。"

霍希低头笑："所以要改变策略，潜移默化，等她习惯之后，就由不得她了。"

方白："……"妈呀，看不出来你还是个大尾巴狼？

电梯到达车库，"叮"的一声打开，霍希拍拍他的肩："而且最近在拍戏，不能让私人感情影响到她的状态，所以你最好什么也不要说。"

方白："我不说！拍戏重要！"

她光是要克服面对爱豆时的心动进入角色就已经很不容易了，要知道爱豆正盘算着怎么一点点把她拆吃入腹，那不得溃不成军啊？

不说不说，坚决不说！

上车之后，霍希给小蛋打电话，让他直接带造型师和助理回剧组，他坐盛乔的车回去。

小蛋在那头幽怨道："我已经感觉不到我作为助理的存在价值了。"

开车出发，担心盛乔路上会饿，经过美食街时霍希让方白去买了点小吃回来。她坐在后排抱着手机玩，时间已经不早了，她先登录自己的后援会微博把晚安微博发了，又切到福所倚的账号上逛霍希超话，顺便把今天的榜打了，反黑做了。

霍希就在旁边偏头看着，第一次看见这些，还觉得新奇。原来这就是粉丝的日常，有专门的官方账号整理今天需要打榜投票的链接，点进去一个一个地投票，一条一条地控评。

还有专门的账号整理今天的黑粉黑料链接，一个个举报，每一个举报的理由还都不一样。这条是垃圾营销，那条是有害信息，居然还有淫秽色情。然后再把整理出来的黑粉账号、骗子账号、披皮黑账号拉黑，让它们永远不能出现在自己的首页。

还有什么明星势力榜、明星人气榜、搜索风云榜、艺人热搜榜等一大堆需要转发、评论、送花、点赞、分享的榜单。

盛乔点得飞快，熟门熟路，挨个儿搞下来，半个小时都过去了。

霍希："……"粉丝，真的很辛苦啊。为了给爱的那个人一个光鲜亮丽的数据，付出了不知道多少时间。

她点开最高的那个榜单，骄傲又开心地指给他看："霍希，你在第一哦。"

那是她们夜以继日，送给他的荣誉。

他笑了笑，伸手摸摸她的头："谢谢你们，辛苦了。"

她眯眼笑得一脸满足。看到福所倚微博的打榜状态，梁小棠知道她闲着，微信消息瞬间一条又一条地蹦了过来。

"你们什么时候结婚？！"

"九块九我出了！"

"要我把民政局搬到你面前来吗？！"

"太甜了，真的太甜了，在线嗑糖，躺到无法呼吸！"

盛乔："……你冷静一点。"

梁小棠："不！我冷静不了！我搞到真的了，我凭什么要冷静？！"

盛乔："不，你没有，是错觉，是假象。"

梁小棠："你不要再否认了！你是拆不掉我这对CP的！！！我儿子的眼神和语气说明了一切！"

盛乔："？？？"

梁小棠："呜……真的好宠溺。果然仙子是要跟仙女在一起的，绝配！绝配！我命令你们马上结婚！原地官宣！"

盛乔："……我信你个鬼，你们这些CP狗坏得很。光靠一个眼神就能脑补十万字开车小作文，不要以为我不知道。"

梁小棠："不！你不知道！光开车已经无法阻止我了，我连你们孩子的名字都想好了！"

盛乔："？？？"

梁小棠："就叫霍爱乔！怎么样？"

盛乔："互删吧。"

梁小棠：嘤嘤……

男女主回到剧组之后，拍摄工作恢复正常，盛乔终于不用对着空气演戏了。

拍摄进度其实挺快的，主要是盛乔的表现令人惊讶，除了刚开始的时候面对霍希频繁NG，后面磨合好了进入状态，基本一两遍就能过。

而且她又努力，现场剧组人员都看在眼里，刚进组时对她的轻视怀疑早就烟消云散了。特别是那些老戏骨，向来是看不起现在年轻一辈不肯努力就知道靠脸吃饭的明星的。

那种都不能称作演员。

他们进组前知道女主角叫盛乔，是个耳生的名字，还专程问了问身边的人。这圈子里能对她有什么好话？还没见面她就已经给他们留下了个坏印象。

后来才知道人云亦云，三人成虎，小姑娘估计受的委屈不小。大家见她那么努力，又很有灵气，都愿意指导她。

他们风风雨雨一辈子，当然希望影坛人才辈出，能继续辉煌。

盛乔每天都拿着她的那个小本本，这里学一点，那里记一点，然后大家都打趣她是"偷师乔"。老戏骨们说："你学我们这么多技巧，到时候不拿个影后，可对不起我们的集体教学啊。"

盛乔："言重了言重了。"

进度快，不用赶戏，时间也就没有那么紧，导演偶尔还给他们放个假。老前辈赵子峰老师的儿子如今也是银幕新秀，参演的第一部电影这两天上映，赵子峰给儿子包了个场，邀请全剧组的工作人员去看电影。

自从成为盛乔，她就再也没进过电影院，而且这次是全剧组去，四舍五入就等于跟霍希一起看过电影了！

等吃过午饭，剧组就一车车地把人全拉了过去，是工作日，又是下午，看电影的人少。场记先安排几位主演入场，以免被路人发现引起轰动。

盛乔还想去买爆米花和可乐来着，但大家都等着，她也不好意思提要求，低着头进去了。几位主演的位置挨在一起，她左边就是霍希。

和爱豆第一次一起看电影，要留个纪念！她拿出手机，假装自拍，微微侧手让霍希也能入镜。

正要拍，霍希突然转头看过来，手臂搭在她肩膀上，凑近之后几乎和她头靠头，然后朝着镜头笑了一下，伸手点了拍照按钮。

镜头中留下了他温柔含笑而她茫然发愣的画面。

工作人员陆陆续续进来，霍希看了看时间，起身往外走。她小声问："霍希，你去哪儿啊？"

"上个厕所。"

整个场子很快就被剧组坐满了。临近开场，霍希才进来，照明灯都暗了，只有电影屏幕的光，他弓身走过来，手里还拿着一杯可乐和一盒爆米花，坐下之后递给她。

这可把盛乔高兴坏了，拿起一颗放进嘴里轻轻地咬，又凑到他旁边小声说："霍希，好甜啊。"

你很甜，爆米花也很甜。

九十分钟的电影，剧情还算不错，赵子峰老师的儿子在里面的表现也挺好，一结束大家都赞不绝口，虽然多少都有恭维的成分在里面，但赵老师还是挺高兴的，长脸。

进来是主演先进，出去是主演后出。王导坐在霍希后面，手肘搁在椅背上，凑近说："你觉得怎么样？"

霍希说："演员都不错，剧本有点空。"

王导嘿嘿地笑："我也这么觉得，镜头表现还差点火候，可比不上我给你的那个本子。听老赵说，小赵打算拿这部冲奖呢。"

霍希还是淡淡地说："好事。"

王导："小辈争先恐后啊。你还这么耗着咋行？成立工作室不就是为了把未来掌握在自己手上？转型的事不能拖。"

盛乔在旁边埋头吃爆米花，其实在偷听。

原来霍希成立工作室，是为了转型吗？

霍希笑笑："你那剧本又不是卖不出去，天天跟我推，也不怕我砸了你的招牌。"

王导也笑："说实话，早些年你就是自荐，我也不会同意。但这人总不能一直原地踏步嘛，你这座宝藏我不挖，迟早有人来挖，我得先下手。"

工作人员差不多都走了，场记过来招呼主演离场。几个人都站起来，王导拍拍他的肩："本子我送回去让他们改了，过两天你再看看。"

霍希笑着点头："行。"

盛乔喝了杯可乐，老早就想上厕所，离场后让他们先走，直奔卫生间去了。出来的时候，霍希站在走廊上等她，正仰头看两边墙上挂的电影海报。

她赶紧小跑过去，霍希收回目光，在她头上拍了下说："走吧。"

她偏头瞟了他几眼，还是没忍住，小声问："霍希，你要拍电影啦？"

他没点头，只是说："我今年二十九岁了。"

盛乔理直气壮："二十九岁怎么了？还是很年轻啊！"

他笑了一下："三十而立，有些路也该试着走走了。"

她使劲地点头，声音坚决："霍希，不管你做什么我都支持你！希光也一定都会支持你的决定！"

他低笑道："嗯，我知道。"

回到剧组，盛乔就比之前更努力了。

饭随爱豆，他那么厉害，当粉丝的不能给他丢脸。

在一片和谐拍摄中，全国观众终于又等来了新一期《逃出生天》的播出。这节目的知名度一期比一期高，现在大半个剧组工作人员都在追，播出那天还跟导演开玩笑说："今天不要安排夜戏啊，我们要回去看小乔的综艺。"

还有人狗胆包天，在霍希眼皮子底下支持太太CP，跟盛乔说："太太赛高哦。"

盛乔："……"

《妖妃·下》的后期剪辑更加偏重剧情，随着节目推进，之前的谜团抽丝剥茧，当方芷当着盛乔的面被"杀"时，节目组的剧情克星，智力bug盛乔再次上线，又一次破解了节目组的剧情设计。

全国观众纷纷喊"溜"。

画面进入最后一幕，妖妃死前幻象，加上后期配乐，着实把观众虐了一把，连带饰演妖妃的那个小演员都小火了一把。

观众被节目组骗了一波眼泪，还没从伤心中缓过来，就看见架桥姐弟化身鲁智深，愣是当场把那棵桃花树道具拔出来了。

观众：节目组，还记得你们是档恐怖综艺吗？一会儿哭一会儿笑，到底要我们怎么样？

这一期播完，太太CP倒是没有再兴风作浪了，毕竟狗太子死了，后面的剧情都在架桥身上。倒是盛乔连续三期破解节目的剧情，展现出了超高的智商和丰富的脑洞，吸了大批智商粉。

也不知道是谁最先提出来的，感叹说："如果小乔当年生在一个好环境不辍学，这么高的智商，肯定能考个好大学的。"

当年事最是令人遗憾。

又有网友挖出她在参加同居节目时说过自己私下在补习功课准备考大学的视频，于是这一期《逃出生天》播完，霸占热搜第一的词条居然是"盛乔考大学"。

贝明凡："？？？"

他想起盛乔在签约之前提出的条件，其中一个就是提升学历。

啊，这好学的孩子啊，他光顾着安排工作，完全忘记这回事了。

有愧有愧。

他赶紧给盛乔打了通电话："你想上大学啊？"

刚下戏的盛乔："啊？"

贝明凡："你不是私下一直在补习功课吗？这眼见着四月了，我给你安排个学历考试怎么样？"

盛乔想了想："行，考什么？我提前准备。"

贝明凡："高考。"

盛乔："？？？"

贝明凡从各方面解释了学历提升的困难性。国内所有大学本科都只接受普高招生，通过什么成人高考、自考大学升上去的学历，含金量都低。

又不能把她送出国去，毕竟工作都在国内，既然要提升，那就做最好的提升，高考是唯一的路。

上辈子拿到伦敦大学offer躲过高考的乔乔，最终又要面对命运齿轮无情的碾轧。

贝明凡："艺术类大学的文化课录取线不高，专业面试你绝对没问题，还有一年时间。七百五十的满分，你只用考个三百分就稳了，平均下来一门才五十分呢！"

盛乔："……"

贝明凡："你是学文还是学理啊？文科吧，文科比较简单，我过两天去你户籍地帮你把学籍办了，你不用去学校上课，我给你找最好的家教！"

盛乔缓了半天，才迟疑着问："我都这么大了，还能参加高考啊？"

贝明凡："七十岁都可以考，活到老学到老，勤奋好学是种美德！"

盛乔："……那行吧。"顿了顿，她又说，"我读理科。"

贝明凡："唉，你学理科多浪费啊。"

盛乔："文科懒得背！"

贝明凡："行吧行吧，你先好好拍戏，我会重新妥善安排你的工作行程和学习计划的。"

盛乔："……"

千算万算，没算到自己成了高考大军中的一员。挂了电话的盛乔，怅然若失地叹了声气，那头导演喊她准备下一场了。

盛乔把手机递给丁简："帮我上淘宝买点东西。"

丁简说："买啥？"

盛乔："5年高考3年模拟。"

丁简："……"

身上突然多了一个高考的重担，盛乔闲暇时间都不能自由自在地打游戏发花痴了。一想到，将要跟自己同批参加高考的小朋友们都在奋笔疾书，比她小还比她努力，她连玩个开心消消乐都充满了负罪感。

于是大家发现，盛乔在片场再也不拉帮结伙地开黑了，一下戏就坐在角落里看书，不仅看，还写写画画。

今天她看高中物理，明天她看高中生物，后天她看高中化学，她还背《滕王阁序》《岳阳楼记》，嘴里念叨的都是并列结构作主语时谓语用复数。

工作人员："？？？"

盛乔要参加高考的消息不胫而走。

网友："？？？"真考啊？

黑子跳出来一顿嘲讽，乔粉立刻把"七十五岁老人参加高考获教育局表扬"刷上热搜。黑子骂盛乔不专注本职工作炒好学人设，乔粉立刻刷"蜂采百花酿甜蜜，人读群书明真理""书山有路勤为径，学海无涯苦作舟""宝剑不磨要生锈，人不读书要落后"。

黑粉：呵呵，一年时间，我倒要看你能考多少分。

乔粉：肯定比你们这种不读书的喷子高。

过足嘴瘾，大家内心当然还是忐忑的。万一盛乔真考不好，不得被黑粉嘲讽一辈子啊？不行不行，话都放出去了，必须考好！

于是高一的乔粉整理基础知识，高二的乔粉整理主要知识，高三的乔粉直接把自己三年来的课堂重点笔记复印一份，打包寄来剧组。

一周时间，盛乔收到了来自全国各地高中粉丝的亲切问候，以及已经毕业只能出钱的粉丝们集资买来的《天利三十八套》《黄冈密卷》《星火真题》《高考英语词汇随身记》等几大箱高中复习资料。

乔粉：让题海淹没你吧！

盛乔：我谢谢你们了。

就在盛乔热火朝天迎高考的时候，《逃出生天》节目组官宣了这一期的神秘嘉宾：霍希、杨叶。

希光：？？？

乔粉：？？？

观众：！！！

后面那谁？不知道！不重要！我的妈！盛乔和霍希又在综艺里同框啦！！！算算时间，这一期的录制是在盛乔进组之前。

也就是说，那时候她的老婆粉身份还没暴露！现在全网皆知的情况下观看节目里她小心翼翼掩耳盗铃的行为，简直太刺激了！！！

大家等啊盼啊，终于等来了周五晚八点，《逃出生天》第四期，《末日·上》的播出。

这一期的收视率再一次大幅度攀升，多少人数着时间等节目上线，光是上线点播率就远远甩同期综艺一大截。

画面一开始，就是六位常驻嘉宾站在废墟城市前检查背包，当节目组宣布神秘嘉宾霍希加入时，后期很懂地把镜头给了盛乔。

抖得可以说很明显了。

观众："哈哈哈哈哈哈哈哈……见到爱豆秒尿。"

"知道她是粉丝后，她的这些行为真的太真实了。"

"是我本人。"

"我有个问题，那时候霍希知道盛乔是他的粉丝吗？"

"感觉应该是知道的，霍希对她一直很温和，估计就是这个原因。"

"太宠粉了，枯了。"

……

然后节目组就开始分组，在万众期待之下，霍希、盛乔不负众望地分到了一组，要不是那时候盛乔的粉丝属性还没暴露，观众都要怀疑节目组是故意的了。

太太CP党：我们服了。

希光：呵，垃圾节目组，故意炒热度。

乔粉：乔乔真可爱。

获胜CP党：啊啊啊……发糖啦！！！

本来以为，两人分到一组已经是最大的惊喜or刺激了，没想到更惊喜、更刺激的还在后面。当霍希面带微笑、若无其事地说出"我们叫获胜组"的时候，观看节目的全体成员都疯了。

当然疯的意义不一样。

有些是气疯了，有些是甜疯了，有些是发疯了。

正主盖章，官方表态，今晚注定是属于获胜女孩的狂欢。

梁小棠流下了终于收获革命果实的喜悦泪水。

这一期《末日》的剧情对于嘉宾来说极其复杂烧脑，因为节目组提前告知的奸细论和耳麦里催命符一般的异变进度，每个人都上当中计。组合之间貌合神离，嘉宾之间包藏祸心，完完全全上演了一场末日宫心计。

但对于观众来讲，节目组在嘉宾们选择完任务进入灾变小镇时，就已经通过画外音和字幕告诉了他们七个丧尸、一个人类的真相。

于是开了上帝视角的观众就看见，当嘉宾听到耳麦里的异变提醒时，都偷偷在同伴背后，露出了邪恶的微笑。

只有盛乔不一样，她先是小心翼翼地偷看了霍希几眼，脸上的神情又紧张、又震惊。察觉霍希并无异样，她背在身后的小手重重地捏了捏拳，眼里流露出一种视死如归的坚决。

观众说：

"她这是要保护霍希的意思吗？"

"我竟然被她的神情打动了我的妈。"

"就算我变为丧尸，也会保护你，直至我死。"

"楼上在干吗！哭了。"

"别的组都在互相盘算怎么搞死对方，只有她在下决心保护对方，我不行了，这是什么末日狂爱。"

"这就是追星女孩啊，不管我是谁，我是什么身份，我爱你的心，永远不变。"

"没有对比就没有伤害，看看盛乔面对沈隽意时的表现，再看看她面对霍希时的表现，容我心疼沈隽意一分钟。"

"获胜是真的呜呜呜……"

"太太不服！！！！丧尸和人类是没有结果的！小乔你看看你的丧尸同伴沈隽意啊！你不要妄图跨物种恋爱啊！"

"跨物种恋爱什么鬼啊哈哈哈……"

……

希光：一言难尽……

随着剧情一路推进，获胜组合遭遇了被异形追赶，被丧尸围堵，最后困在了便利店。两人之间的互动其实并没有多亲近暧昧，相反盛乔为了避嫌，还一直在保持跟霍希的距离。

但是不知道为什么整个画面就是透出一股甜啊！！！

霍希说话时温柔的笑，漫不经心的摸头杀，遇到危险时的临危不乱，每一个动作都在撩观众的心，发获胜的糖，戳希光的眼。

而盛乔又屁又可爱，一边避嫌一边又下意识地奋不顾身去保护。一听霍希没吃晚饭，完全忘记丧尸这回事儿，恨不得把货架搬空去填饱爱豆的肚子。

丧尸撞门的时候，她使出吃奶的劲儿抵住房门，只为了让爱豆慢慢吃，别着急。

呜呜呜……这是什么真情实感的追星女孩！

再看看别的组，互相算计、互相残害，恨不得立刻把对方搞死。沈隽意和纪嘉佑其实老早就在街对面看见"获胜"被丧尸围攻，但完全没有出手相助的意思，直到看见霍希拿出消防栓，意识到他们可以逃出来，才假惺惺地跑上去帮忙。

太太CP：……

假的，都是假的。

今天你被正主亲手拆CP了吗？

拆了。

沈隽意还觍着脸要跟获胜组队，在霍希面前恨不得把心掏出来的盛乔，面无表情地拒绝了他。

弹幕：

"哈哈哈哈哈哈哈哈哈哈……对家不要脸。"

"坐实了粉丝和对家的身份之后，这节目真的太好看了。"

"盛乔：我给你们表演一个变脸。"

"粉圈真实。"

"太太散了吧，你们嗑一个粉丝和对家的CP是自找苦吃。"

"获胜欢迎你！为你开天辟地！流动着的甜蜜诉说着传奇！"

……

一脸别扭看节目的希光：……不知道为什么心里竟然有点暗爽。

尽管盛乔拒绝了组队，但心怀鬼胎的神迹组合还是跟了上去，观众不由得为唯一的人类霍希捏了一把汗，然后就发生了喷泉池四人被异形围攻的一幕。

画面里一片漆黑，但拍摄用了夜间模式，观众还是能看到几个人的动作。当盛乔吼出火把的时候，沈隽意和纪嘉佑竟然不约而同地把火把丢进了水里。

观众：这两个不良丧尸。

四人站在喷泉台上跟节目组耗时间的时候，另外两组正在上演互相残杀的剧情。洛清搞死杨叶，曾铭搞死方芷，真是要多无情有多无情，要多残忍有多残忍。

再看看不顾一切豁出命去保护霍希的盛乔，观众都要感动哭了。

乔粉：我们乔乔真的好善良、好可爱，呜呜呜……

希光：哼……

观众：你们乔乔要是跟沈隽意组队，不知道下手多少次了。

太太CP：……别说了，别再在伤口上撒盐了。

获胜CP：好"嗨"哟，感觉人生已经到达了巅峰。

这一期的节目结束在沈隽意假装腿酸，将其他三个人推下水台的那一幕。

观众们纷纷怒骂：上期狗太子，这期狗丧尸，太狗了！！！

这一期节目播完，太太党几乎已经被期期手拆CP的沈隽意逼到了末路，但CP狗从不轻言放弃！他们坚信，丧尸和丧尸才是物种的正确结合！只要等到下一期，等到丧尸不得不在人类与同伴之间做出选择时，他们一定能迎来最终的胜利！

《末日•上》的播出，获胜党成最大赢家，盛乔在节目里的表现也让一部分希光生出了好感。爱是做不了假的，特别在其他几组的对比下，更显真挚。

或许有时候，我们得朝前看。

那样，也许能看到更多被阳光照耀的地方，而不是一直躲在阴暗的角落，心渐腐烂。

获胜党以势如破竹之态飞速壮大，之前在剧组跟盛乔偷偷摸摸喊"太太赛高"的，现在改光明正大地喊"获胜赛高"了。

获胜女孩产粮之迅猛，任希光乔粉两方唯粉狂撕而不可动摇！

获胜：我们可是正主亲手盖章的CP！

唯粉：你们也是正主亲手拆过的CP！

女方拆，男方盖，CP就像拔河赛。你也嗑，我也嗑，获胜一路唱情歌。

搞到真的的梁小棠，只恨不能将当日在酒店的所见所闻写下一万字小作文分享给战友们，只能咬着小手帕给全网第二个获胜姐妹发消息："是真的，你信我，真的是真的。呜呜呜……你等着吧，我们会迎来最终的春天！"

姐妹还是一如既往地淡然："嗯，我信。"

梁小棠："呜呜呜……好姐妹，我们终于熬出头了，想当初，全网'唯二'的获胜党是如何夹缝偷生，那段蹉跎岁月，是我们无上的荣耀！"

姐妹："……嗯。"

"姐妹"回完消息，抬头看看不远处埋头刷题的盛乔，拿着小蛋买来的奶茶走过去。盛乔正在演算本上配化学方程，半天配不平，咬着笔头在那翻书。

霍希把吸管插好，蹲在她面前："休息会儿再写。"

盛乔看了眼他手上的奶茶，一脸开心，正要接，又想起了什么，噘着嘴说："粉丝说要用'六个核桃'代替饮料。"

霍希："……"

丁简在旁边感叹："她的粉丝给她寄了十箱'六个核桃'。有这快递费，都够再买几箱了，都是真爱粉哪。"

霍希看了眼她身后堆的两箱核桃奶，方白忍不住说："其实也没啥用，就求个心理安慰，她喝得浑身都是那核桃味儿。"

盛乔："……"你不懂大龄少女挣扎求学的痛苦。

几个人正说着，盛乔的电话响了，拿出来一看，是贝明凡打来的。

他最近正在盛乔的户籍地帮她办学籍，此刻打过来，盛乔还以为是入学搞定了。接通一听，贝明凡苦恼道："小乔，这事儿还真不好办，找了好几所学校，都说没这个先例。说是影响普通学生学习，担心家长对学校有意见。"

盛乔一听也有点急了："啊？那怎么办啊？"

贝明凡迟疑地说："现在找到了一所学校，托了好多关系，对方答应让你挂学籍，但是有个要求。"

盛乔："什么要求？"

贝明凡："要你明天过来进行一场入学考试，如果分数能达到他们学校的平均分，就破例收你入学。"

盛乔："……"

贝明凡庆幸道："因为现在是四月，校长同意以高二转校生的方式给你办入学，过完暑假就直升高三，所以你只用考高一、高二的知识，开不开心？"

盛乔："……"

贝明凡："我帮你偷偷打听了，这学校的平均分才四百一十二呢，你只需要每门考六十八点六六分就够了！"

盛乔："……"

贝明凡："好了我不打扰你看书了，你抓紧时间背几个单词，我让丁简订今晚的机票，明天咱们去考试。"

盛乔："……"

挂了电话，几个人见她半天说不出话来的样子，霍希皱眉问："怎么了？"

盛乔："哇，霍希，快给我再开两瓶'六个核桃'。"

霍希："……"

丁简去订机票，方白去跟导演请假，霍希拿手机搜了搜那所学校今年的高二期末卷，让盛乔先做一做试试水。

盛乔扫了一遍试题，光是语文开头那一堆诗词填空、文言文翻译、诗词解析，她就直接蒙了。背的不考，考的没背，太惨了。

霍希忍住笑安慰她："你英语和数学不错，这两门多拉点分，语文阅读理解和作文写好一点，没问题的。"

盛乔："呜呜呜……"

导演知道她明天要去考试，下午也没给她安排戏份，放假让她回酒店去复习。走之前剧组的工组人员还统一给她打气："小乔，考个第一名回来给我们剧组长脸啊！"

就我一个考生，第个屁一。

回到酒店，盛乔赶紧把粉丝寄来的高二笔记翻出来恶补，她打定主意扬长避短，争取英语和数学考个高分，去机场的路上都在狂背高中单词和数学公式。

上了飞机，座位在头等舱，盛乔一落座就拿出粉丝送的《英语单词随身记》趴在那儿看，其中一个空少居然还是她的粉丝，有个空姐想过来要签名，那空少拦住她，义正词严："不要打扰乔乔学习！"

三个小时后，飞机落地，贝明凡租了车来接他们，私人行程走的VIP。上车之后，见她一脸生无可恋，贝明凡安慰说："晚上我带你去吃这儿最有名的火锅！"

盛乔："不去，我要背课文。青冥浩荡不见底，后面是啥来着？"

方白："日月照耀金银台！我觉得这篇不用背前面，你就记最后两句必考点，安能摧眉折腰事权贵，接！"

盛乔："使我不得开心颜！"

方白："正确！"

贝明凡："……"

车子开回酒店，盛乔晚饭都是叫的外卖，吃饭在背，上厕所也在背，洗个澡都在浴室的玻璃门上默写公式。已经淡去多年的高中记忆，那段因考试忧愁、因暗恋苦恼、因友情落泪的青春时光，在夜深人静之时，竟慢慢浮现。

成为盛乔后，她第一次梦见了上学的时候。

她穿着校服，坐在教室里记笔记，讲台上的她最喜欢的那个数学老师正拿着戒尺在画平行线，他转过身来，突然指着她厉声问："你是谁？怎么在我的课上？"

周围的同学全部看过来，明明都是她熟悉的人，可全部用陌生的眼光盯着她。

她着急地解释："我是乔瞧啊，我是这个班的学生。"

"你不是我们班的！"

"我们不认识乔瞧！"

"我们班上没有叫乔瞧的！"

她快哭出来了，扯出自己的学生证："看啊，你们看啊，我真的是乔瞧，我是数学课代表，我是高三（2）班的学生。"

"骗子！"

"没有叫乔瞧的！"

"这上面写的是盛乔！"

"你连自己是谁都不记得了！"

"你是盛乔！"

那些熟悉的青涩脸孔变得模糊，一会儿是大学同学，一会儿是乔家亲人，一会儿是朋友闺密，他们一圈圈地围着她，都用陌生的眼光打量她。

她一遍遍地喊："我是乔瞧啊，我真的是乔瞧！我真的是……"

没人信她。

她快哭晕过去了，在一片模糊光影中，看见了霍希。

他穿着她第一次在电视上看到他时穿的那套白色衣服，头发剪得有些短，淡然冷峻的气质浑然天成，一眼就令她深陷。

她大喊他："霍希！"他抬头看过来。

她哭着："霍希，我是乔瞧。"他远远地看着她，半晌，淡漠的脸上突然露出一个温柔的笑："我知道，你是我的粉丝。"

只有他会回应她。

所有人都不认识我，这个世界没有我的存在，有时候从梦中醒来，我都怀疑乔瞧这个人是不是其实真的不存在。

只有你，是我唯一的情感延续。

就算所有人都不记得我，我也记得，我爱你时，心跳的频率。你的存在一直在提醒我，我有过那样一段人生，不至于让我在今后的岁月，忘了我究竟是谁。

她哭着醒来。

天花板的灯在夜色里透出朦胧的光晕，她摸到枕边的手机，哆哆嗦嗦地拨通了霍希的电话。

她忘了自己坚持的不打扰原则，她忘了这个时间他或许早已休息，她只是迫切地想听听他的声音，来驱散梦里巨大的悲伤。

三声之后，电话接通，他用略带睡意的嗓音低低地喊她："乔乔？"

她哭得更凶，哽咽着："霍希。"

他听出她的哭声，一下从床上坐起来："怎么了？"

她小声啜泣："霍希，我想你，我梦到你了。"

听筒里的呼吸声渐渐清晰。

半晌，他低低地笑出来："梦到我什么了？"

她呜咽着说："梦到所有人都不认识我，只有你记得我。"

那头"吧嗒"一声，是他按开了灯，温声问："是不是压力太大了？担心考试吗？"

"嗯。"

"没关系，考不好就换学校，离明年高考还有一年，转户籍到其他地方也来得及，办法还有很多，别怕。"

"嗯。"

"那现在继续睡觉，明天放好心态去考试，嗯？"

"好。"

他笑起来："乔乔乖。"

挂了电话，壁灯暖黄，他捏着手机看了半天，勾了勾唇角，打开那个私密的备忘录：××年××月××日，乔乔第一次说想我。

往上翻，还有：

××年××月××日，第一次和乔乔看电影。

××年××月××日，第一次吻乔乔。

……

第二天一早吃完早饭，贝明凡就领着心情忐忑的盛乔去了学校。他们先跟校长见面，又跟年级主任打招呼，这件事还未传开，毕竟能不能录取还要看成绩。

经过教导主任和几个老师的讨论，他们给盛乔准备的试卷是这一期高二年级的期中卷。其实都不抱希望，觉得校长所谓的达到平均分就是一个婉拒的借口。

聪明不等于学习好，一个初中毕业就闯荡娱乐圈的明星，知识储备量都不够，怎么可能达到应试教育的水平？

现在这些明星，多半还是为了立人设，花样多。

怀着这样的心态，负责这次监考的杨老师来到了校长专门准备的办公室。推开门，素面朝天的短发女孩安安静静地坐在里面，见他进来，立刻起身礼貌道："老师好，老师辛苦了。"

一点儿明星架子都没有，比电视上还要好看，杨老师把试卷从密封袋里拿出来，指了指墙上的钟："考试时间两个半小时，记得合理安排时间。"

盛乔点点头，拿到试卷，拧开笔盖，在姓名栏写下自己的名字，杨老师教语文，在旁边一瞅，呦，这字，不错啊。

光看这字，他已经有了几分改观。

接下来的两个半小时，盛乔全程专注，仔细答题，根本就没出现那几个老师私下议论的利用明星之便搞小动作的情况。

她提前做完试卷，但没有立刻交卷，又返回去从头检查了一遍，光是这态度，就让杨老师在旁边看得连连点头。

班上那些浑小子要是能有她这态度就好了。

果然是应了那句，拥有的不珍惜，错过了才可惜啊。

六门课考四场，学校也是按照普通考生的考试流程安排了两天，盛乔第一天考的是语文和数学，第二天考英语和理综，考一门老师就批一门的成绩。

贝明凡偷偷去打听，结果老师还挺有原则："考完之后再说，不然会影响考生的心态。"

等全部考完，盛乔虚脱似的松了口气，瘫在座位上等结果。

贝明凡推门进来，把一沓她的照片递过来说："来来来，签名，一会儿送给老师，争取加个印象分。"

盛乔："……"

正签呢，校长和教导主任走了进来，主任手里拿着她做的试卷，看她的眼神都充满了不可思议。

盛乔吞了口口水，紧张地问："我……通过了吗？"

教导主任："盛乔同学！祝贺你！你以五百零九分的成绩通过了入学考试，从今天起，你就是我们骄阳四中的学生了！"

贝明凡："五百零九分？？？哇！！！"

正要跟盛乔来一个祝贺的拥抱，他回头一看，她已经拿着手机跑到窗边，对着电话那头的人小声又兴奋地说："霍希，我考了五百零九分！"

那头笑声淡淡的："乔乔真棒。"

"有奖励吗？"

"有。"

"什么奖励？"

"你回头看看。"

嗯？她疑惑地回头。

门口，戴帽子的少年握着手机站在那里，唇角笑容温柔。

贝明凡一手揽着校长一手揽着教导主任往外走："来来来，我们去谈一下盛乔同学入学的事情。"

房间里只剩下他们两个人。

盛乔看了看手机，又看了看门口的人，一脸没反应过来的茫然，好半天，不可思议地喊他："霍希？"

他走近，摘下帽子笑："嗯，是我。"

这是什么超级无敌绝世大奖励？她不过考了个试，又不是拯救了地球。请问是直接哭吗？

霍希将刚才从方白那里拿的成绩单递给她，忍住笑说："偏科有点严重啊，你。"

盛乔赶紧接过来，打开一看：语文，九十三分；数学，一百零七分；英语，一百三十九分；生物，七十二分；化学，五十三分；物理，四十五分……

她果然做到了扬长避短呢。

以前上学时物化就没学好，重来一世，这两科依旧是她的痛。

霍希见她一脸苦恼，摸摸她的头安慰道："接下来把补习重点放在物化两科上就好了。"

盛乔叹气："摸头杀也无法驱散我的忧愁。"

霍希问："那火锅呢？"

"欸？"

方白适时推门进来，探头探脑地说："希哥，火锅店订好了，绝对是全市味道最巴适的店。"

来了两天就学会了当地方言，他也是个语言天才。

等贝明凡跟校长谈好学籍的事，几个人就离开学校去火锅店了。雅间隐蔽性好，空气里都是又辣又香的味道，贝明凡还开了瓶香槟来庆祝，到最后主角没喝多少，他倒是喝得醉醺醺的。离开的时候他跟霍希勾肩搭背，拽着他的手腕一路重复："可不许谈恋爱啊，可不许啊，我们乔乔，事业上升期，可不许勾引她啊。"

盛乔骂他："说什么酒话！"

贝明凡："恋爱一时爽，公关火葬场！跟流量恋爱直接进坟地！"上了车，他还拽着霍希的袖子，"好不容易混出头了，可不许毁了她啊，可不许啊！"

坐在副驾驶座上的盛乔正在指挥方白倒车，头也不回地吼："就你这酒品，以后再跟你喝酒我跟你姓！霍希你别理他。"

贝明凡还没松手，霍希拍拍他的肩，低声说："我知道。"

他这才松开，头一栽睡过去了。

搞定了学籍的事，盛乔展现出来的学习天赋也让团队如释重负，毕竟高考的人设打了出去，到时候要是落榜，真的会被嘲笑一辈子。

盛乔回到剧组继续拍戏，贝明凡带着她那六张卷子回到北京，根据她的成绩和水平量身寻找家教，安排接下来一年的学习计划。

到周五的时候，万众期待的《逃出生天》第六期，《末日·下》终于要上线了。

一周时间，获胜党就唱了整整一周的欢歌，过了整整一周的年，对于两家唯粉的嘲讽掐架完全无视，用唯粉的话说，那心无旁骛嗑糖的劲儿要是用在学习上，清华都考上了。

各家都抱着不同的心情期待着这一期节目的播出。

两家唯粉当然是希望接下来上演一出人丧大战，只要获胜任意一方因为剧情背叛组合，他们就能把那狗日的获胜党撕回老巢。

太太党暗暗地支持唯粉，夹缝中高举太太大旗。

获胜党：总有刁民想害朕！朕不死！江山不易！这天下，终究是姓获胜的！

多方角逐中，《末日·下》拉开序幕。

剧情接沈隽意假装腿酸将几人推下水台那一幕，观众屏气凝神，基本都把目光聚焦在盛乔身上。

这是对霍希下手的最好时机，既不会引起怀疑，又能完成异变任务，她，会动手吗？

事实证明，不要小看追星女孩的真情实感。

当霍希和盛乔牵着手飞奔在末日的街头时，很懂事的后期还专门把画面剪成电影模式，配上了一段韩剧的BGM，真是见者感动、听者落泪。

唯粉：我们怀疑后期里混入了CP狗。

好不容易从异形的包围中逃出来，两人又遇到了已经干掉同伴的曾铭。他演技又好，装出一副无辜的模样要求组队，观众一想到刚才他毫不犹豫、心狠手辣地"搞死"方芷的画面，不由得都为获胜组捏一把汗。

你们拿的是美剧剧本，获胜拿的是韩剧剧本，请不要乱入好吗？！

然后观众就看见盛乔果断地拒绝了他。

观众：

"除了霍希，盛乔对每个人真的都好冷酷啊哈哈哈哈……"

"前三期独当一面的钢铁侠在这里都化作了绕希柔，哭了。"

"担心小乔的恋爱脑坏事，她这次为什么还没破解节目组的剧情？"

"全队人的希望都在她身上了，跪求小乔快点智商上线啊！"

"她现在满脑子都是霍希，有个屁的智商！"

"前面酸什么呢？合着小乔该你们的？每期都靠她，其他嘉宾都不带脑子的吗？"

"这期太烧脑，也不怪小乔看不出来，我到现在都还没搞懂节目组的设计，到底怎么样才算赢啊？"

"同搞不懂，我只想看'沙雕'，不想带脑子。"

……

获胜组还在跟曾铭纠缠的时候，另外两组持续上演自相残杀的剧情，沈隽意干掉纪嘉佑，洛清干掉杨叶，四组分崩离析，到现在只剩下获胜组还存活着，越发显得盛乔的真心弥足珍贵。

获胜党已经哭过好几回了。

当以方芷为首的丧尸大军冲出来时，观众差点被她的丧尸妆和那句"曾铭……我要咬死你"的台湾腔笑晕过去。曾铭一边跑一边狂笑，画面一度很"沙雕"。

观众笑着笑着就笑不出来了，因为他们看到，率先跑进大厦的曾铭把大门反锁了。盛乔和霍希被挡在门外，丧尸大军渐渐逼近。

这下连希光和乔粉都急了。

好在霍希临危不乱，观察完环境后拉着盛乔迅速改变路线。剧情引人入胜，后期又很会剪辑，观众的心都一路被揪着走，看见那扇上锁的铁门，弹幕一度飘满了问候节目组母亲的不良用语。

刚沉浸在盛乔为爱牺牲的感动中，观众就看见霍希破解了节目组的障眼法，两人总算逃出生天，将丧尸拦在了铁门的另一边。

然后就看见一脸沉思的盛乔摸出了在喷泉边捡到的那枚许愿币，之前观众都没注意到，但镜头给了特写，大家也就都看到了许愿币上雕刻的画面。

弹幕说：

"脑力风暴要来了！！！她一定猜到了！"

"下面，就是见证奇迹的时刻！"

"小乔快去问霍希！确认你的脑洞！"

"所以只要和剩下的丧尸联手干掉人类，他们就赢了吗？"

"节目组这是在逼盛乔对霍希下手！"

"让我们猜猜看，盛乔是选择赢，还是选择爱情？"

"我投爱情一票！"

"综艺的最终目的是赢，希望她不要真的恋爱脑，辜负节目组的设计。"

"期待盛乔手拆获胜CP。"

唯粉们终于等来了他们想看的一幕，真是又紧张、又激动。

结果，盛乔跟霍希确认了人类身份后，什么都没说，也丝毫没有要下手的征兆。大家都在想，不会吧，真恋爱脑啊？然后沈隽意和洛清出现在画面里。

三个丧尸、一个人类，刺激。

她果然打定了要保护霍希的主意，一边跟两人嘴炮，一边掩护霍希想跑。

黑粉瞬间冒出来，抓她恋爱脑这个点，骂她不敬业，辜负节目组的剧情设计，其他人都认真玩游戏，只有她无脑护爱豆，又脑残、又自私。

黑粉这一骂，不仅乔粉，连希光都坐不住了。

"自家的爱豆自己护，关你屁事？看个节目还看出优越感了？"

"真人秀要是每个人都按照剧情来玩，还有什么看头？"

"酸什么酸？你家爱豆没人护，嫉妒啊？"

"我乔怎么不认真了？我乔从头到尾都在很认真地保护队友啊！"

……

弹幕吵得不可开交，剧情里盛乔的异变进度也进行到了百分之七十，开启了主动攻击技能。然后观众就看见三方都动了，大战一触即发。

几个人面面相觑，一脸蒙，而一直被骂"恋爱脑"的盛乔终于脑力bug上线。

她不仅破解了这一期的剧情设计，还直接拆穿了节目的阴谋。异变进度条蒙蔽了他们，让他们忘了最初的任务，只剩下了为了各自活命而自相残杀。

被节目组绕晕的观众，这才明白过来是怎么一回事。开了上帝视角的我们都被节目组耍得团团转，她居然能看破一切迷雾抓出最终的真相？！

这是什么逆天的智商？？？

服了，真的服了。给大佬递烟。

第十九章

杀青

之前骂盛乔恋爱脑的黑子被打脸，全部销声匿迹，路人都惊叹不已，纷纷刷"路转粉"。乔粉美得上天，希光默默不语，获胜党流下感天动地的喜悦泪水。

接下来的剧情可以用峰回路转来形容。

沈隽意的淘汰、曾铭的偷袭、异变进度的加快，当盛乔和霍希跳入冰冷的水池，在丧尸的围逼中疯狂寻找刻有真相的许愿币时，所有观众都沉浸在这末日剧情中，一颗心都揪住了。

系统提示：异变进度，百分之九十。

盛乔没有抬头，还是飞快地捞硬币，只是轻声说："霍希，我要死了。"

丧尸疯狂逼近，霍希停下动作，皱眉看着她。

她声音里有浅浅的哭腔："霍希，我要死了。"

丧尸开始攀爬水台，一枚许愿币从他手中扔了出来，落在地面，清脆的几声响，一路滚远。他拉住她，将她从水里扯起来，低声说："不找了，一起死。"

丧尸伸出腐烂的指骨，咧嘴笑着，就要抓住他们。

两人没站稳，拥抱着砸在水面。

那枚被霍希看也没看扔出去的许愿币终于停了下来，币面雕刻的内容出现在放大的画面里。

那是两个人在拥抱。

画外音响起系统的声音：人类拥抱变异玩家，用地球上仅存的爱与热血拯救了同胞，异变结束，人类胜利，拯救地球任务成功。

在水池中相拥的盛乔和霍希，身影渐渐模糊，化作点点星光，随风飘向这片已化作残垣断壁的土地。

BGM起，灰暗的世界一点点明亮起来，星光所过之处，万物复生。最后星光在空中渐渐聚集，凝成了一句话：冷漠与残杀之间，只需要一个拥抱。

本期节目结束。

观众：……

你赔我们眼泪！！！！！

后期剪辑真的绝了，将一波三折的剧情剪得高潮迭起，最后更是大赚一把观众的眼泪。

你们这节目也别叫什么《末日》了，改成《末世绝爱》吧。

这是什么感天动地的爱情？

最后那个拥抱真的只是个意外吗？

霍希那句"不找了，一起死"其实是你们设计的台词吧？

不管真相是什么，这期节目我吹爆！

唯粉一言难尽，观众深陷剧情，获胜党成最大赢家。最后那一幕的绝世拥抱，成为之后希乔视频剪辑永不缺席的素材。

获胜党：末世恋人！地球上最后存活的生灵！请你们立即原地结婚，开始延续人类血脉的繁衍任务！！！

希光：节目组不要脸给台词演台本炒CP！

节目组：我们冤啊！！！

这一期的烧脑剧情再次引爆全网热度，破解了这次剧情的盛乔成为议论的焦点，她和霍希最后那"世纪一抱"更是被做成动图传遍全网。获胜女孩高举CP大旗，CP超话排名直接冲上第一。

盛乔连续四期在节目里的精彩表现展现了超高智商以及综艺感，贝明凡接连收到了不少大牌烧脑综艺的邀请函。

《逃出生天》这档节目带给盛乔的人气攀升和全网热度绝对是有史以来没有过的，随着一期又一期的火爆，找上门的广告代言也是一个接一个。

今年是她重新起程的一年，是起点也是铺垫，只要按照目前的节奏度过今年，贝明凡已经能预料到明年全网大火的情景。只要霍希不出来捣乱……

他现在算是知道了，盛乔在追星，霍希在追人，一旦挑明，就是在要他的命。唉，当初还是大意了，应该在合同上添上一条"不准恋爱"。那丫头混到现在不容易，可千万不能被恋爱脑毁了事业。

贝明凡天天愁得不行，还打电话让丁简盯着点儿。

丁简："我盯什么？我管吃管喝，还管她谈不谈恋爱吗？"

贝明凡："……"行吧，都是大爷。

进组已经一个多月了，第一批演员杀了青，气温持续升高，已经隐隐有夏天的气息。盛乔下戏后的日常就是啃着冰激凌搞学习。

贝明凡给她找的家教已经根据她的个人情况制订了相应的学习计划，每天在线布置作业，辅导功课。

盛乔每天忙得脚不沾地，连自己的生日都忘了。还是茶茶给她发消息，商量今年的应援怎么做。群里的管理员已经在策划，包哪个屏，包多少条线，集资也得提前搞。

盛乔不想他们花钱，跟茶茶说："生日应援就算了吧，乔乔也不是走流量路线，不搞那些虚的。"

茶茶说："那怎么行？别的明星有的，我们乔乔也要有！"顿了顿，她又说，"会长，我是知道你对乔乔的心的，可是自从你工作忙渐渐隐退，群里有些管理员都觉得你脱粉了。"

盛乔："……"我脱自己粉？

茶茶："几次管理员聚会你都不参加，乔乔所有的活动一次也没见你去，每次找你面基你都推托工作忙没空。会长，你跟我说实话，你是不是真的脱粉了？我不怪你，追星这种事不能强求，你为了乔乔付出了多少我都知道，就算你脱粉，我们也还是朋友。"

盛乔："……"我不是，我没有……

茶茶："这周六中午十二点，管理组有个聚会商量生日应援的事，会长，你能来吗？"

盛乔："来不了，但我可以解释！"

茶茶："唉，算了。"

盛乔："……"

盛乔把聊天记录拿给旁边的方白看，方白都快笑岔气了，她生无可恋地问："我要是告诉她我就是她爱豆，你觉得她能接受吗？"

方白："我觉得可能不大能接受。"

盛乔："那咋办……要不我就承认我脱粉了，把会长的位置让出去吧？"

方白："那你的早安微博、晚安微博怎么办？毕竟我们再找不出来像你这样的第二个诗人了。"

盛乔："……"

两人最后商量了半天，决定还是让盛乔借此机会退出后援会管理组，早安微博、晚安微博她写好发给方白，以后让方白负责就行了。

结束当天的拍摄工作，盛乔回到酒店就打开电脑写了一封言辞恳切的辞职信。言明自己并非脱粉，而是因为工作太忙实在无力承担会长一职，谢谢大家一路携手相持，今后依旧会默默支持乔乔的事业。在跟乔乔团队商议之后，正式将会长一职转交给茶茶。

这个后援群一开始就是由"小乔要努力变强"的ID创建的，是她在全网黑的情况下发布管理员招募信息的，聚集最初的九个人，陪伴乔乔走到如今。

现在的粉丝根本无法想象那时候的举步维艰。是会长一直带领大家，有条不紊地进行后援工作，乔乔的粉圈到现在能如此成熟稳定，有很大一部分是会长的功劳。

大家虽然偶尔对她从不面基有些异议，但从未质疑过她的真心。此时见她提出辞职，都特别不舍，纷纷在后援群里挽留。

茶茶连发大哭的表情刷屏，还跟她道歉："对不起会长，是我早上说的那些话过分了。你有自己三次元的工作，我不该那么说你。"

荞麦也说："会长，就算你永远不面基，永远不追乔乔的活动也没关系，我们再也不发小脾气了，你不要离开我们！"

盛乔简直哭笑不得，正一一安抚呢，房门突然砰砰地被敲响，方白在外面喊："乔乔！大事不好了！"

吓得盛乔鞋都没穿，光着脚跑去开门，一拉开，方白一脸惊恐地说："乔乔！你掉马了！"

盛乔："哪个马？？？"

方白："你还有几个马？？？"他急得跺脚，一把把手机塞到她手上，"你的个人账号和后援会账号的IP地址被扒了！！"

热门爆帖："惊天大瓜！当红小花给自己当后援会会长！"

盛乔："？？？"

事件起因，是前几天第一批演员杀青，其中就有教盛乔演戏的老前辈。盛乔转发了剧组的杀青微博，还写了一段感人肺腑的心灵鸡汤表达对老前辈的敬意。

坏就坏在这段心灵鸡汤字里行间那行文风格，跟盛乔官方后援会微博每天发的早安微博、晚安微博一模一样。

也不知道是哪个闲出屁的黑客，顺手就查了查盛乔的个人账号登录IP。后援会微博有三个登录IP，粉丝也知道一直有三个管理员，其中一个就是盛乔的IP。

一路查下来，盛乔个账IP地址换成什么，后援会官方微博的IP地址就换成什么。盛乔出国拍综艺，盛乔后援会发的早安微博、晚安微博的IP地址都在国外。

之前参加《星光少年》，她在节目里狂放彩虹屁，就有人开玩笑说，她的后援会早安微博、晚安微博不会是自己写的吧？

这一扒，网友顿时就傻眼了。咋？还真是她写的啊？

网友们一路深扒，扒到这个IP地址第一次发微博的时候。那时候盛乔大号发了一条"小乔要努力变强"的微博，之后相同的IP地址就登录了后援会账号转发了这条微博，并发布了管理员招募帖。

从那天起，盛乔的官方微博就开始走上正轨。雷打不动的早安微博、晚安微博，每天的打榜数据，及时的行程发布，专业的官方宣传。

那时候的盛乔还没跟星耀解约，根本就没有团队，经纪人恨不得搞死她，不可能帮她做这些事。全网黑的地步，从哪里突然冒出来这么一个有粉圈管理才能的粉丝的？

再加上粉圈偶尔也有传言，说会长从不参加聚会面基，也没见她追过乔乔的活动，之前还觉得她应该是乔乔身边的工作人员。但从时间上推算，根本就不成立。

越扒越确定，这个每天花式写早安微博、晚安微博的会长，就是盛乔本人。

盛乔本人每天给自己写应援文案花式吹自己，盛乔本人给自己集资打榜，盛乔本人是她后援会的会长。

路人：哈哈哈哈哈哈哈……我×，又惨又好笑。

乔粉：……

突然被这个帖子砸蒙的管理群：？？？

生无可恋的盛乔：……

半天，茶茶试探着打出一句话："所以，会长，这才是你要辞职的原因？"

小乔要努力变强："是的……"

管理们："！！！！！"

我爱豆就在我身边而我不知道！

我还逼她给自己买杂志、冲销量！

热帖一夜之间被各大门户网站、娱乐论坛转载，公关删掉之后又不停有新的讨论帖冒出来。这种有史以来绝无仅有的瓜，不管用什么姿势吃都好香啊。

你说说，这得被逼到什么地步，才会本人亲自下场搞后援，还搞得风生水起？领着自己的粉丝追自己，是怎么做到心安理得花式自夸的？

盛乔披后援会会长皮发的每一条微博都被扒了出来，还被人做了一个整理。

日常早安微博、晚安微博就不说了，彩虹屁放得那叫一个溜，三十天不带重复的。行程发布，活动官宣，作品宣传，和金主爸爸调皮互动，跟粉丝活跃交流，在线营业勤勤恳恳、兢兢业业，业务能力之熟练，堪称粉圈应援典范。

乔粉：谁想得到，在评论里回复我记得带灯牌的小官，就是我爱豆本人呢？

路人：哈哈哈哈哈哈哈红红火火恍恍惚惚真的好好笑啊，我的天，怎么会有这么搞笑的明星？简直是活久见系列。

一开始的吃瓜画风还是很和谐的，毕竟大家都觉得明星给自己当后援会会长这种事挺搞笑、挺可爱。

然而黑粉和眼红病很快就冒出带节奏嘲讽。正主亲自下场这种事本来就很low，遑论你这都不叫下场，叫驻扎。

粉丝追星追的是一束光，之前曝出你追星已经让你身上的光暗淡了几分，现在又曝出你给自己应援打榜。你身上还有所谓的明星光环吗？

Low，low货，low到马里亚纳海沟了。

风向很快就从哈哈吃瓜被带偏为全网群嘲。

盛乔上升势头又强，被多少同期艺人视作眼中钉，职黑水军一窝蜂下场。路人本来就是墙头草，哪边风大偏哪边，一晚上时间盛乔简直被嘲得体无完肤，脱粉无数。

管理群才刚经历了爱豆现身的震动，都还没反应过来，反黑控评战斗就已经打响了。

盛乔在群里发消息："最后一次带领大家战斗，如果还愿意留下来，先干活儿吧。"

茶茶："先干活！！！！！"

旺旺："反黑组待命！！！"

荞麦："控评组待命！！！"

阿水："话题组待命！！！"

……

后援会进入一级反黑状态，贝明凡那边的公关也是一拨接一拨，最后给盛乔打电话："卖惨，现在最好的办法就是卖惨。团队给你写了个通稿，你一会儿照着发！"

没多会儿他就把通稿发过来了，盛乔一看，官方得跟小论文似的："还没我写得好。"

贝明凡："你厉害，你牛×，那你自己写？"

盛乔："行。"

贝明凡："？？？"

她说写就写，半小时就写好了，先发给贝明凡过目，那头一看，发了一串省略号过来，然后说："发吧。"

盛乔微博上线啦。

盛乔发微博啦。

"@盛乔：让大家见笑啦。虽然不知道是哪位黑客大哥下的手，但趁此机会我能正式跟后援会说再见，也算功成身退了，还是跟那位欠揍的大哥说声谢谢吧。

"从我下定决心摆脱过去重新开始时，这个世界留给我的机会和善意其实已经不多了。我想从头开始，但我找不到头啊，除了靠自己，再没别的办法了。

"在这里要感谢我多年的追星经验，让我拥有了一身应援的本领，不至于两眼抓瞎。这就跟为自己代言、为自己点赞一样，我为自己搞应援。最终目的，都是希望自己能变得更好。

"踩过当初的遍地荆棘，尝过那时的举步维艰，至功成名就之日，方不忘初心。

"谢谢你们一路相伴，也到了说再见的时候，今后，让我们一起，继续为了乔乔变得更好而努力吧！"

……

网友：哭了。

现在的盛乔一路高歌，前程似锦，火到让他们都快忘了，她经历过什么。

她是从地狱里爬出来的人啊。

压榨期的那五年自不必说，从她觉醒之日，穷途末路、一腔孤勇、一路走来踩的都是刀刃。她从未向外界流露过任何负面情绪，打官司，被杀人行程累到进医院，也没有卖惨说一个字。她所展现出来的，永远是积极、乐观、向上的姿态。

你们看不到，便以为那些咬牙流泪的日子不存在吗？

她却从未怨天尤人。

没有后援会，我就自己建；没有粉丝，我就招募；没有数据，我就一点点从头做起。

没有什么能够让我认输。我既然站起身来，今后必不会再跪着。这是什么中二热血撕漫女！

微博一发，贝明凡早就准备好的水军营销通稿统统下场，趁势追击，将之前的职黑水军赶下高地。热血鸡汤最能引发年轻人的共鸣，盛乔这样积极阳光的正面形象也是主流媒体所推崇的。

连盛乔暗无天日的人生都能翻盘，你还有什么理由不努力？

风向变得猝不及防，盛乔转眼就成了努力的代名词、鸡汤文里的素材、逆风翻盘的成功例子，连语文课写作文都能拿来当事迹举例了。

何况盛乔在位期间，一直引领粉丝理性追星，不掐架、不引战，所以她的粉圈素质一向都很高。这么温柔又努力的人，你还有什么理由不粉？

盛乔一天时间经历了群嘲脱粉到追捧转粉，也打赢了她在后援会会长这个位置上的最后一仗。正式将会长一职转交给茶茶，跟群里的管理员一一打过招呼，就从后援群退群了。

真正意义上的功成身退。

她回想当初，领着九个人孤军奋战的日子，也是唏嘘不已。

贝明凡擦擦额头的汗，痛心疾首地问她："请问侠女还做过什么惊天大事吗？请侠女提前告知，我好有个准备。"

盛乔："没有了！"

贝明凡："真的吗？"

盛乔："真的……吧？"

贝明凡："？？？"

侠女在网上又闹了一把，剧组的日常倒还是没有什么变化。只是工作人员有时候看到她不喊"小乔"了，打趣喊"会长"，盛乔跟他们闹惯了，也就由他们喊。

拍戏的时候，张文均和她演对手戏。

律师受伤了，张文均让盛乔去医院看看他，盛乔不去。张文均眼眶通红、神情激烈，大吼："聂会长！你就不能把你所谓的大爱分给他一些吗？！"

导演："咔！咔咔咔！！"

张文均委屈地回头："为什么咔？我这情绪正饱满！"

导演："你喊的什么东西？！"

张文均："聂……会长？警官？"

全场爆笑。

霍希坐在导演旁边看戏，镜头里的盛乔情绪状态一气呵成，比起刚进组时的略显生疏，现在已经能非常自然地入戏了。

王导叼了根烟，侧头说："年末拿这部剧去参加金视节，怎么样？"

霍希皱了下眉："她？"

王导笑笑："对。"

霍希摇摇头："起得太猛，不好。"

王导吐了个烟圈："你就是再护着，也堵不了外人的嘴，还不如早点站稳脚跟，有奖傍身好走路啊。"王导笑着拍拍他的肩，"你一起，拿个双杀，美得很。"

霍希笑笑没说话。

王导又说："欸，那剧本，你现在觉得怎么样？改了这么几次，牛吧？"

霍希点头："正想跟你说这个事，杀青后我想出国进修一段时间，后半年行程都推了，你如果等得住，这本子我想放到明年。"

头一次听他松口，王导激动坏了，烟灰都抖在了裤腿上："就等你这句话！"

电视剧导演转电影，多少还是有障碍的。转型之作，无论是挑本子还是挑演员，那都得谨慎。王导这种在电视圈里闯出来的导演，一般明星看不上，直接找电影咖，对方要么不敢跟他合作，要么漫天要价。圈里挑了个遍，演技、名气、咖位、档次都能撑住的，只有一个霍希。

王导这人属于天生一根筋，特别执着，他看到了霍希身上的潜力，也察觉到了他想转型的苗头，伯乐识马，非千里马不肯屈就。认准了霍希，本子就是搁那儿也不拍，投资赞助全部泡汤，那也非得霍希不可。

这头聊得起劲，那头张文均绝望地大喊："王导，过了吗？我胳膊都要被会长拧断了！"

镜头里的盛乔拧着张文均的胳膊将他按在地上，两个人顶着大太阳，汗水滴了一地。

导演："再来一次！"

张文均："我刚才那遍情绪真的特别到位，要不王导你再看看？"

导演："废什么话？你看小乔说什么了？"

于是两人又来一次，情绪憋到位，一遍过了。盛乔一屁股坐在地上，喊丁简："我中暑了！快给我买个冰激凌解暑！"

霍希忍住笑走过去把她从地上拉起来，刚走到遮阳棚下面，小蛋捧着一盒藿香正气液屁颠屁颠地来了。

"喝吧。"

盛乔："干啥？"

小蛋："你不是中暑了吗？"

盛乔："……"

霍希："中暑只是她的借口，她就是想吃个冰激凌。"

小蛋："……"想讨好未来老板娘，怎么就这么难？

时间趋近夏季，天气一点点热起来，剧组的第二批演员杀了青，拍摄也接近尾声。导演留了一些感情戏在后面拍，男女主角磨合好之后，拍感情戏会更自然些。

夏季江边，这一场拍聂倾和许陆生的定情戏。

夜戏，外景，江边的路灯下面全是飞虫蚊子，整个片场都充满了花露水的味道，导演让主演注意点，千万别被蚊子在脸上咬个包，影响观感。

霍希就位，坐在江边的台阶上，手边搁着几瓶啤酒。镜头推入，盛乔从身后走近，手上提着一袋药。

听到脚步声，他侧身看过来，看见她，瘀青的嘴角微微勾起，问她："你怎么知道我在这儿？"

她不说话，沉默地走过去，在他身边坐下，低头打开袋子，将消毒水和棉签拿出来，一点点蘸好。做这些事的时候，霍希就拎着一罐啤酒手背撑着脸看她。

她蘸好药水，转身，手指托住他的下颌骨，给他唇角和颧骨的伤口消毒。

霍希低笑："聂倾，你这样我会误会的。"

她捏着棉签在伤口上来回轻轻地抹，还是那副寡淡的模样："误会什么？"

他笑："误会你喜欢我。"

她不说话，消了毒，又换棉签，蘸上药水，重复刚才的动作。离得很近，能闻到彼此身上花露水的味道，半晌，她低声问："为什么不告诉我？"

他垂了垂眼眸，勾唇笑了下。等她上完药，拎着啤酒罐又要喝，盛乔握住他的手腕。

他看了她一眼，笑："好，不喝了。"

她这才松手。他把啤酒罐放在地面，看着江面夜色，半晌，低声说："进孤儿院的时候，我才三岁。"

盛乔的身子轻轻颤了一下，无声地望着他。

"没有父母，没有名字，受了苦只会哭。我从小就不喜欢笑，所以没人愿意领养我。也对，谁会喜欢一个整天不说话、不爱笑的小孩。"他好笑地叹出一口气，"一直长到八岁，我学聪明了，知道来福利院的人喜欢什么样的孩子。那年，我被许家领养了。"

说着话，他又拎起地上的啤酒罐，这一次，盛乔没有阻止他。

"许家很有钱。他们需要的不是一个儿子，而是门面，以及女儿的童年玩伴。我假扮着他们喜欢的样子，一步也不敢踏错。聂倾你知道，有些被领养的孩子，还会被送回去吗？没人愿意再回去，我也不愿意。我就一直让自己活在那个模子里，活着活着、装着装着，后来，就好像真的成了那个样子。"

他垂眸，将双手伸在眼前打量，像厌恶似的。

"连我自己都忘了，我本该是什么样子。"

她轻声喊他："许陆生……"

他指骨都在颤抖："都在维护所谓的身份、脸面，做出一副子孝母慈的假象，其实又有几分真情在里面？为了许家的名声，他们让我给凶手辩护，说什么只有家人才是最重要的，谁是我的家人？哪里是我的家？"

他情绪激烈，像厌恶自己到极致，手中的啤酒罐都捏瘪了，朝着远处狠狠地砸了过去。

盛乔俯身抱住他激烈颤抖的身子。

他下巴搁在她肩头，半晌，低低地笑："聂倾，你喜欢我吗？"

她只是抱着他，不说话。

他勾着唇角，嗓音却涩："聂倾，不喜欢我，就不要抱我，不要给我这些虚无的幻想。"

盛乔缓缓地松开他。她半跪着，看着他苦涩的脸，突然半抬身子，吻了过去，轻轻的、淡淡的一个吻，落在他的唇角。

执行导演赶紧翻了翻剧本，低声说："没这段吻戏啊？喊'咔'吗？"

王导盯着镜头："别喊，让她发挥。"

她闭着眼，睫毛颤抖，在他脸颊上来回地扫，唇角的吻都在抖，可她一下也没有退却。她抱住他，贴上他的额头，鼻尖相对，小声又认真地说："我喜欢你。"

他愣了一下，手掌扣住她的后脑勺，环住她的身子，反客为主，深深地吻了回去。

半晌，导演喊："咔，这条过了。"

霍希松开她。盛乔还埋着头，沉浸在情绪里，他低头看，才发现她眼角湿湿的，好像是哭了。

他摸摸她的头，轻声问："怎么啦？"

她啜泣了两下，低声说："有点难过，我马上就好。"

他便不说话了，小蛋拿着外套跑过来，他远远地就摆手，一直坐在她身边陪着。

好一会儿，盛乔的情绪才缓过来，这下也想起自己刚才加吻戏了，不好意思地解释："我……太入戏了，情绪到了位……"

霍希笑了下没说话。

王导说："加得好！"

拍完这场今天收工，盛乔情绪投入过猛，一直蔫蔫的，钻上车就闭眼靠在车垫上休息。车门拉开，旁边有人坐进来，她以为是丁简，眼也没睁，有气无力道："过来让我靠靠。"

旁边的人移过来，车里都是花露水的味道。她顺着声响靠过去，靠到了一个明显比丁简宽阔的肩膀，吓得她一下就想爬起来，脑袋被一只手掌按住，霍希低声说："靠着吧。"

她内心擂鼓一样，想靠又不敢靠，绷着身子，全是腰腹在使力维持平衡。霍希问："你在练腹肌吗？"

盛乔绷得更紧了。

他又好气又好笑，干脆把她的小脑袋推开。盛乔坐直身子，这才放松下来，小声问："霍希，你要坐我的车回酒店吗？"

他看着窗外："我来跟你说件事。"

"嗯？什么事？"

"这部剧杀青，我就要出国进修了。"

她一下瞪大了眼说："出国进修？去多久？进修什么？"

他转过头来，看她吃惊的小表情，真是可爱得要命："大概要去半年，主要进修电影表演，也会学习音乐。"

盛乔想起他之前说过的转型，还有王导一直心心念念的那部电影。他将要迈出迎接三十而立的第一步了。

她迟疑着问："那这半年，你在国内都没有任何活动了吗？"

"嗯，行程都推了。"

她当然是支持他的，他的任何决定她都会支持。可是如今国内的市场，此消彼长，新人层出不穷，资源竞争激烈，半年时间没活动不露面，人气的消散和粉丝的流失绝对是巨大的。

用这巨大的代价，去赌一个全新的未来吗？

半晌，她捏着小拳头坚定地说："我相信你！我们等你回来！"

霍希笑了下，又说："这半年时间……"

盛乔："绝对不爬墙！爬墙断双腿！"

霍希："……"

她眼巴巴地看着他："进修可以，微博要常上啊，记得发自拍，我们会很想你的。"

霍希好笑地摇了下头："这半年时间，新剧会播，之前录的综艺也要上线，不会出现你预料的那种情况，放心吧。"

工作室都是计算过时间的，下半年是他作品的集中期，两档综艺、一部电视剧，足够撑起半年的热度了。

盛乔扳着手指算了算，之前的担忧也烟消云散了，看样子比他还开心："霍希！等你进修回来，你就不是霍希了！"

"那我是谁？"

"是霍·钮祜禄·希！"

霍希："……"

方白拉开车门坐上驾驶位，回头乐呵呵道："什么钮祜禄？又有什么新的宫斗剧吗？"

霍希："……"

知道霍希拍完戏就要出国进修，盛乔真是恨不得一天二十四小时都能看到他。看一眼少一眼啊，呜……

果然人得到的越多，越容易贪心。

以前仅仅在舞台上看看他就已经无比幸福，可后来不满足舞台，于是开始追行程，接送机，成了前线炮姐，只为了能多看他几眼。

到后来，她成了盛乔，他们参加同一档综艺，拍同一部剧，已经成为生活里亲密的人，可即便这样，她还嫌不够。

知道接下来半年都见不到他，还没开始相思旅，她已经患上相思病了。

接下来的半年可怎么过啊？呜呜呜……

接下来拍的戏是盛乔被押送上庭，在庭外遇到等她的霍希，盛乔才看了他一眼，还没开始说台词呢，导演就在旁边喊："咔！小乔你是上法庭不是上刑场，你这生离死别的眼神是怎么回事？"

盛乔："……"

呜……半年时间看不到他，就是在要她的命啊。

嘴上说得好听，我支持你、我相信你、我等你回来，可思念的痛苦只有自己明白。

中场休息，看她在那里噘着嘴闷闷不乐的样子，霍希憋住笑走过去，低声问："接下来半年，你行程多吗？"

她想了半天，迟疑着说："应该，不多吧？"

他低笑："那不忙的时候，来找我吗？"

盛乔："啊？？？还能来找你吗？"

霍希："为什么不能？我是去进修，又不是出家。"

盛乔：嘤嘤……

她的心一下就定了，眼神也稳了，场记板敲下，两人就位。

盛乔被押送着往前走，双手在前铐着手铐。以往都是她铐别人，如今却轮到她自己被人铐。

霍希就站在走廊对面，穿一身深黑西装，头发梳得一丝不苟，金边眼镜下一双眼睛如海深沉。

两人迎面而立。

她抬头看到他，神情有些僵硬，可还是朝他笑了一下，像责备似的："你怎么来了？"

他也笑，掩去眼底的暗涌，连嗓音都温和："我来为你辩护。聂倾，我还你清白。"

他站在光里，满身尘埃，是她此生心之所向。

六月骄阳，剧组迎来最后一场戏，拍完这场，《无畏》就要正式杀青了。

天热得不行，汗水不停地往外冒，所有群演都在补妆，导演在那儿吼："好了没？好了吗？穿个婚纱是要多久？"

那头场记大喊："马上马上，出来了。"

导演招呼霍希和群演："准备就位。"

草坪尽头，一身白色婚纱的盛乔捧着捧花走过来，助理在旁边提裙摆的提裙摆，牵头纱的牵头纱，走到指定的位置，镜头前推，导演正要喊"Action"，妆发师说："等一下！再补个口红！"

导演："快点！"

盛乔又紧张又热。

虽然是拍戏，可这是她人生中第一次穿上婚纱，而在红毯那头等她的人，是她爱豆。呜……太刺激了。

妆发师给她补了口红，又拿粉饼补妆擦汗，交代道："争取一遍过啊！不然妆要花了！"

所有人就位，场记板啪一声敲下，现场掌声伴着婚礼甜美的BGM骤然响起。

她捧着捧花，看向台上一身西装缓步走来的霍希。

他是笑着的。

他走向她，走近她，在她面前站定，然后撩开她雪白的头纱。她一动不动地看着他，紧张得连呼吸都忘了。

他伸出手来，低笑道："把手给我。"

她听话地把手放到他手掌上，然后十指相扣。《婚礼进行曲》和玫瑰花雨适时出现，周围都是喜悦的欢呼和掌声。

一时之间，竟然让她有种真的要嫁给他的错觉。

主持人是张文均。小伙儿笑得跟结婚的是他自己一样，拿着话筒大喊："虚的过程咱们就不搞了，直接亲！"

群演纷纷附和。

霍希威胁地看了他一眼，手指朝他勾勾，张文均立刻把话筒递过来。他低头看面前有些紧张的女孩说："聂倾，你愿意嫁给我吗？"

她眼睛一眨不眨，眼眶却渐渐泛红，好半天，轻声说："我愿意。"

他俯身过去，手指从她发间插过，深深拥吻她柔软的唇。

导演："咔！过了！杀青！"

整个剧组顿时一片欢呼。

张文均一边脱被汗水浸湿的外套一边吼："啊啊啊……终于杀青了！！！"

霍希松手放开她，笑着在她头顶摸了摸说："辛苦了。"

她抹抹眼睛，也笑起来："不辛苦，霍希，谢谢你。"

谢谢你一直以来的照顾，谢谢你在戏里圆了我一个遥不可及的梦。

导演拿着喇叭大喊："晚上杀青宴，全员到场，谁都不准缺席，咱们不醉不归！"

历时三个月的大型现代职业剧《无畏》，就在这场完美的婚礼中正式杀青了。这部剧是今年的大制作，各方播出平台早就谈好了，预计上线时间是十月。

这是盛乔成为演员后真正意义上的第一部戏，她的进步和成长可以用飞速来形容。王导说年末要拿这部剧去冲金视奖，也绝对不是在开玩笑。

在娱乐圈浮浮沉沉几十年，他识人最准，早先识了霍希，如今识得盛乔。

对于这部剧的前景，他还是很看好的。

傍晚，《无畏》官方微博就发布了杀青微博，各大主演纷纷转发，各家粉丝齐齐响应，上了一拨热搜，获胜CP再次集体高潮。

杀青宴办得声势浩大，一轮轮吃下来喝下来，已经是深夜了。明天一早就要离开杭州，贝明凡那儿堆了好几个通告，就等她杀青回去赶。

也不知道霍希什么时候出国，走之前能不能再见一面。

霍希跟导演还有事聊，后半夜才回来。她洗漱之后也一直没睡，想着或许这就是他出国前的最后一面，要好好告个别才行。

他俩住一层楼，对门，听到声响，她一骨碌翻起来，赶在霍希进屋之前拉开了门。

霍希刚刷了门卡，听见身后开门，回过头来。

盛乔光着脚站在门口，穿着一套白色的小熊睡衣，短发乱糟糟的，眼睛却很亮。夜深人静，怕惊到什么，她用气音小声问他："霍希，你什么时候出国呀？"

他又拉上门，回身走到她面前说："进去吧，鞋也不穿。"

她听话地走回房内，去卧室穿了鞋，又噔噔噔地跑出来。霍希给自己倒了杯热水，坐在沙发上小口喝。

她在他对面坐下来，双腿盘在沙发上，双手托着腮，又问："霍希，你什么时候出国呀？明天回北京吗？"

"一周后，明天去香港拍个广告，走之前还有点工作要收尾。"

她"哦"了一声，想到分别，神情落寞，想了想，还是打起精神道："去之前要查好当地的气温，带好衣服千万别感冒了呀。要是不习惯国外的口味，可以找个临时生活助理给你做饭。半年时间还是挺长的，你有朋友在那边吗？不要一个人太孤单了。"

絮絮叨叨交代了半天，又觉得自己好像管得有点宽，她低着头小声说："我……我有点啰唆，你不要嫌我烦。"

霍希一直静静地看着她，等她说完了，突然低声问："你会想我吗？"

她一下抬头："当然会啊！"她抿了下嘴，有点委屈，"你都还没走，我就已经开始想了。"

他手指紧了紧，忍住去抱她的冲动，只伸手在她小脑袋上摸了摸，低声说："我也会想你的。"

她心尖上最柔软的那个地方，轻轻颤了一下。

他嗓音温沉："所以你要乖乖等我回来，嗯？"

她点点头，被他这样哄着，真是心都要化了。

他又笑起来："行程不忙就来找我玩，视频或者电话都可以联系，别傻想。"

也是，高科技时代，还担心见不到面吗？她心情总算好了点，赶紧从沙发上跳下来拉他："那你快回去休息吧，明天还要飞香港，不要熬夜！"

他笑着站起身来说："好，你也要早点睡。"

她用力点头："晚安！"

他眼神温柔："晚安，乔乔。"

第二天一早，各自出发，盛乔离开酒店的时候，霍希已经在飞机上了。回程行程没有公布，乔粉也没组织接机，到北京之后她还是走VIP通道，贝明凡开车来接她。

她先回家，放了行李，留着丁简和方白在家里打扫卫生，又去疗养院探望盛母。

经过三个月的治疗恢复，盛母已经能适应义肢了。但是她坐了十多年轮椅，突然能站起来走路，还是把握不好平衡，需要人扶着才能小步行走。

不过这也够让她开心的了。看到女儿拍戏回来，她求表扬似的在房间走了几圈，盛乔说："走得非常好看，都可以上T台了！"

盛母笑得不行。

本来打算这次拍完戏就接盛母回家住，但义肢适应得慢，医生建议还是再住一个疗程的时间，盛乔二话不说又交了一个季度的钱。

盛母虽然舍不得钱，但拗不过女儿的孝心，又高兴、又心疼地接受了。

接下来的一周真是忙得脚不沾地，各种通告、宣传、专访，先把这些小行程赶完了，贝明凡又啪地给她砸过来一堆电视剧、综艺、广告邀约让她选。

盛乔坐在沙发上，翻了翻成堆的文件，感叹："太火的烦恼。"

贝明凡："见没见过世面？这就叫火了？"

盛乔："……"

贝明凡："这些邀约是我已经挑选过的，各有优劣，你先看看你对哪个有兴趣，我再具体跟你讲。"

盛乔点点头，先翻电视剧。一共四个本子，一个是现代职场剧，类似于小白升职记，讲的是村姑变女王的黑化之路。

一个是民国谍战剧，是大男主剧，女主只能算衬托，但好在人设不错，结局壮烈，应该能靠角色吸粉。

剩下的两个都是古装剧，一个是玛丽苏大女主剧，另一个是玄幻古偶，改编自超人气网络作者十四星早年的代表作。

贝明凡等她挨个儿看完了才问："喜欢哪个？"

盛乔想了想："民国剧吧，格调比较高。"

贝明凡："……"

三个大女主戏你不挑，挑个大男主戏。

贝明凡指指那本子说："看好啊，女主角中途就死了，后半截都活在男主角的回忆里。"

盛乔："挺好的啊，可以提前杀青。"

贝明凡："？？？"

他沉思了一下才说："这部剧风格很正，符合当下国情，爷爷奶奶们也爱看这种，对国民度的提升很有帮助。你要选这部也行。"他又把那玄幻古偶拎出来，"这种超人气小说改编的古偶，年轻人市场很大，剧情特效稍微用心一点就能好评如潮，你再看看？"

盛乔一下就看出他的目的："你想让我接这个？"

贝明凡也不藏着："这个的市场我最看好。"

她若有所思地点点头说："那再看看吧，综艺呢？"

贝明凡又把一堆综艺文件递给她。

"《逃出生天》第二季的邀约已经发过来了，这没悬念。然后，这个是旅行类的，这个是生活类的，这个是表演类的，你挑一个。"贝明凡继续把广告合约摊开，"广告我已经挑过了，这几个都可以签。这个是OVVO手机的最新款，这个全系列沐浴露，这个是牛奶。这几个品牌的国民度都很高，先打国民度，再提格调，一步一个脚印！"

盛乔："突然很想为自己写首歌。"

贝明凡："什么歌？"

"小乔很忙。"

乌啦啦啦电视剧，随着奔腾的综艺。

小乔她广告不停，国民度涨得飞起。

……

第二十章

告白

贝明凡让她把这一堆邀约文件带回家去，仔细看，慢慢挑，顺便给她放了两天的假。毕竟学习还是要搞的。

这一周太忙，她心里惦记着霍希，之前还幻想着走之前能再见一面，现在算算时间，他可能已经出国了。

上一次的聊天记录还是三天前，霍希拍完香港的广告又飞上海，走之前各项工作交接，比她还忙。

等车子上路，她才斟酌着发消息问："霍希，你已经出国了吗？"

他没回消息。

她闭上眼往后一靠，怅然叹出一声气。方白把她送到家，走之前还提醒："你还有四张物理卷子没写，记得写啊！"

盛乔："……"唉，人生好艰难。

洗完澡，她躺在床上玩了会儿手机。霍希超话一片和谐，大家都还不知道他要闭关出国进修的事，最近都忙着给新专辑打榜，对比实体销量。

数字专辑的销量遥遥领先，但实体还差些火候，应援群里已经在集资，准备团购专辑冲销量。盛乔先给应援账号打了一万元，又自己去下单了五百张。

她到现在都还不知道新专长辑什么样呢！

她赶紧爬起来给贝明凡打电话："把我买的专辑给我拿过来啊。"

贝明凡说："给你放假是让你搞学习，你又搞什么追星？"

盛乔："追星是我学习的动力，追星使我进步、使我快乐。"

贝明凡："……我一会儿给你拿过去，你今天要是不进步，不写完物理卷子，我让你知道什么叫真正的快乐。"

盛乔："……"

挂了电话，她把手机页面切换回应援群，大家都被她刚才一万块的集资惊到了。寻常追星女孩几百上千就已经很不错了，果然大佬就是大佬，出手阔绰啊！

集资是在追星App上开的，大家都能看到排名，福所倚又"壕"了一把，希光们哭唧唧地发誓一定要好好学习、好好工作、好好赚钱，今后也要学习阿福，眼也不眨地给哥哥最好的应援。

梁小棠发消息说："我儿子允许你这么为他败家吗？"

盛乔："我又没败他的钱。"

梁小棠："那你们结婚前最好做个财产公证，你以后要是用他的钱给他应援，我怎么算都觉得是我儿子亏了。"

盛乔："……跟你说件事，你要哭。"

梁小棠："？？？你又拆我CP了？？"

盛乔："你儿子要出国进修，闭关半年。"

梁小棠："！！！！！呜呜呜……"

盛乔："哭吧哭吧不是罪，追星女孩的苦大家一起体会。"

跟梁小棠云哭了一会儿，手机一振，霍希终于回她消息了："下午的飞机。"

呜……果然见不到出国前的最后一面了。她忍住心痛回复："注意安全，一路顺风！"

她又在床上哼哼唧唧一会儿，估摸着贝明凡快到了，爬起来穿好衣服，拿着钥匙打开隔壁一向被她反锁的私密空间。

之前她跟丁简提要求的时候，说的是小书房，丁简以为是她少女心在作祟，其实不是。以前她家也有这么一个房间，她取名"霍希小天地"。

房间里都是跟霍希有关的东西。

墙上的书架摆满了他以前所有的专辑、杂志，橱窗里有他所有的周边、应援物、海报，书桌上一排是他的人形手办，窗前挂着一圈一圈的金线，线上用夹子挂满了他的照片。

这是属于她的私密空间，她所有能见的喜欢，都在这里面。

丁简打扫房间没进过这里面，她打了盆水放在门口，正抹灰擦地，门铃响了。

贝明凡拿着她的专辑来啦！霍希小天地再添新成员！

盛乔高兴地跑去开门，拉开门一看，傻眼了。

许久不见的孟星沉抱着箱子站在外面。

"孟……孟前辈……"她舌头都打结了，"你怎么来了？"

他示意手上的箱子："这个有点重，进去再说？"

盛乔赶紧把他迎进来，他抱着箱子走到客厅，一眼就看到那间一直反锁的门，此刻大开。阳光从窗户透进来，窗前的照片都笼在光里。

"这个放哪里？"

盛乔指着茶几："放这儿吧，辛苦孟前辈了。"

他摇摇头，放好箱子，掸了掸手，看她围着围裙手里还拿着帕子，笑问："在打扫卫生吗？"

她点了下头，赶紧把帕子放下，又取下围裙，问："孟前辈，你是喝茶还是喝咖啡？"

"咖啡吧。"

她先去卫生间把手洗干净，又去厨房煮咖啡，出来的时候，孟星沉正站在小屋门口打量。

布置温馨的小房间，满满都是她不加掩饰的真心和喜欢。

原来这就是她一直守护的秘密。

盛乔端着咖啡走过来，礼貌道："孟前辈，你的咖啡。"

而在他面前时，她永远是这副客套又疏离的模样。

他转过身来，接过咖啡说："谢谢。"

她笑了一下，侧身将房门掩过来，问："孟前辈什么时候回国的？"

之前听贝明凡说，他出国去拍一部大制作电影，合作的是国际知名导演，估计又是冲着拿奖去的。

"前两天刚回来。"他端着咖啡坐回沙发上，"今天本来跟明凡约了喝下午茶，他中途有事，又接到你电话，所以让我代为转送。"

盛乔受宠若惊："真是麻烦前辈了。"

"不麻烦。"他温和地一笑，目光落在茶几上的箱子上，"这里面，都是霍希的专辑吗？"

盛乔真是羞耻感爆棚，只能硬着头皮点头。

孟星沉笑笑："看来你真的很喜欢他。"

她低头不说话。

孟星沉想起最近这段时间在网上看到的种种。人在国外，拍戏繁忙，其实不大关注国内的娱乐新闻，少有的几次，都是她和霍希的消息。

她是如何喜欢他，在综艺里如何保护他，从前面对自己连承认感情都不愿意的女孩，如今向全世界说"我喜欢霍希"。

贝明凡打电话跟他胡侃，说起她在片场，跟霍希的第一场戏NG了二十几次。因为她舍不得打他。

就喜欢到这个地步？

以前，她明明连走上前跟自己说句话都不敢。

她的改变令他好奇，越好奇，越想接近，越接近，就越无奈。她跟自己印象中的那个小姑娘，再也不一样了。

孟星沉喝了几口咖啡，突然好奇："你是什么时候喜欢上霍希的？"

盛乔一愣，对上他含笑的目光，半晌，坦然一笑："很久以前。"

很久以前，是多久呢？是连他的助理都看出来那个怯懦的小姑娘喜欢他，他却说无法回应就不要给她希望的时候吗？

是他看到她被经纪人辱骂，想出面帮她，她却什么都不肯说，死守住最后一份尊严的时候吗？

他温和待人，对身边所有的人都关照有加，他的习惯之举，对她而言，却是独属的温柔特例，就这么轻易俘获了她的真心。

果然得来得太容易，也丢失得不露痕迹。

当他欣赏她的反抗与勇气，被崭新的她所吸引时，他来到她面前，而她眼里再也没有他。

真是令人无可奈何。

她的目光坦然大方，不介意他的出现，也不介意他的试探，连语气都一如既往地礼貌："孟前辈，还要咖啡吗？"

他回过神来，看着手中的空杯子，摇头笑了笑："不了，东西送到，我也要走了。"

盛乔站起身："嗯，麻烦前辈跑一趟了，你慢走。"

她将他送到玄关，孟星沉推开门，想了想，又回身说："我看了《无畏》的花絮，进步很明显。但当我孟星沉的徒弟，那还不够。"

盛乔愣了一下，立即说："我会继续努力，不给老师丢脸。"

他这才笑了一下，推门走了。

盛乔掩上门，把咖啡杯洗了，继续开开心心地打扫自己的秘密空间，又把新专辑摆到书架上。多了一百张专辑，书架顿时满满当当，看着都很满足，都是她的精神食粮啊。

收拾好了，她拆了一张专辑，里里外外翻了一遍，高兴得不行，又把数字专辑点开，把新歌和MV又看了一遍。

傍晚，手机突然剧烈振动。

她还沉迷于新歌新舞，振了几次才听到，拿起来一看，是贝明凡打来的。刚接通，听筒里就传来他撕心裂肺的吼声："你怎么回事？！你到底怎么回事？！你一天天不给我找事心里不舒服是不是？？？"

盛乔："？？？"

她赶紧把视频暂停了，发蒙地问："我怎么了啊？"

"沈隽意！你什么时候跟沈隽意搞上的？！"

"我没有搞他啊！不是，我搞他什么啊？"

贝明凡："你半夜跟人出去吃夜宵被拍了知道吗？现在说你炒霍希粉丝人设却又跟对家搞地下情你知道吗？"

盛乔："？？？"

她深吸一口气："你先冷静。我就跟沈隽意出去吃了一次小笼包，他说他奶奶过世了，心情不好，我推不掉只能去。就那一次。"

贝明凡："你说你，你……哎哟，我的肝儿。"

盛乔："别肝了，赶紧发辟谣声明。"

贝明凡："已经在联系他的经纪人了，两方都得辟。你别上线啊。"

盛乔应了。挂了电话，她登录小号上去看了看情况，终于明白贝明凡怎么那么冒火了。

"沈隽意盛乔恋情实锤"的话题已经爆了，服务器都崩了几次，点进去一看，热帖都是那晚她和沈隽意一起下车，又走进包子店的照片。

网友爆料说，那里是沈隽意小时候生活的地方，带盛乔去，意义非凡。

路人吃瓜，乔粉发蒙，希光薏仁同时大骂。一个骂倒贴，一个骂炒作，要多热闹有多热闹，真是跳进黄河也洗不清了。

两方的辟谣声明很快就出来了，先各自否定恋情谣言，再解释当晚两人只是正常聚会，因为拍摄综艺节目成为朋友，听说盛乔在杭州拍戏，沈隽意才带她去尝当地的特色小吃。

辟谣只有粉丝认，广大吃瓜群众谁肯信？

谣言愈演愈烈，最后都传成盛乔已经见过沈家父母，两人已经在杭州偷偷领过证了。

盛乔："……"

两方还在想办法公关，沈隽意微博突然上线了："@沈隽意：别搞我兄弟。"

正主亲自开口，比官方辟谣的说服力不知道要强多少。

睁大你们的狗眼看清楚，没有恋爱！没有领证！没有搞地下情！请不要侮辱这份21世纪社会主义兄弟情！

薏仁和乔粉瞬间来劲儿了，双方控评否认，但无奈太太党跟个搅屎棍一样，认准这颗糖死活不肯放，三方混战，路人吃瓜情绪持续高涨。

但到底是把恋情的谣言破了。

有网友翻出很久之前的一个饭拍视频，是盛乔和沈隽意录完综艺回北京，粉丝在机场接机，薏仁对着沈隽意大喊："不准朝别的女人笑！"

结果沈隽意回头看镜头回怼："什么女人？那是我兄弟！"

这个视频一开始只在他粉圈里小范围流传过，现在被翻出来，营销号一转发，点击量瞬间过亿，还被刷上了热搜。

看看，正主认证的兄弟。

沈隽意这种二货直男怎么可能搞地下情啦！

但黑粉还是抓着盛乔炒霍希粉丝的人设这个点不放，你作为霍希的粉丝，在节目里对沈隽意的嫌弃表现得那么明显，结果私下却"兄弟"来、"兄弟"去，还一起出去吃夜宵？

有部分对盛乔黑转路的希光再次转黑，她之前在霍希粉丝中积累起来的一些好感，这一下又搞没了。

此刻的沈隽意还在参加他身上一个代言的新品发布会，按照之前的流程，发布会结束他就会直接离开。没想到发布会结束，经纪人跟媒体区的负责人转告，沈隽意愿意再接受一个媒体采访。

网上现在吵得正热闹，一听说他愿意主动接受采访，这些媒体简直像饿狼扑食，一窝蜂地拥向了后台采访区。

沈隽意很快就出来了，跟往常一样笑意盈盈的，丝毫看不出绯闻的影响。

媒体先按照惯例问了几句官方要求的有关新品发布会的问题，一走完流程，就迫不及待地开始提问。

"关于你和盛乔的绯闻，能具体解释一下吗？"

沈隽意看向镜头，歪着头笑："你们不要把我兄弟吓跑了，她要是拉黑了我，以后就没人带我上段位了。"

记者一片哄笑。

"所以照片里只是你们的正常聚会吗？"

他想了想说："也不算正常聚会。"他皱了皱眉，神色涌上一股悲伤，"那时候，我刚给我奶奶办完葬礼，心情挺不好的，想找人陪我喝酒。但我很早以前就离开杭州了，在那边也没有认识的人，只有小乔在那儿拍戏，于是抱着试一试的心态给她打了电话。"

他叹了声气说："你们不知道，她居然都没存我号码，我真的打了三次她才接，还问我是谁。"

记者又是一阵笑。

他撇嘴笑笑："我真是求爷爷告奶奶才把她请出来。她那段时间拍戏也挺累的，挺谢谢她愿意在那个时候陪我喝酒，听我诉苦，虽然她就喝了一碗豆浆。"

提前安排的媒体又问了几句关于接下来的行程问题，经纪人走上来宣布采访结束，带着沈隽意离开了。

一上车，他就把帽子扣在脸上，经纪人看着他那样，叹了好几声气，等车子发动了才问："我说，真的是你说的那样吧？真没恋爱吧？"

他笑："恋个鬼，她又不喜欢我。"

经纪人琢磨着这话，觉得不对："那你呢？你喜欢她吗？"

他头枕着胳膊，好半天才淡淡地说："不重要。"他坐起身来，揉了揉脖子，"放心吧，我不会让感情这种事影响到前程的。我清楚我的定位。"

他这些年一直做得很好，他知道自己想要什么，也知道粉丝想要什么。经纪人听他这么说，倒是安下心来，又问："我查了，那几张照片，是私生爆出来的。"

他笑了下，看来对这个结果并不意外。

经纪人皱眉："你不能这么一直纵容下去，那件事不是你的错。"

他摆摆手："不说了，我睡会儿。"

车子在街道飞驰，街景闪过，光都模糊。

媒体采访的视频很快就在网络上发布了，"沈隽意现场回应恋爱绯闻"的热搜终于干掉了恋情实锤的热搜。

他大大方方、坦坦然然，真的一点暧昧的迹象都挑不出来。

原来他只是因为最爱的奶奶过世，想要找个人陪他喝酒。而连他电话号码都没存的盛乔、嫌弃他的盛乔、拍戏辛苦了一整天的盛乔，在那个时候没有拒绝他。

呜……盛乔是什么善良的小仙女？

撇开对家的身份不谈，两人合作了那么长时间，就算够不上朋友，也算互相认识，都是一个圈子的，认识的人因为亲人过世心情悲痛，找你陪他喝喝酒，难道你能拒绝？

她除去是霍希的粉丝，首先是一个艺人。

黑粉还想蹦跶，被骤然出手的薏仁全掐死了。

谢谢你在我们宝贝需要陪伴的时候，没有拒绝他。

大部分的粉丝都是明智的，爱豆不仅亲自辟谣，还不回避媒体的采访，如此坦荡，他们也没什么好揪着女方不放的。

何况这次的事情，是自家私生抖出去的，女方也是受了无妄之灾。两方经纪团队都在公关，入夜后，风向基本都控制下来了。

贝明凡精疲力竭地给盛乔打电话："姑奶奶，侠女，还有吗？啊？你告诉我还有什么我不知道的事吗？"

盛乔："……没了，真没了。"

贝明凡："你上次也是这么说的。"

盛乔："……"

正打电话，房间灯一下熄了，盛乔一个激灵，赶紧站起来说："停电了，不知道是不是跳闸，我去看下，不跟你说了。"

贝明凡："我知道你这是挂电话的借口！借口！"

盛乔："再见。"

挂了电话，她打开手机手电筒，跑到客厅去检查电闸，发现没跳闸，又给物业打电话，才知道下面线路检修，要停电一个小时。

有点无聊，盛乔决定下楼去逛逛。楼下的绿化做得挺好的，有假山，有浮桥，呼吸下夜里的新鲜空气也挺好的。

刚换好衣服，蹲在门口穿鞋，房门突然被敲响。她吓了一跳，透过猫眼去看，楼道的安全灯亮着，门外的人戴着帽子，穿一件黑T恤，神色淡淡。

盛乔飞快地拉开门，已经不知道是该震惊还是惊喜了："霍希？！你不是下午的飞机吗？"

他抬头看看漆黑的房间，皱了下眉："你要出门？"

"停电了，我想下去走走。"

刚说完，霍希走进来，伸手将房门拉上。隔绝楼道的安全灯，屋内又一下暗下来，只有夜景霓虹灯光透过窗户折射进来，晕开朦胧的光。

盛乔的鞋才换了一只，不知道他要做什么，迟疑着喊："霍希？"

她直觉他今晚有点不一样，现在这个时间他应该已经在飞机上了啊，怎么会突然出现在自家门口？难道……我×？！不会是看到了自己和沈隽意的那条绯闻，专门来找自己算账的吧？

盛乔瑟瑟发抖地说："霍希……你怎么没走啊？"

四周漆黑，他逼近两步，盛乔身子抵上墙壁，吞了口口水。

他站在她面前，垂眸看她："想起走之前，有件事还没做。"

盛乔半仰着头，有点紧张："什……什么事啊？"

借着窗外朦胧的光，看见他突然勾唇笑了一下，她还没从这笑里反应过来，他突地俯身，手臂从她后脑勺环过，手掌托住她的脑袋，将她的脸往上抬了抬，然后低头，吻住了她的唇。

突如其来的一个吻，她在黑夜里瞪大了眼睛，屏住了呼吸，僵住了身子，连大脑都停止了运转。

可他没有停。

他辗转吮吸，比以往的每一次吻戏都要深入，像恨不得把她咬碎了，一口口吞下去，连呼吸都滚烫起来。

她已近缺氧，快要站不住了，他把手掌垫在她脑后，将她压在墙上，手臂却环住她的腰，将她死死圈在怀里。

不知道过去了多久，他离开她的唇，四周静得只能听见心跳。

她像在做梦，恍惚地问："霍希，你在做什么？"

他嗓音暗哑："盖章。"

她努力地，抬眸，去看他的眼睛。那双总是淡漠含笑的眼睛，像海像夜像幽深的虚空。他突然笑了一下："本来不想这么早的，可是你总让我不放心。"

她还蒙着，小脸涨得通红，整个人都晕晕乎乎的。他手臂使力，将她更紧地往自己怀里带了带，凑近她耳边："乔乔，你是我的，知道吗？"

她呼吸急促，半响，不确定地，结结巴巴地，小声问："霍希，你说的……是我理解的……那个意思吗？"

他低笑："是，就是那个意思。"

她身子也开始抖："是……是喜……喜欢我的……意思吗？"

他嗓音暗哑："嗯，喜欢你，想和你在一起。"

她半天没动静。

他哭笑不得，松开手，她身子一软，顺着墙壁滑坐在地。

霍希在她面前蹲下来，低着头，一字一句地问她："乔乔，我喜欢你，你喜欢我吗？"

她愣愣地看着他。

他握住她的手，放在自己心脏处，低声道："不是粉丝对偶像的喜欢，是女人喜欢男人，是盛乔喜欢霍希。"

她颤抖的手掌感受到了他灼热的体温，感受到了他激烈的心跳。

他看着她，又问了一句："你喜欢我吗？"

她半仰着头，一动不动地望着他，好半天，眼眶突然红了。她说："我喜欢你。"她抬手揉揉眼睛，嗓音里溢出哭腔，可那样认真，又坚定，"霍希，我喜欢你。"

他又一次吻了她。

但这次很浅，像蜻蜓点水，温柔得不行，盛乔脸又红了。他摸摸她的头，笑着把她从地上拉起来。

四周还是很黑，她心跳得好快，小声问："霍希，接下来，要做什么啊？"

他低笑："你想做什么？"

她察觉这话有歧义，耳根都憋红了，结结巴巴说："我……我想下去散步。"

他低头，牵住她的手，手掌把她整个手都包了起来，说："那走吧。"

她小手一颤，感觉从指尖到心脏都麻麻的，整个人都被这突如其来的甜蜜和幸福砸晕了，脑子不能想太多事，心里、眼里、脑海里全都是他。

霍希松开她的手，从口袋里摸出一个口罩戴上，转头看看她，又把自己的帽子扣到她头上。帽子太大，帽檐垂下来，把她大半张脸都遮住了。

他笑笑，又重新牵起她的手，这才推开门。停电之后电梯也停止了运行，他推开消防通道的门，牵着她走楼梯。

一步，一步，脚步声在空旷的楼道回响。可她一点儿也不觉得害怕，他牵着她，不管去哪里她都不怕。

下到小区，四周一片漆黑，路灯都灭了，只有花坛里的安全通道灯幽幽闪烁。四周没什么人，两人沿着绿道慢慢地走。

盛乔到现在都还是蒙的，大脑还在重启。霍希也没说话，就这么牵着她，从绿道逛到假山，又从假山逛到浮桥。

夏夜的风，天上的月，池中的水，一切都刚刚好。

走了半天，她的脑子才终于重启成功，急急忙忙问："霍希，你飞机改签了吗？"

他的手指轻轻摩擦她的掌心说："嗯，改到今晚十二点了。"

早就跟那边的老师约好了时间，十二点已经是他能推迟的最大期限了。盛乔赶紧摸出手机看时间，已经九点十分了。

她比他还急："那你快走吧，不然赶不上飞机了，不知道路上堵不堵车。"

他脚步顿了一下，回身看着她，低声说："半年时间很快，要乖乖等我回来，知道吗？"

她用力地点点头，帽子太大，点头的时候，帽檐还在她鼻梁上砸了两下。他笑起来："我再陪你半个小时，好不好？"

刚在一起就要分开，她却一点儿也没抱怨，听到还能再有半个小时，高兴得不行："那我们再走一圈。"

于是他又牵着她，原路返回。

没多会儿，小蛋就打电话过来了："该走了。"

霍希不让她送，先把她送回家，看着她进屋了，把帽子从她头上摘下来，戴回自己头上。看她依依不舍又强忍着的模样，他忍不住又俯身去亲她。

盛乔一晚上被亲三次，耳根都要烧红了。

他没有久留，否则真的走不了了，手掌松开她的头，在她额头亲了一下说："我走了，女朋友。"

她手指捏着衣角，小声说："拜拜。"

他笑了一下，终于转身，掩门离开。

盛乔站在黑暗中，一动不动，不知道过去了多久，客厅的灯"啪"的一声亮了。

光线骤然大亮，她被刺得闭眼，身子晃了一下。四周静悄悄的，光线无声而动，她低头看看自己的手，又看看四周，回想刚才的夜色，像是一场梦。

呜……是梦还是真的啊？

她不会是太想霍希，想到出现幻觉了吧？

我的妈啊，那也太惨了。

她哆哆嗦嗦地摸出手机，拨通霍希的电话。很快就接通了，他嗓音温柔："乔乔？"

盛乔迟疑又小声地问："霍希，刚刚，不是梦对吧？"

他忍不住笑起来说："不是。"

她呜咽两声。他问："电来了吗？"

她点点头，又说："来了，刚来了。"

他低声哄她："那早点洗漱了睡觉，等你明天起床，我就到了。到时候给你发消息，好不好？"

她又用力地点头，整个人又开始恍惚了："好！"

挂了电话，她听话地去洗澡，吹干头发，换好睡衣，躺上床，然后捂在被子里翻来覆去无声尖叫，一会儿捶床，一会儿踢脚，最后想到了什么，又赶紧爬起来，拨通了贝明凡的电话。

他正在家辅导女儿写作业，看到她的来电，顿时生出一种不好的预感，连眼皮都抖了三抖，一接通，就听到她声音严肃地说："我有一件事要告诉你。"

贝明凡："你总算愿意提前告诉我了，说吧，还惹过什么事？"

盛乔："我恋爱了。"

贝明凡："？？？"

差点儿打翻了女儿桌边的牛奶，他一个趔趄站起来，飞快走到阳台说："什么时候的事？"

盛乔："刚刚。"

贝明凡："？？？"

盛乔："你不问是谁吗？"

贝明凡："还能是谁？？？除了霍希还有谁？"

盛乔："嘿嘿。"

贝明凡："你完了，盛乔我告诉你，你完了。你知道跟流量谈恋爱是什么下场吗？遑论你现在还是事业上升期，你惨了我跟你讲。"

盛乔："……他不是流量，他很有实力的。"

贝明凡："他走的流量路线，卖的流量人设，再有实力他都是流量！你等着被他的粉丝搞死吧。"

盛乔："……"

贝明凡："呜……他说话不算数，明明答应我了的，走之前居然还要去撩拨你，你还这么不禁撩。"

盛乔："已成既定事实，你就接受吧。"

贝明凡："……物理卷子写了吗？剧本挑完了吗？综艺选得怎么样了？"

盛乔："……我挂了。"

贝明凡："哼！"

挂了电话，他站在阳台叹了好几声气，孩子的作业也辅导不进去了，钻进书房打开电脑，打开了那个名为《恋情曝光公关预案》的文档。

这一天，终究会来的。

这一整夜，对于几个人来讲都是难眠之夜。盛乔一直激动兴奋到凌晨才迷迷糊糊睡过去，一觉睡到第二天中午，拿起手机一看，霍希的消息已经发过来了："我到了。"

她揉揉眼睛，算了算北京和纽约的时差，他那边还是晚上，经历长途飞行估计在睡觉，担心打扰到他休息，她没有回消息。

然后她爬起来洗漱、煮饭，家教中途还给她打了通电话，问她物理卷子写完没，要检查作业。于是她吃完饭又赶紧写卷子，写了之后拍照发过去，又把那几档综艺的邀约拿出来，挨个儿看。

看过去看过来，觉得那档旅行类的综艺还不错，节目名叫《世界那么大》，OK，我明白，我要去走走。

旅行类综艺说轻松也轻松，说不轻松也不轻松，毕竟去的地方多，走的路也长，不知道节目组的把戏，要是搞个穷游什么的，做什么都得省着来。

好处就是公费旅游，她可以去很多地方，遇到很多人，不在意镜头的话，其实能玩得很开心。

敲定综艺，她又去翻剧本，那天只是粗略地扫了一遍，现在细挑，还得再看看剧情人设她能不能驾驭。

才刚看完《小白花升职记》，她觉得这故事还挺励志的，贝明凡的电话就打过来了："你之前在星耀拍的那个剧要播了，你看要不要做个宣传？"

盛乔还愣了一下："哪个剧？"

贝明凡说："那个双男主剧，定档下周五，刚刚官宣了。"

盛乔这才反应过来："哦哦，《疯语》啊，当然要宣传呀，毕竟也是我的作品。"

贝明凡："两点。第一，这部剧对女主角的骂声从头到尾就没停过，播出后只会只增不减，对你的名誉是有影响的。第二，这是你在星耀拍的剧，一切收益最后都会算在星耀那里，公司是不会给对头公司做宣传的。"

盛乔："……那怎么办？好歹也是我的孩子，总不能不管吧？"

贝明凡："团队的意见是你就象征性地转发一下官宣，之后的各种互动少参与，别把自己搅进去。"

盛乔想想觉得也是："行吧，那我就转发一下。"

贝明凡还交代："两个男主之间的互动你也别参与，本来就是双男主剧，你算剧中反派，现实里再作妖，观众在剧里的恶意都要发泄到你身上了。"

盛乔一口保证。

挂了电话，她打开微博，发现《疯语》官方微博果然已经官宣了定档时间。钟深和傅子清都已经转发了，她也用大号转发，只写了四个字："期待上映。"

她的名气较之前拍剧时飞涨了不少，介于跟星耀的恩怨，出品方还担心她不会参与宣传，见她转发了微博，心才稍微定了些。

定档微博一发，有些极端的书粉跑到盛乔的转发微博下面进行人身攻击和嘲讽。

现在的盛乔可不是任人拿捏的软柿子，乔粉那可是跟两家顶流撕过的，战斗力超群，顿时把那一小撮书粉和看热闹不嫌事大的路人撕得哭爹喊妈。

这事儿本来盛乔就占理，她那时候霸王合同在身，拍什么演什么哪里是她说了算的。你们委屈，我们还委屈呢。

书粉被撕了岂会罢休？回到自家圈子哭唧唧地诉苦，说盛乔现在名气大了仗势欺人，故意引导粉丝攻击原著。

这剧还没播呢，已经撕了几个来回。

傅子清向来看得长远通透，在群里面跟钟深说："播剧期间我们之间的互动不要带小乔，别给她拉仇恨。"

钟深满口应了，又发了一个狂笑的表情包，在群里说："傅傅我跟你讲，小乔现在白天也开始做梦了，她上次居然跟我说，她觉得霍希喜欢她。哈哈哈哈哈哈……笑死我了。"

盛乔："……"

傅子清："……"

钟深："你说她这种人，追星追到逃避现实自我幻想，是不是还挺严重的？要不哪天还是送她去医院检查一下？"

盛乔："我和霍希在一起了。"

傅子清："……"

钟深："妈呀！！傅傅你快看她！她病情加重了！！！小乔你等着，你别乱跑啊，我现在就过来带你去医院！"

盛乔要被气哭了，截图发给霍希。

已近傍晚，霍希那边也是白天了，他消息回得很快："拉我进群。"

盛乔噘着嘴邀请他进群。

霍希加入群聊。

霍希："钟深，不要欺负我女朋友。"

钟深："？？？"

钟深退出群聊。

盛乔邀请钟深加入群聊。

钟深："为什么要拉我回来！！！我不要在线吃狗粮！傅傅你这个没出息的！跟我退群，我们走！"

傅子清："恭喜两位美梦成真。"

霍希："谢谢。"

盛乔："哼。"

钟深："我不接受！你们是怎么勾搭上的？霍希你竟然丧心病狂对粉丝下手！你知道你这种行为叫什么吗？！"

钟深已被傅子清移除群聊。

傅子清："……不要理他，他有病。你们准备什么时候公开？"

盛乔："不不不，不公开，傅傅你要保密啊！"

霍希："等合适的时候。"

几个人又聊了几句，都还有事，各自散了，下线前盛乔总觉得还有件事没做，但就是想不起来。

直到晚上收到钟深的绝交信息，才想起来，他们忘了把他拉回群里。

她给钟深私聊："再乱说话就互删。"

钟深："你这个见色忘友的大猪蹄子，呜呜呜……我的乔乔就这么被拐走了，呜呜呜呜……我不服！"

盛乔："没有拐，我是自愿的。"

钟深恨铁不成钢："能不能有点出息？！能不能？我说什么来着？早晚有一天你要死在霍希手上！"

盛乔："甘之如饴呀，嘻嘻。"

钟深："……你嘻个毛线。算了算了，白菜都被拱了，猪要是对你不好你要跟我讲啊，我就是杀猪破肚也会把你救出来的！"

盛乔："你这什么破比喻？"

钟深："哼！"

晚上盛乔继续看剧本。家教已经风风火火地批完了她的物理试卷，把她错题圈出来注明了正确的解题步骤，又根据她的错题分析了她的弱项，把她需要重点补习的地方整理出来，跟她约了上门补习的时间。

睡觉前，霍希的工作室官宣了他出国进修的消息，还配了张霍希戴口罩只露眼睛的自拍。之前粉圈就有传言说他要出国进修，希光还不信，都跟盛乔之前想的一样，闭关半年，热度肯定被同期打下去了。

现在官方坐实，希光们顿时哭倒一片，半年时间见不到活人，这也太惨了。

但希光们基本上都还是很支持他的选择的，进修意味着转型，爱豆越来越优秀，总有一天能撕掉流量的标签，用实力证明自己。

好在接下来还有新综艺和新剧要上，各个官方组织和大粉都在控制风向。就算爱豆闭关半年，我们也要维持数据和热度。他在进步的同时，我们也要进步，要用更好更高的数据，去迎接一个崭新的他。

福所倚也发了微博，她不仅图修得好，文案也写得好，声情并茂，看得大家都打了鸡血似的，各个人气排行榜的数据一晚上又上升了一大截。

盛乔这才安心睡觉了。

第二天一早方白来接她去公司。

贝明凡一看到她就咬牙切齿，想到她给自己找的那些麻烦，真是恨不得踹她两脚。

盛乔赶紧说："综艺和剧本我都挑好了！"她把两份邀约文件递过去，"你看看，怎么样？"

贝明凡这才放过她，拿起文件一看，她挑的是旅游综艺《世界那么大》和古偶玄幻剧《愿逐月华流照君》。

"不是想选那个民国剧吗？不会是为了不让我骂你故意选这个讨好我吧？"

盛乔嘿嘿一笑："我觉得你说得对，还是先打开年轻人的市场比较重要。而且现在妈妈奶奶们也很喜欢看古偶嘛，挺好的！"

这几部剧都是一个月后开机，要不是档期冲突，其实贝明凡也挺想她把那部民国剧接下来的。他之前打听过，民国剧的几位男演员都是实力派，那边有上央视的打算，还在谈。

不过人不能贪心，还是要选择最适合自己、最符合当下市场的剧，盛乔的古装造型一向都很能打，以前在星耀那几部古装剧演技不咋样，但还是吸了一拨颜粉，可见一斑。

《愿逐月华流照君》这部剧不管是从人气还是投资来说，都更值得选择。

她既然选好了，贝明凡心也定了，先联系两边的人签合同。《世界那么大》半个月后开始录制，时间是十五天，录完回来就进组拍剧，刚刚好。

接下来的半个月，一半时间拿来搞学习，家教老师就差住在她家了；一半拿来继续上表演课，好不容易等到孟星沉没有行程，她刚好也有空，演技提升得抓紧。

不知道是不是她的错觉，盛乔总觉得上一次跟孟星沉见过之后，他对她的态度较以前自然随和了不少，终于不再用那种满含深意的目光打量她了。

这让盛乔长松了一大口气，也把称呼从"前辈"换成了"老师"。

有时候家教没过来只布置了作业，盛乔就会带着作业去疗养院。盛母最近跟着院里的老太太们学刺绣，盛乔趴在窗边写作业的时候，她就戴着眼镜在旁边穿针引线，偶尔抬头看盛乔咬着笔眉头紧锁的样子，仿佛回到了以前。

半个月时间就在她繁忙的学业中过去了，《世界那么大》即将开始录制。

节目组会提前一天到各个嘉宾家里进行拍摄。观众对明星的私下生活一向挺感兴趣的，粉丝也喜欢通过官方拍摄观摩一下偶像的家，这一部分还是挺重要的。

节目组的跟拍导演提前跟盛乔约了时间，下午就过来了。

一打开门，摄像头已经架了起来，她也没想到直接就开拍，还有点蒙："我衣服还没换呢。"

她的跟拍导演是个年轻男生，叫林家荣，笑道："家居服也好看，那我们进来啦？"

盛乔侧身请他们进来。

知道他们要来，她已经提前煮好了果茶，跑到厨房倒了茶端出来递给林家荣和摄像师，有点不好意思地问："要拍什么？"

"行李收拾了吗？你要带什么？"

"正在收拾。"她引着他们往卧室走，门口摊着两个行李箱，一个装衣服，另一个装生活用品。

摄像头对焦过去，林家荣说："介绍一下你带的东西。"

她蹲在行李箱旁边："这里都是衣服，各个季节的都带了一点，只要不去北极，应该是能应付的。"她又把旁边那个箱子扒拉过来，"这里面就是一些生活用品，化妆品啦，钙片啦，还有给其他嘉宾准备的茶包，我挺喜欢喝茶的。"

林家荣说："嗯，这个果茶就很好喝。"他看到压在最下面的书，好奇地问，"那是什么？"

盛乔："……"

她慢腾腾地拿出来："我的作业。"

镜头拉近一看，《5年高考3年模拟》，还有一本物理书。

林家荣："？？？"

盛乔怪不好意思地解释："我明年要参加高考，我现在是个高三备考生。"

林家荣憋笑憋了半天，已经预感到这段播出去一定会爆。拍完收拾行李，又在客厅拍采访，林家荣问："你有想去的地方吗？"

盛乔想了想："纽约吧。"

林家荣："为什么想去纽约？"

盛乔："纽约那么大，我想去看看。"

林家荣："……那有猜过这次的嘉宾都有哪些吗？"

盛乔："我上网查过，没搜到，你们保密工作还做得挺好的。"

林家荣："……导游、会计、队长，这三个职位你最想要哪个？"

盛乔："一定要选吗？我可以就当个队员吗？"

林家荣："也行吧……我们可以参观一下你的房间吗？"

她点点头，站起身引着他们介绍，先去了厨房，林家荣问："你平时自己做饭吗？"

"对。"

"拿手菜是什么？"

"炸酱面。"

然后是阳台、客房，林家荣好奇地瞟了几眼那扇紧闭的门，一直在等盛乔介绍，结果拍完客房她就结束了。

他忍不住问："那间房是书房吗？"

盛乔："对。"

林家荣："可以看看你平时都看哪些书吗？"

盛乔："看高中语文、数学、英语。"

她婉拒的意思很明显，林家荣也就一笑而过，接下来又补拍了几个她收拾行李的镜头，最后交代："明早八点，首都机场见哦。"

盛乔笑着应了，把他们送出门去。

快到晚上的时候，丁简也过来了。这次出国拍摄每个艺人限定带一名助理，为了方便当然还是丁简跟着，她也收拾了一个行李箱拖过来了，到家之后就检查盛乔的箱子，看有什么没带的、多带的。

第二天一早，方白准时开车过来，送她们去机场。

他一边开车一边絮絮叨叨："国外治安不好，特别是晚上，千万别乱跑，一定要跟节目组的人待在一起。欸，丁丁，你们的护照、身份证那些都带了吧？千万别丢了。还有钱包、手机也要注意点，电影里国外的抢劫犯都直接在大街上抢钱的。"

丁简："方白，你真的投错了胎，你应该当女生，这样去哪儿都能跟在乔乔身边，贴身跟，这样你就满意了，对不？"

方白："对。"

丁简："？？？"

这次的行程没有公布，粉丝没来送机，到机场也只是引起了路人的关注。节目组派来的助理等在外面，过了安检就领着她去嘉宾集合的地方。

集合地在VIP室，盛乔早到了二十分钟，进去的时候，里面居然已经有人在了。

听到声响，那人起身转头一看，两人目光对视，都是一愣。

半晌，还是盛乔先笑了："呦，师萱，巧啊。"

师萱："……"

这次的旅行可要好玩了。

图书在版编目（CIP）数据

老婆粉了解一下 . 2 / 春刀寒著 . -- 成都 : 四川文
艺出版社 , 2020.10（2021.6 重印）
ISBN 978-7-5411-5791-2

Ⅰ . ①老… Ⅱ . ①春… Ⅲ . ①长篇小说—中国—当代
Ⅳ . ① I247.5

中国版本图书馆 CIP 数据核字 (2020) 第 170769 号

LAOPO FEN LIAOJIE YIXIA ER

老婆粉了解一下 . 2

春刀寒　著

出 品 人　张庆宁
责任编辑　邓　敏
责任校对　汪　平

出版发行　四川文艺出版社（成都市槐树街 2 号）
网　　址　www.scwys.com
电　　话　028-86259287（发行部）　　028-86259303（编辑部）
传　　真　028-86259306

邮购地址　成都市槐树街 2 号四川文艺出版社邮购部　　610031
印　　刷　嘉业印刷（天津）有限公司
成品尺寸　160mm×230mm　　开　　本　16 开
印　　张　20.75　　　　　　　　字　　数　320 千
版　　次　2020 年 10 月第一版　　印　　次　2021 年 6 月第六次印刷
书　　号　ISBN 978-7-5411-5791-2
定　　价　48.00 元